浅草

ASAKUSA

紙礫

8

目次

第二部　生きる

第一部　魔窟

浅草公園の夜

萩原朔太郎

浅草へ行つてみろ。
電流コイルの旋回だ、乞食紳士のゔあるつだんさあだ、汝の円筒帽をしてまつぴるまのやうに輝かし
める世界だ、浅草だ、兄弟、おい腕をかせ、酔つぱらつて街を歩かう、二人で一所に歩かう。
みろ、窓の上には憔悴した螢が居る、汝の円筒帽を捧げ光らせ、巷路いちめん光るガラスの百合を見
よ、ぴいぴいと鳴いて居る菫のあまつちよにきすを送れ、兄弟、腕をかせ、二人で一所に歩かう。
それみよ、汝の好きな裸体がある、すつぱなで靴をはいて居る玉乗の御姫様だ、みろ、純銀のよつぱ
らいの哀しい、むらさきの遠い路だ、浅草公園、活動寫眞、疾患いるみねえしよんの遠い遠い路だ、
兄弟、腕をかせ、二人で一所に歩かうぜ。
みろ、尖塔の上で殺人が行はれる、精霊エレキの感電だ、あぶないから逃げろ、早く逃げろ。
みろ、このすばらしい浅草公園六区の晩景を、エレベータアは夢遊病者で満員です。
おお兄弟、汝の機械に指をあてろ。

珈琲の美女をして長い淫行に絶息せしむるところの鋼鉄のぱいぷだ。

をどれ、をどれ、椅子をひつくり返してをどれ、みんなが乳に抱きついてタンゴをやれ、女のさかづきに砒素を光らせ、タンゴをやれ、光るどの娘の手も血だらけだ。

兄弟、腕をかせ、哀しいから二人して歩かうぜ。

汝の円筒帽がまつぴるまのやうにかがやく。

浅草の女

児玉花外

夜の青山の空は、星がつながって降るようであるが、彼の胸はたまらなく真闇《まっくら》で淋しかった。

南町の通りをぼんやり歩いていると、涼しい夏の夜の電車が、孰《ど》れも〳〵彼の慾に渇いた眼を刺戟しつゝ誘惑して通過ぎる。中にも「浅草行」と黒く書いた前後《まえうしろ》の字が、恰ど悪魔の赤い目のように、彼の網膜に映って喜ばせて光りながら去って行く。

彼は、暫らく木像みたいに道の片側に突立って、東へ〳〵と通過ぎる電車の幾台をも見送って居たが、終いに堪らなくなって、その「浅草行」に不意に躍るように飛乗った。——単衣《ひとえもの》の袂には昼受取った小為替の金が、小鳥の卵子《たまご》のように入っていた。

夏の宵は涼しい八時過ぎ、電車の内の男も女も、誰れも皆な機嫌よさそうな顔に見られる。夜の「浅草行」電車に乗る人は、何だか自分と同じ歓楽の場所へ行く人々らしく思われて、男も女も白地の浴衣には、楽しみと涼しさとが溢れてる様であった。彼は電車の内では、いつも何かしら人事の暗黒の影を見付るのだが、この時は人間の顔が皆善人に見えて、世の中に住む人間を誰一人として真の悪人があるものかと考えた。丁度彼の前にいる若い細君が生娘のように思われて、何となく他人のようでない面白いこの夜の情調……好きな赤坂見附から彼は一倍と感情的になった。

一日宿で退屈にもて余した身体、苦悶に重い心を、一筋道を黙っていても浅草へ運んでくれる電車の中に、平常神経質の彼も晏如として腰かけながら、今夜の酒と女とを心に浮べ描いていた。種々《いろいろ》の歓楽が至る処に充満する浅草は、明暗の二つともに興味の深く尽きない、殆んど東京の別天地である。彼は昼も夜もよくこの浅草を歩き廻った、常に孤独の淋しさ悲しみを忘れるために、悪どい色彩のなかにも求めて投入していた。随って呑屋などにも大分なじみの家が出来ていた。

電車が上野へ来た。山と通りとに青白い瓦斯や黄な電燈の灯が、この当りを一面に怪しい、楽しいローマンチックの光を薄煙らして漂わせる。並ぶ割烹店の二階と下との電燈が明か〳〵と食慾をそゝる、彼の眼には上野の灯は、浅草の夜の歓楽の巷への関門のように想われた。

やゝ疲れた様な電車は、明るい上野から、少しく暗い街を通抜けて、浅草に在るだけに黒い塀壁も艶《えん》に匂うらしい門跡様の所を曲ると、愈よ浅草の天地となる。——広小路へ来ると道の両側に、いろいろの屋台店の灯が並んで、浅草一帯は火焔《ほのお》の海の光景を浮べ出している。その上を白い黒い煤煙《けぶり》が魔のように中空に漂って這う。

彼の繊細《ほそ》く縺れた、青黒い苦しい神経は。この時に額の所でバラ〳〵にはち切れて、心も顔も俄かに眼赤《まっか》に照されて上気した様、薄暗かった小穴みたいな両眼は殆んど燃えた。「浅草」に来た！と心の中に叫んで、全身の血が湧立つがようにして、彼は雷門で電車からヒラリと飛降りた。

世間の面倒くさい習俗交際や、平凡な街や景色を嫌い飽き〳〵して居る彼には、昼夜にかぎらず浅草は常に新らしい場所であるのだ。あの都会趣味の詩人と画家とが好む強烈な色彩が、所謂この浅草なので、ここの動と不動とのあらゆる物に狂わしく怖ろしい程の変化が、彼の血ばしる様な興楽に憧れる眼に映る。で、彼は何時も浅草一帯を、詩人ボオドレールの神経の鋭く尖り光った瞳と、夜の酒場《バー》を描いた狂乱画家ゴーホと同じ眼を以て視ていた。――浅草は妖淫《ようえん》な地獄の花か、燃えるような赤いカンナの花みたいに咲く、大いなる都会の庭園であると彼は自信をもっていた。

浅草の広小路に来ると、いつも空気が激しく動揺し、群集は悉く放逸しきった姿をして、宛《まる》で愉楽を趁う美しい兎のようにゴッタに織込まれている。家屋の棟も瓦も、街樹の柳も、等しく現在の歓楽を象徴し暗示し。電車の赤く塗った道傍の鉄柱は、春と夏には特に日光に射照らされて、肉慾情慾の血のみを以て塗固められたように熱く燃える。その東京市の家庭から免れた追放者や、真正《ほんとう》のいたましい漂浪人が、この浅草の入口で初めて、自由な我儘な動物的の血を湧立たせる。苦しい生活のために大都会の渦中に死んだ様でいた人々が、雷門近くへ来るとモーその顔色に活々とした血が上って、大胆で何物をも恐れ憚らぬ人間らしい気分になる。で、都会の窮屈な干乾びた文明を呪詛する彼は、むしろ悪どい、放埒な、潤沢な味のある浅草の天地を誇張して、熱情的に讃美を極めるのであった。

今、暗かった心と身体を、広小路の火のさかる海に投じた彼は、雷門前で、これからドチラの灯の流れに、歓楽を求める魚のように泳ぎ寄ろうかと思案した。白地の浴衣に縞絽の薄羽織を引かけた彼は、恰ど白鳥のように、夏の夜の賑やかな通路《みち》を飛歩こうかと考えた。殊に仲見世の所の赤とも見ゆる電気瓦斯の灯が、人間を誘《いざな》い惑わすように美しく燃えていて、暑い夏の夜に醗酵しかけた生血液《ちしる》を刺戟する。仲見世の石敷の通りは、カラコロと鳴る女の下駄の歯音もなつかしいものだ。

雷門の前に、三階建の西洋料理が在って、浅草では第一にハイカラと女中の美を以て聞えている。家の入口の電燈の紅球《あかだま》が極めて好印象を与えるし、二階三階の窓に、通路の向側《むこう》に戦ぐ夏柳の青さが調和を保って、見る眼にもこの洋食店の楼上は甚く感じが佳い。

此楼《ここ》には、御客に文士や画家や新聞記者も、所謂芸術家の連中が来るので有名になって居る。あの瀟洒《さっぱり》とした、美麗な室内の装飾《かざり》でありながら、遉が土地が浅草であるだけに、一種のデカダン的の空気が長い食卓《テーブル》の上にも渡り漂っている。しかし、これは或は芸術家の連中の気分と呼吸との生ましめた結果かも知れぬ。彼も浅草に遊ぶと此楼へは幾度ともなく上った。

一二年前の夏であった。彼は例の如く浅草の方々を呑み歩き、遊び廻って疲れきった身体を運んで、骨も肉も酔って弛んでフラ〳〵しながら、この家の二階へ押登《あが》った。あの入口のスグ階段を昇るさえも殆ど酔って覚えなかった。然し足はある堅い物を踏んで、美意識の天国に上るの感覚は確かにあったと想う。

彼は泥酔と。濃い歓楽の後の深い悲哀と交《かわ》って、食卓に向って強い酒を呑干すと間もなく、ついウトヽヽと腰かけながら睡眠《ねむり》に落ちた。鉛を固めた重い額を蔽った黒い髪が白布《きれ》に着くようにして居ると、誰かゞ背後《うしろ》から静かに覚さす者があって、彼はフト気が付くと、その悪熱のある口中に、いつしか知らず清心丹の小粒を含んでいた。で、さめた彼の眼の前には、色は浅黒いが華奢なこの家《や》の女将の顔が浮んで。……あの銀色の涼しい清心丹は、酔客に親切な女将の掌が与《く》れたのであった。

此楼は、この頃は室内装飾を変えたが、その当時は和洋折衷とも謂おうか、洋画の外に、綺麗な風雅なる日本の書画の絹の小衝立なども有った。それに、新設の西洋料理の事とて、食卓から瓶壜《びん》、ナイフとフォークとグラス、色模様のある皿から盛花に至る悉《み》んなが、夜は殊に明るい光線に光り輝くように思われた。女中も若い白粉した美しいのが五六人も居た。

それから、彼は浅草へ来ると、折々は酔った足に紅い鼻緒の草履を突かけて、階上に昇ってビールを呑んだ。名は知らなんだが、背の小作りで首筋の優れて綺麗な女がいた。清しい黒目勝の妖艶な頬に、漆の髪毛を少しばかり態と垂しかけて、ある時椅子にツクネンと細腰《こし》を卸して小鋏で貝爪を切っていた。彼に、その印象が残ったので、その次に来た折に姿が見えぬので訊いてみたら……「あの人は、良《い》けないのですよ！」と他の女中の一人が答えた。彼は、とかく濃艶で奔放な女の運命は、一個所に長くは落付けぬ、げに果敢ない色鳥のようだと思った。そして二三日前に苦労げもなく爪を切っていた、彼女の椅子の跡を凝と眺めた。

その外に、いつも高島田に結った、三ヶ月眉の目の細く少し釣った愛らしい色白の十七八、秋は色ネルの荒い縞の着物をきて居たが、この娘々しい品のいゝ女も、後には見られなんだ。何でも物をハキ〱いう背の小高い女だった、聞けば高島田は今日も、鎧橋あたりの西洋料理に居るそうな。あの品位と、娘々しい愛らしさとを持っても猶、脂肪《あぶら》こい血肉を焼いて売る西洋料理、飲食店に女中奉公の哀れな運命をいたんだ。

浅草仲見世で夏の午前
わたしが買った紅梅焼

わたしの腕《かいな》に抱《いだ》かれて
紅梅焼が小さな紙箱の中で
重なり合いヒソ〱と咡《さゝ》やく
じぶん等は何処の家に往くのだろう

浅草仲見世の火に生を得た
薄いかるい命の紅梅焼

せめて美しい可愛い歯に
あの赤い唇に触れて死にたいと

わたしの腕に抱かれて
紅梅焼がさめぐと箱の中に泣く

これは、彼が浅草土産に買った、紅梅焼の小詩であるが、此楼《このいえ》の若い女中がこれを雑誌で読んだかして、彼の顔を見るたびに「紅梅焼」と云って、元禄風をした事のある、あの膨《ふっく》らした豊頬に愛嬌をたゞよわせる。……あの華やかで陽気で、而も軽浮な空気の充つる浅草の女は、宛《ちょう》ど仲見世の紅梅焼のような薄い運命ではあるまいか。

今日この頃の暑い日には、透綾《すきや》のような草花の模様のついた羅物《うすもの》の少女が、美しい蝉の羽根みたいな軽い袖袂をひらひらつかせつゝ、円いテーブルの間を、皿を運んだり、用をたしてウロツイて歩き廻わる、……透いて見えるような香体から涼風《すずかぜ》が生るゝかの如くに、彼の重《おも》い心も思わず恍惚《うっとり》となるのだ。

そして、その綺麗な少女の夏姿に、自分の荒れた枯木のような身体から離れずに、真に蝉らしく飛翔ってくれゝば可いと、彼は純粋なローマンチックな淡い空想を、椅子に倚《よ》りながら茫然《ぼんやり》と考えつゝ在った。西洋のカッフェの放縦な女と違って、此楼《ここ》では眼と眼と見あうばかり、殆んど形式的な冷たい言葉を交わして客は満足している。

で、彼はこの夜《や》は、その灯と皿と女の姿ばかり美麗な洋食の楼上に現われようとはせずに、例の此家《ここ》の入口の感じのいゝ電気の紅球を、雷門から熱を帯《お》んだ眦《まなじり》でジッと見やった儘に、彼は踵を転じて、吾妻橋の方に感情的な歩み様《ざま》をして立去った。

この春彼は、吾妻橋の畔で初燕の姿を見て、隅田川の波を背景にして、偶然な非常な喜びに出会ったように思ったが、七月の夏の今夜は、彼の情に熱した意《こころ》はさながら赤い燕の如くになって、隅田川の橋に近い、大きな平民的の酒場《バー》の内へ飛込んだのであった。

間口の広い、表がゝりの上部の窓硝子には、紫で葡萄の模様が色に出されてある。重い扉を押して入ると、あの強い洋酒の匂いが、狭くない一室内に、電燈の黄ろい強い光線に蒸されるように鼻の穴を衝くのだ。しかし、洋式にして室内は清潔で鮮やかさが光っている。

真白い大理石かと思わるゝ、人造石で作った長いテーブルが、幾台も並べられて、酒客《ドリンカー》の影が殆んど一パイに満たされている。ここでは給仕は皆な少年であって、小倉地の筒袖まがいの被物《きもの》をして居るのが、忙わしく洋盃《コップ》を運び歩いて動いている。奥の方正面の所には、張鏡の前が酒注場《つぎば》になって在って、同じ服を着た青年が頻りと、褐色や黄や赤いのや、酒を栓を捻っては注ぎ分けているのが、その液体の色々が、透明なコップから透徹って、天井から火を吐く大きな電燈のそゝぐ光の波に映って、それが酔人の酒毒のまわった眼からは、小さな脚付きの洋盃の数個《いくつ》ともなく置並ぶのが、げにも下界に砕けた虹の粉のように美しくある。

酒の執念深い、狂魔につかれた酔客のいろ〳〵の階級は、洋服和服ともに真白い石の長テーブルの前に陣取って、ウイスキーやブランや強烈の安価の洋酒に、この一日の疲労と苦悶を忘るべく盛んに遣っているのだ。――真赤な腐爛にちかい顔の人や、血の少なそうな黄色の酔人の面が、この魔酒に熱狂しつゝジッと圧えて落着いている。で、これがまた一種の自己の興魔との猛烈なる戦いで、この赤い熱い悪戦の人々を、白い石の長テーブルは冷やかに見上げている。あの意志の弱い者は酒に夢中になったり、人前を憚らず高声《たかごえ》に歌ったりするのだが、狂乱にちかい歓興をムク〳〵と心頭から焔の如く起させる酒勢をば、我慢にも圧えに抑えて、その熱狂しかゝって而も破れ切らぬ力を楽しむ人間は、真に深酷な現実を楽しみまた酒の真価を解する者だ。――今日では、酒客等は多く陽気に歌を謡わず、自覚と生活のためにか、寂しそうな酔い方の人が殖えるようだ。

これ等の、時とすると危険な人物の中心にあって、六七人のボーイのなかに、一人の紅顔の愛らしい美少年がいる。いつも少しく横に頭を傾ける様にして、室内受持の処を洋盃を運んで動き歩くのである。……一分刈りの漆の様な黒い毛の頭に、雪に朱をほんのりさした顔色の美しさよ、この少年の身体は宛《さなが》ら蝋細工みたようで、普通《なみ》の少女よりかは優って人を魅するのだ。浅草の強烈なる安い酒場《バー》に雇われる美少年は、何うしてもそれが貧民の子弟で、且つ悲しい薄い運をになって生れたもの〻様だ。正面の隅の小高い処に、いが栗頭の十二三なのがコップを洗っている。

かの美少年は、少女のような細く白い頸筋に、長く湯に入らぬのか厚い黒い垢をためている。そして又、鼠色小倉《こくら》の汚れた被服《きもの》がカクシの所が破れている。少年は、今夜は、その破れたカクシに片手を入れて、受持の長テーブルの端の所に凭れながら、瑠璃みたいな美しい瞳をあげて何やら考えこむ。紅い柔かの唇から、少年の悲哀が潤って滴るように、先刻から視ていた彼の酔眼には映った。

夏の夜に、隅田河畔の酒場《バー》に酔を買おうとした彼は、あの美少年の紅唇《くちびる》から、赤葡萄酒よりも甘い、やるせない悲哀《かなしみ》を与えられて、遁れるようにそこを立出で〻、仲見世の狭い石舗《いしだたみ》の路をフラ〳〵と歩いていた。

両側は迫った様でもキチンとした、仲見世の小売店に、花盛みたいに点る電燈と瓦斯の灯が紅梅焼や玩具《おもちゃ》や絵草紙と小間物類や、特に夏向の綺麗な花簪や半襟のいろ〳〵を照らした。彼は平常《ふだん》から女の半襟には、一種の神秘ともいわれる位の情緒の趣味を有《も》っている。それは女の好む半襟の色に由《よ》って、その女の情と気分が解るので。やさしい女の半襟には、その女が持ったかぎりの美しい感情が流れそ〻がれる。浅草仲見世は、下町の娘や半玉などが多分に買いに寄るから、こ〻で売る半襟は一そうに佳いようだ。

彼は、詩の如《よう》な半襟美観を、白熱の青い美しい瓦斯の光りに思浮べながら、例の朱塗の太柱が夏の夜に厳めしく突立つ、涼しい仁王門のところへ来た。昔からこの仁王門は、江戸っ子と諸国の旅人と、善男善女が日夜に数しれず潜り通る姿を見た。いや善男善女よりも現実の人間快楽を求める者——煩悶のためには道楽の埒外に走りたい、血と肉を蔵《も》ったる多くの群集を、濃い朱の色の大仁王門は年中沈黙して通らせた。——芝居で見ても昔から浅草観音の境内付近は、善人悪人ともに、種々《いろいろ》の人生葛藤と活劇の面白い場処《ところ》であった。

彼も、幾度となくこの大門を、重い悩ましい頭を垂れて通ったであろうか。深夜にガランとして薄暗い寂莫《さびし》い仁王門を潜って、明るい華やかな紅燈の巷に走ったこともあった。彼は今、その思出を夏の夜の蒸暑い中に繰り返えした。

黒い観世音の甍の上高く、夏の月が銀光りに浮出ている。白い雲が夢のように南北に流れている。彼は浅草では曾て月など美と眺めたことはない、浅草では月光は、仲見世で売る赤いリボンの布一片《きれひとつ》にも価《あたい》が及ばぬ、金ピカの観世音は、浅草の歓楽の地上に鎮座されて貴くも見られる。柔和《やさ》しい鳩も、歩く鶏も、豆売の皺婆さんの顔よりか余ほどに美だ。ある若木の銀杏の木は壮年のように美観をもっている。

噴水の涼しい片蔭の処に、十一時に近きいま、都会の放浪者らしい男の影が黒く塊っている。あの噴水の幽な音の聞えるほかに、黒い影の人間からは何等の囁きだも洩れない。全く罪人の様に、地面《じべた》を踏む権利を失った者の如く、死んだように低く蹲踞《しゃが》んでいる。彼等は浅草公園の露にぬれて一夜を明す、家のない犬のような漂浪者なのだろうか。彼は三年前の秋、この辺りで見た盲人の笛吹を思出した。あの深い青海の岩の小穴から咽びつゝ吹出すような、哀しい美妙な音に、それに添うて歌う悲壮棲婉な追分の曲節《ふし》で、彼は秋の日に干枯た腸《はらわた》を情緒に潤しえた事を。今通って見て盲人の笛吹を懐かしく思った。それから、遙か南欧の伊太利や北の露西亜で、その国の詩人が炎《もゆ》る眼を開いて、熱情の歌に、刹那の歌を、勇ましく高く唱って、それに彼の国の情熱的の人民が動かされて、そして自然の感情を露わに活々と躍らす、その芸術の高調を甚だ羨ましく想像した。

で、彼はこの夜は、憐な盲目の笛吹にも出逢わぬ寂しみを味わいながら、観音裏の方にチラホラとする地獄の家《うち》の火を眺めた。心も時に暗くなった彼はその儘、闇黒の空気のうちに佇んで居た。……これも秋であった、観音裏に巣を構える白首の家の前を通った。彼等は芸者屋の近くに軒先を並べている、浅草の白首ではやゝ高等な方で、明るい表硝子、小格子の内には三味線の鳴っている家もあった。

秋の吹く風が、稍袖に冷たくあたる夕景で、白首の女等はまだ化粧前とみえ、格子や、戸口の腰張障子の蔭にいるのは少なく、雑な木で造った粗末な家の表通り、一帯が寂しく至ってひっそりとして居た。偶《たま》には通りすがりの人影に、あちこちで客を呼ぶ女の声が耳に入る。

一軒、何の字か屋号をかいた家の瓦の上に、緑に繁った木が、檐端を蔽いたそうにして葉の色が濃かった。折から近所で弾鳴しだした低い爪弾の音に、白首の古い淋しい家の表障子が顫えて、秋に緑に茂った木が哀切な情調に感じて、葉と葉が泣き出しそうな光景。白首の家は、三味の音がなまめいた調子で色を付けた。

秋には物事に、見る物に甚く感じる神経質の彼の目には、銘酒屋の薄い瓦屋根の上に、その緑の秋の木が更に爪弾の音につれて、葉々は表裏ともに熱い涙に滲んで、それが晴天の秋の夕暮に雨のように、哀艶無残な白首の軒端に落ちるように見られた。繁った濃き青の葉は妖気を帯び、情と潤みをもって、この白粉厚くも悲惨な世に捨てられた女の屋根に蔽う。

あの御堂裏に在る、昼間も暗いような小さな地獄の家！　その白首が巣をする荒艶であり淋しい狭い路筋に、珍しくも濃き常若の色を湛えて繁る丸い幹に、彼が浅草に来れば必《きっ》と思出すもの〻一つであった。……あの肉を売って生命をつなぐ賤しい婦《おんな》が、稼いで焚かる〻竈の煙に、この緑の葉の木はドンナに咽び泣いたであろうかよ。

彼は又、この同じ軒先で、急に入口障子の蔭から半身を出して、「あなた御入りなさいな！」と彼を呼んだ若い女を見た。彼が入る容子のないのを見てとって、女は直ちに白い顔を没してハタと障子を閉《た》てた。その女は厢髪で、毛が少しく白粉の横顔に乱れ垂《かか》って、紺絣の袷を着ていたほっそりした美人であった。

紺絣の着物は、女の姿を引立たせる物だ、色の白い顔をば一層に白く艶美に見せる。今その若い女は、新しそうな紺絣を着て、細面の白粉した頬に、人の気を迷わす髪の毛がいじらしい様に態とらしく、その潤みをもった黒い瞳は男の顔をばジッと視た。

あの匂う紺と、匂う白粉と、女が売笑婦であり、若く美しかった丈けに、その姿が実に一種の魔気をそえて、あやしい位に濃艶にながめられた。宵の口でも暗いような障子の内に、あの若い美魔が灯の影にうずくまって居るらしい。若い艶色が反って無慙なる、その稼業に悲惨に思わしめるもので有る。

御堂裏は五区で芸妓家が新道といい、この頃新建の銘酒屋が出来た。彼は、境内の闇の中から地獄の家の軒燈《けんとう》の灯を眺めて、闇の所で、その紺絣の白粉の、妖艶な若い女のことを思い浮べた。

夏の夜の樹木が、しっとりと夜露に濡れて夢みるような間を通って、彼は、暗黒なる夜の刻《とき》と共に盛んに湧きくる連想に労《つか》れて、又も一杯の酔いを取るために、活動写真に近い洋食店に入った。

浅草の女は、茲《ここ》でも真に発揮している。表面の構から、浅草の六区式で、入口に生ビール一杯十銭とかき出してある。両側にある入口に、縁を波形にとった西洋物らしい布《きれ》が垂下げたのから、蓄音器の音《ね》が微かに漏れてくる。

彼の身体は、土間に置かれた椅子に腰を掛け、円い卓子《テーブル》の前に、公園の夜露にしめった白地の浴衣が、夜十一時を過ぎても猶陽気な室内、電燈の疲れもせず黄に燃ゆる火に照らされる。

洋食は、浅草公園だけに安値だけれど、比較的に悪くないのは、幾らか公園に来た感じが、舌端《したのさき》までも肉的に濃厚にしているかも知らぬ。広くないが清潔に、扁額《がく》や植木鉢などのある土間に、三組ばかしの人が洋食をやって居《お》る。六区では洋服和服の如何なる姿でもが、何だか浅草公園式の品格にして了う。快楽《けらく》を得にちょっと来て、動物の如《よう》に慾を満せばスグ去《いっ》てしまうように見える。

で、彼もその一人かも知らぬが、肉皿の前には明いたビールのコップと、褐色の強烈な酒の小さいグラスが光って置かれる。木綿もので普通の縞柄の単衣《ひとえ》をきた、白い前垂《エプロン》をした若い女中が三四人もいる。

食卓《テーブル》に面した台の上は、冷し生ビールを注いだり、色々の洋酒の罎が並べ置かれて、その小高い台の後ろの方で女中が、腰かけてお化粧をしている。こちらから、罎の首の間隙《あいだ》から女の前髪と目や顔が見える。女は肌をぬいで化粧をしているので、時々白い腕《かいな》や、立つようにすると乳の上は肩の丸味がありく\と見える。何でもそれが態と此方《こっち》に肉の美を見せつける様に思われる。あの狭《せ》少《ま》い酒の台の蔭に隠れて化粧をする女よ、女には酒罎の蔭もその瓶の色のように冷やかに味気がない、唯《た》だそのペパアミントやクユラソーや色ある酒の如き美しき刺戟と、濃い世の中の歓楽とを汝の身に加わればの幸福と思われる。

女は罎台の蔭から出たら、それは驚くほどに白粉の顔が綺麗になっていた。随分長くかゝった丈で、美しい顔は更に美を増した。如何な女でもお化粧をすると一種のバケモノである。

ここの女中は、鉛筆にひもを付けて帯に挟み、客に出した品物を定めの紙片《かみきれ》に控える。感傷的の彼には、そんな些細な事でも女のする果敢なそうな戯れの様で、襟から紐の鉛筆を悲しくも思った。女中は銀杏返や廂髪のが用を達《た》している。室《しつ》の隅や、料理を出す窓みたいな口の所に、椅子に腰をすえて客の方に向っている。白粉をつけて、西洋料理の女中らしく、取すました顔をして居ても、場所《ところ》だけに浅草公園の飲食店の女というさもしい、男の自由になろうという哀れな感じさえ起る。然し、中には銘酒屋の女をつくり変えた様なのと、色白の十七八の品のある別嬪もいる。

朝掃除前に来ると、女供は紫繻子の半帯を無雑作に結んで、店の仕事をしている。それから湯に往って後、白絽の丸帯などをキチンと締めて盛装する。紫繻子の帯は男の眼には婉な哀情を引くものである。

料理を出す口の所は、一面に鏡が張詰めてあるのに、時々立っては無意識に女共は、顔と姿をうつすのだ。その自分が綺麗にお化粧しているという矜誇《ほこり》が、女の笑みもせぬすました表情に現われるのである。そしてその銀色の巨鏡《おおかがみ》は、日夜の営業の時間中に、客に接する女共の白粉の顔と、偶には愁いに曇る表情をも見せられるのだ。彼が気を付けて視ると、台の上の赤い西洋花の鉢が鏡のなかに燃えていた。

煽風器の涼しい風を送る少し離れて、蓄音器が義太夫や浪花節を銀のラッパが吐出している。蓄音器は浅草にきて快楽をあさる人間の耳に、やかましい程に肉声で刺戟をするかの如くに、夏の夜も十二時になるにも衰えずに鳴る。円い卓《テーブル》に肱をついて考える様にして飲んでいる彼に、ラッパを流るゝ歌曲の哀音が胸にしみて、云いしれぬ頽廃的の悲しい気分になった。丁度その時に、浅草飲食店の夜の女は、遅くなっても、疲れた容子はみえずに顔はいき〳〵と、酒気と牛肉の匂いに稍むせたような電燈の光に、厚い白粉に魔気さえも加わるかと疑われる。しかし乍ら、遉《さす》がに少しく鬢の毛が頬にみだれて白粉を暗くするように見せる。

彼の呑む時の癖として、酔えば必ず楽しさと哀しさとを交々に深く感じる。歓ばしいと感じ得た時分には彼の胸には、もう多分の悲しみが波のように押寄せるのだ。然し、その酔中の悲哀は世の常のものでなく、一種の甘い〳〵かなしみであるのだ。で、彼は歓楽よりも、あるいはその甘い哀情のために酒に親しむのかも知れない。とにかく、歓楽の場所で女と酒の情調に身を浸しているのは面白いものだ。天下何物にもかえがたき甘味がある。

赤い太陽が強き光線《ひかり》の翼をかぶせる、大都会の至る所に、彼は苦い〳〵酒を殊更にもとめる事がある。その舌には甘美《うま》くもない酒が、彼の重いなやめる魂を潤おすからだ。この世の中に打てば響くような熱があり、強鋭な感情の男に出会わぬかぎりは、酒でも呑まねばセゝコマシク平凡で且不安な世がやりきれない。死んだような非感情の人間に接するよりも、熱い酒の壺でも叩いた方が、趣味あり好ましいと常に考えている。詩人ポーやベルレーヌの赤い酔狂の味は知らぬけれども、その酒の揚句には、屹度ひた〳〵と身を湖のような悲哀に浸される。

今円い、感情に湿《うるお》う卓《テーブル》にジッと眼を閉《つむ》って、彼はよくする癖の思いに沈んでは瞼に涙を湛《たた》う。彼は客のいぬ寂しき屋敷に独酌して、静《じっ》と盃を嚙んで孤り物を思い、詩のような甘い空想に耽ることを好むのだ。又は浅草の大川に沿った道路の柳の下のような所をば、魔液《まえき》なくしてうつら〳〵と空想しつつ歩くのが面白いのだ。で今、円卓《テーブル》の上で、濡れた瞼を指先でソッと押え拭った——女が見付けなかったか知らと、神経質の彼は気羞かしくも思ったのである。

彼が、入口の夜に重く垂《さが》るような布《きれ》を潜って出た時に、ふと振返ると洋食店の電燈がスーと消されたかの如く、硝子窓の内は薄暗かった。——十二時を過ぎた黒い夜は、浅草のすました洋食店の女を神秘の幕に包んでしまった。

浅草の夜の情調の味わいの濃さはこれからである。彼の眼は快楽《けらく》を暗黒に摑まんとする梟のように輝き出した。先刻《さっき》、人を吐いた活動写真の建物は幾軒も電気を点け連ねて、あの悪どい毒々しくも塗った絵看板の色が、深夜に余焔《よえん》を吐きちらしている様に見える。特に画面に誇張して描かれた女と血の赤い色が凄い毒々しく。昼間よりは幾倍にも男女《なんにょ》の顔短刀《あいくち》も血も生々として浮出る。あの臆病なる道徳家を威嚇するように残酷殺伐なる油画は、深夜の熟しきった如な黄な電燈に爛《ひか》っている。

興業の休止と共に、影のない活動写真の女の姿が、彼の昂奮した神経的の瞳に見えるようだ。あの廂髪の緑や古代紫や白縞などの、洋装まがいの若い女の案内者、入口で切符を売る白粉の女の顔は、浅草の女として濃い濁った空気に生活する、血にいき〳〵とした絶好の標本であろう。——入口の窓で白粉で固め上げたような女の顔が、その少し潤んだ如《よう》な目が、女の労働のみじめさを、浅草公園の群集の通りで白粉の明るみに見られる。

新聞に折々若い男と恋の媾曳を唄われる女案内は、あの若い女の発達しきった体の肉を、夏は白っぽい洋装で引しめる様にして、あの態と薄い白粉の顔と、小さな柔《やさ》しい手が、入口の所から見物を導いて場内の闇中に没する。全身の燃える血をそゝらるゝ若い男や、不良少年等の眼が闇中に紅玉の如《よう》に光るだろう。その女案内を中心に、場内の闇黒の裡にはいろ〳〵の女の衣が花と匂う。

あの外国のフイルムに写る賤しい女でも、この浅草活動の女よりも立優っているらしい。仮令《たとえ》ば欧米の浅草式の人の集まる興業の場所ならば、彼の地のそこに雇われる貧家の女達は、その姿化粧の艶美と、給金の沢山と、そして男子に関する濃厚な恋愛が成り立って、その幸福《しあわせ》さは我国の普通の家の娘以上だろうと察せられる。で、あの写真で活動する外国の賤しき労働の画の女を見ては、この浅草の生きた洋装まがいの女の、低《ひく》い黒髪に肩に、柔かい手にまでも同情の涙を灑《そそ》ぎたくなる。時として、写真の表情の巧みな貴婦人か醜業婦かわからぬ女を見て、闇中の柵木に靠《もた》れてしょんぼりとして居《お》る若い女がある。

活動の入口には金網の内に、白い布の胸当に紫の服をきた切符売の女がいる。この六区活動の背後の小格子には地獄の女が、あやしい色の着物をきてノロ〳〵として住んでいるのだ。

浅草の圏内は、あの広小路から吉原にまで、江戸時代からなみ〳〵した情調を以て流るゝ隅田川を背景にして、ここに総ての女が華奢な身体を投出して、本能的に黒髪をも顔も手も足も、金と男性の前には、宛《まる》で河岸に投出された潑剌《はね》かえる魚のように、思い切って大胆な放奔な情的の生活をやって居《お》るのだ。——そこに朝《あした》の髪が昼に、夕《ゆうべ》の髷が夜半《よなか》をも待たずに解けて無慙にも崩れる。あの一筋にも女の生命なる黒髪が乱れて、男性の強い力で蹂躙さるゝ凄まじさ、濃い慾と情にぬれた油の髪の毛があちこちに浅草中にのたうってている様だ。あの貴婦人や家の娘が虚栄《みえ》でするのと違って、彼等は顔に厚い白粉をヤケの如《よう》に塗って、——赤いものなどを着けて、滑らかな白い手と足を………自由に働かせる。

芸者娼妓は別として、浅草の飲食店の女、銘酒店の女等は、今日居て明日には影がない女が随分と多い。彼等は皆薄い運を弱い肩に担って、何処からともなくこの浅草へ流れて来たのだから、放縦な流転に馴れているから、排斥されたり飽かれたり、面白くなかったら姿が兎のように急変して、家を出て往って仕舞う。で、浅草は女の掃溜であるが、雷門は日夜にいろ〳〵の姿と気前の女を吐入れして居《お》る、一方の賑やかな怖ろしい魔の口であるのだ。誘拐された初心《うぶ》な田舎女《むすめ》も来れば、又「縁と浅草に御金が降ったら又来るよアバヨ！」などゝ毒ついて去る摺枯女《すれからしもの》もいる。

彼は、瓢箪池の辺の闇に枝を垂らせる柳の蔭に佇んで、暫らく浅草の女の暗い運命を想うていた。しかし、彼自身もこの一夜は、放奔に赴くまゝの情熱に任せた怯しい男である。そう思って一旦覚めてかゝると、深夜の公園に枇杷の巨《おおき》な実のような電燈が、厳粛な光輝《ひかり》に射照すようで、彼は妖気に壊れかゝったような身体を引しめた。

彼は又曳ずられる如にして、玉乗の前を歩いて居《お》るのであった。ト彼の稍血ばしった眼の前に、白い巨珠《おおだま》の上に贋金《まがい》襴の帯をした玉乗の娘が、幾人も閉された席の空中に現われた。あの白い玉と少女の可愛い足とが、闇の中でクル〳〵と廻転《まわ》っているようで美しい。

彼は、あの危険な軽業や足芸の少女と、浅草へ来ると薄命な少女と同情するけれども、あの女の漸やく発達しかゝった、肉のふくよかな柔かい小さなのに、肉色のシャッと桃色サルマタを穿いた格好は、甚だ好ましい印象を彼に与えた。その肉色のシャツや桃色のサルマタが、何の位髪と厚い白粉の顔とを引立てゝ見せるかは分らぬ。

少女等は、小児の折に拾われたのか、買われたのかで有ろうけれど、そのいじらしい姿は、人間の肉体の最も婉曲な、桃色のいき〳〵した栗鼠ではないかと眺めやられた。……肉体の発達はだん〳〵と女の凋落するを語るので有るから、玉乗の娘達は、全体の手足の発育をそこに止めて、無理な圧迫と労働のうちにもその美が却って万年少女の如く、若やかな幸福を思うた。世間の女が、家庭の囚人のように肉に脂肪《あぶら》の脱けていくよりも、その肉色シャツと桃色サルマタとでふくよかな肉を包んで、常に若く愛らしく、生々として男性観客の前に女の身体の美を誇り得る、浅草公園の幸福なる芸娘よ！　あの危ぶい芸当をやって、世間の弱々しい虚偽の娘供をバカにしている様な女は、刹那の苦しい美に活きている芸術家であると彼は考えた。――二三年前彼は、高い天井で危険な芸当をやる小娘を見た折に、彼は「あゝ危険だ、美だ、おれなら、あの刹那に落ちて死んでも可い！」と心に絶叫したことがあった。

十二階の塔が一点の光もなく、黒い罪悪の凝塊《かたまり》であるかの如くに曇った空に聳立《そばだ》つ。彼は今その暗い蔭を、黒い影を引ずって歩いて行く。細い迷いそうな暗い路で、前後から何物かゞ身体を襲うように感ぜられた。

昼間みると赧黒く灰色した様な塔の下から、粗末なマッチ箱みたいな淫売屋が詰っている。そしてこの深夜に、そのマッチ箱の家に妖淫《ようい ん》な灯《あかし》がついていて、通行人の身体をそゝのかし焼こうとして居《お》るのだ。

暴風の一吹《ひとふき》に会えば直ぐバラ〳〵に飛散るような、細い木や竹や又鉄の小窓に、買笑婦の白首連は、顔を並べて坐っている。生めいた眼に無理から情をこめ湛えて、赤い腐った菓子みたいな唇を尖らせて「貴下《あなた》ちょいと、ちょいと入っしゃいな！」狭い路の両側から雨のように客を呼立てるのである。

十二階塔の下は、浅草中での人生の暗いドン底で、爰にいろ〳〵の賤しい女等が、宛《まる》で動物のような浅ましい淫《みだら》な生活をして居《お》る。白粉垢によごれた単衣に投出した身を包んで、一軒に四五人はゴロゴロしている。光明たぐいなき太陽さえもここの窓をヨケるようだ、女もまた昼間の強い明るみに自分の生恥を晒すのを嫌うかの如く、昼は大抵はすなおな獣の様に、小さな薄暗い家の穴に隠れている。

赤い太陽が沈んで、宵の灯の点いた時から、白首の女等は俄かに活気づいて来て、客のない昼間は猫のようにグタリと臥《ね》て居たのが、眼も手足も赤黒かろう生温《なまぬく》い血液が循環しだして、男と見たら引摑《ひっつか》むらしい鬼の白首に化《かわ》るのである。

塔の下の濁った空気の暗い穴に、今の深夜に点った淫な火に、都会に住む――飢えた若い男等は、恰も夏の蛾虫《はむし》のように四方から寄集って来る。…………血でともした紅い火に、生命知らずが身を焼きに来るのである。女の黒紫みたいな病毒をもかまわず、男は毒を買いに都会から千束町の暗い穴に来るのである。

その両側から射す妖淫《よういん》の火を、神経質の彼は宛《さなが》ら頭から浴せられる様に覚えた時、

「あなた麦藁帽子の旦那、寄って入《いら》っしゃいな、ねちょいと……」

一軒の狭い障子の細目から、廂髪の若い白粉の女が、生めいた鋭い言葉で男を引寄せるように叫んだ。今まで静《じっ》と人形の様に坐っていた女の腰から上は、男の影を見た刹那に震えるが如くに、女の眼に全身の情があつまって光った。

「ちいいとで可いからさァ！　ねあなた上っていらッしゃいよ……」

小格子の外へ、まさに手がチョッカイ出そうとしたが、彼が近寄らなかったので、女はあきらめた様に坐り直した。女のこの行動は機械じかけの如くに自然的になっている。

魔の国に咲く夢の花のように、銘酒屋の屋号をかいた丸や角の軒燈が、彼が行手を脅かす様に思われた。と又隣の格子から「遊《あす》んでいらッしゃい」と同じ様な白い顔が、前の障子からも悪るく冴えた嬌声がかけられた。あの動物のヤクザナ檻のような前後から、白首の餌物を生捕ろうとする眼と眼が、宛《さなが》ら薄暗い中《うち》で光睨《にら》めているかと疑われた。

彼は一歩毎に、同じ様な小格子に、同じ様な呼声を聞くけれども、その感じは賤しい女でもその白粉の顔の違うだけ、悲惨の運命の色どりが異なるだけに、一軒々々と、新らしい気分を以て暗いこれらの家《うち》を見歩いた。中には十七八の地獄の艶《えん》な花とも見える美人がある。八百屋横町、桜新道、都新道にも、魁新道にも……。

夜の更けたにもめげずに、放蕩の熱い血をます〳〵動かす様な若い連中の影が、千束町の細い闇の迷路を絶えず流れて行く。浪花節などの乙な自慢のところを聞かせてゾメク絆纏、洋服、袴なんかが躍《おど》るように影が過ぎる。で、暫らく彼はこの快楽児《けらくじ》の狂うような、夜行を眺めていると、両側の魔の声にいつしか引寄せられて、絆纏洋服袴が木や竹の小格子に蝉みたいに姿が取付いている。出るに出られぬ窓障子の内と外で、女のシャベクル燕とのろけた男蝉とが密語《ささや》いている。

黒鉄棒の嵌った窓に、白粉の女の顔！　紫絽縮緬の夏羽織をきて坐っている女もいる。随分若い美人もいるが、中には朝通ってみると、白粉が黴みたいに青く顔にコビリ付いているのも居る。

首に濃く白粉をした燕は、前借《ぜんしゃく》は大方二三十円位だそうなが、――厳重な掟で、遉の燕でも自由に千束町の巣からは飛出せぬ。この種の女は方々を漂浪して来たのだろうが、よし燕でも放縦奔放な女兎でもこの家を逃げられない。

またも鼠啼きの嫌な声が、偽りめいた声のように聞える。

真にマッチ箱の詰ったような軒々に、千を越ゆる買笑婦のなかに殆んど年増は少くて、若い女の多いのは何故だろうか。世の中に生活問題がこの多数の柔肌のものを狩って、この地獄のどん底の穴に遁入らしめたのだ。その地獄の小窓に若い千の女等が淫妖の火を点して、紅白粉で化粧した顔を晒している。彼は、あのマッチ箱のそれらの家と、男女《なんにょ》の真赤《まっか》なる……強烈なる焔……彼の極く過敏になった瞳には、闇中に恐ろしい血肉の色の業火が燃え上って見えた。

凄い火焔《ほのお》の中に、彼れの網膜に紅い罌粟の簪が浮出て映った――それは彼が曾て、この私娼窟で出会った女の印象が復活したのだ……。

髪は濃く黒い、多すぎる程の廂髪に燃ゆる紅罌粟の一輪挿、荒い銘仙の羽織と縞の小意気な着物に、女は花模様メリンスの派手な帯を締めて、チャブ台の側に坐った。そして、麦酒を洋盃《コップ》に柔かな手で波々と注いだ。

彼は一種の好奇心を以て、魔窟のビールの泡に見入ったが、彼は更に眴《みなお》すと、狭隘《せま》い仲仕切の三畳間に、台洋燈《らんぷ》が薄ボンヤリと点してあって、石版摺が謎のように貼られ、隣は真暗な穴の様な小部屋なのだ。

ビールを呑む彼に、不意に女は、

「妾《わたし》、美術学校に居たのよ」

猫のような手を茶湯台にチョイト置いて、女は甘える如《よう》な細い声で言った。なるほど豆位な小さな胼胝《たこ》の迹がある。

「あの造花を習《や》ったのよ！」

それは、何処の美術学校かは知らぬけれど、いずれ東京か、田舎の街の小さな所で造花でも教わったのだろうが、美術の塾舎から、私娼窟の此屋《ここや》へ来たとは、余りの奇《き》な激しい変りかたである。最も彼女の境遇も、人生の真の暗黒なる自然美術の実行かも分らぬけれど……。

この種の女の癖か瞼の重たい、美しい魔力のある眸は艶味を増して、凝と、此方の顔を盗むがように瞥《み》た。女と彼との間に赤い百合の花が段々咲くように、彼の酔のまわる眼に現《み》える。

女は、白いしなやかな細い手に、男の情を弄ぶようにして、麦酒の壜を傾けて注ぎながら、

「ね貴郎《あなた》、宜いのでしょう、遊んで居らしても？」

彼は女の言葉に対して、只微笑しながら、

「だって今遊んで居るじゃないか」

「あら嫌よ、……………」

女はモー男を情の捕虜《とりこ》にした誇りの見える中に、尚いくらか不安の心持が横顔の影に現われている。

私娼窟に女王クレオパトラのような眼と、美貌を生命として矜る賤しい女でも、何となくこの姿態《すがた》にいじらしく同情されぬでもない。

次の間に、小さい神棚に燈明が燐《りん》のように光って、色気の滾れに染った麦酒《ビール》に稍酔った彼は、漸次《しだい》に隣の小さな真暗い穴に引入れられる様に思った。

女の濃い廂髪に、虞美人草《けし》の紅い一輪挿が、妖魔の眼みたいに艶に燃えてきた。最もこの女は容貌《かお》から姿から、この私娼窟では珍らしい位だ、それであの光沢《つや》々しい多い雲の髪の毛にドウモ病毒が巣《す》していると信じられぬ、美しい鈴をはった眼に、白粉の襟元から下は白い滑らかそうな肥た身体に、あの怖ろしい悪毒が潜伏《ひそん》でいるとは想われない。そう考えると、女の銘仙の羽織まで地獄屋で光って美しく見える。

そこで、茲《ここ》までの危険に入って暗黒界で、生々しい美を感得した彼は、言いしれぬ不思議な、魔術にかゝった様な奇妙な心持になって……「また来るよ！」と、麦酒《ビール》の高価な代を投出した儘、女の頻りと縋るように留めるのを黙然と彼は一時を過ぎた深夜の戸口を立出でた。

「さよなら、又入らっしゃい…」女は濃い熱いような最後の一瞥をくれた。あの髪に挿した虞美人草の紅い花簪が、大きく燃えて彼を追って脅かすように思われた。

既《も》う、店を閉鎖《とじ》るに間もない今、時刻も、かれらの情も、通行の遊客の気分も、惨憺たる高潮《こうちょう》に達したかの様である。十二階の下から、猿之助横町までの縦横の暗い迷路を、暗い濃い男女《なんにょ》の血に煙《けぶ》るような情の潮《うしお》でひた〱と浸している。薄ぼんやりした数百の軒燈のそれらの全部を、濁りぬいた洪水が臭い空気を沈没させている。

この時に、彼は身体が凄惨な感じに戦慄《ぞっ》とする一種の寒さを覚えた。と同時に、二三年前の晩秋に、この迷路の何処かの家で、首に白い帛《きぬ》のハンケチを巻いた美人に出会った。……小さいガランとした人ひとり居ない孤屋《ひとつや》に、魔女のような若い美人が深夜にいた。その黒い濃い廂髪に抜けるように白い匂う顔、あんな美人は大都会の昼間でも滅多とは見られない。――彼は晩秋の淋しい心持になって、その細い艶な首に白帛《しろきぬ》のハンケチを粋に巻付けた、凄婉なその女を思い出した。

酒の気が醒めてくると、放逸と頽廃に身をまかせて浅草の夜を徘徊した彼は、今は全く疲労《つかれ》て暗い路上に突立っていた。

細い小路の両側から「ちょいと〱、貴下《あなた》ちょいとゥ！」雨のように頭から浴せられる女供の声を、暑くるしく擲殴《なぐ》りたいように嫌厭《いや》に感じた。

千束町の通りに出たら十二階の塔が、濁った雲から彼の暗い面《かお》を睨め下ろしていた。

十二階下の少年達

濵本　浩

一、三日月の健

その頃は、えんこなんて気取らなくとも、浅草のことは、六区、十二階下でとおった。僕たちは、もさだのでかだのと面倒くさい隠語《ふちょう》も知らず、まして、きょう日《び》のように仁義を切るなんて、時代掛《がか》りの台詞《せりふ》なんか、耳にしたこともなかった。

大体、不良少年なんて名称が、その頃あったか知らん。これは、ずっと後《のち》になって、警視庁の役人が勝手に食付《くっつ》けた名前で、僕達の頃には、他の善良な少年達と区別されるような特殊な呼称なんて、幸か不幸か、なかった筈だ。

拳銃《パチンコ》や短刀《どす》を、憚りながら不良少年《よたもの》の喧嘩《ごろまき》に振り廻すなんて、ずっと末世《まつせ》のことだ、僕達の時代には、実力主義の腕力本位で、道具と云えば、まあ下駄に尺八、稍々ハイカラな奴が攻玉舎の帯革《バンド》振りに、早稲田のノック・バットだ、バットだのバンドだのと云う奴が、きょう日《び》のメリケンやパチンコくらいには文明的な匂いをもって居た。

尤も、何の某と売りだした大立者になると短刀くらいは膚身離《はだみ》さず呑んで居たし、身内の十人や二十人は連れて居ただろうが、普通の書生無頼《しょせいごろ》なら、まあ一人《にん》一家だった。それや僕達の一時代前までは白虎隊だの青竜団だのと戊辰戦役みたいな、凄い仲間が、大暴れに活躍したそうだが、それが其筋の弾圧で箱根以西へ追放せられたあとのことだ。明治大正の不良少年史では過渡時代、つまり戦国時代だったから面白かった。

僕達の頃には、メリケン帽の横冠り、長外套《ロングコート》の裾を曳くなんて、お洒落ギャングは居なかった、久留米絣に小倉袴、板裏草履、真紅《まっか》な絹裏の鳥打帽を、ぐっと目深に冠って嬉しがったものさ。

そのくせ、明治末期の書生無頼には、自慢じゃないが魂があった。僕達の仲間は、闘争心に燃え、貧乏で、ロマンチックで、それに、正義派だった。

書生無頼の荒巻健は、その時代が生んだチャンピオンだ。どっちかと云えば、華奢な好男子《いいおとこ》で、何の名残りか白い額に三日月形の疵があった。それが看板になって、三日月の健ちゃんと呼ばれて居たが、青蛾《せいが》のような三日月こそは、まことに健ちゃんの象徴《シンボル》であるがの如く思われた。

絣《かすり》の羽織に小倉の袴も、或いは金釦《きんぼたん》の学生服も、健ちゃんには身に付いて似合って居たが、どこにも、学籍なんかなかった。そうかと云って他に職業があるわけでもなく、何うして暮して居るのか、親しい仲間ですら知らなかった。

江戸川の石切橋に近い露地裏の安下宿に、街の演歌師《うたうたい》や、飴屋の行商と同居して居たが、月末がくると、月々の払いだけは滞らしたことがなかった。さりながら、健はいつでも貧乏だったと見え、酒が飲みたくなったり、女が欲しくなると懐中具合のよさそうな仲間を物色して誘いだしに出掛けた。不思議なことに、だれひとり、健に酒や女を奢って損をしたと思うものがなかった。それというのが、健は、神経質のくせに気が強くて、友情に厚く、何かしら仲間の誰にも役立つ男だったからである。

健は書生ゴロのくせに、夜店《よみせ》のぱくりや、中学生を嚇して小銭を捲きあげたりなんかは決してしなかった。それに好男子のことゝて想いを寄せる女達も少くはなかったが、素人の娘は決して対手《あいて》にしない。勿論、美貌を種に女から小遣銭をせしめるような不了見は、心から嫌って居た。どっちかと云えば、健は潔癖で正義派だった。

明治四十×年の秋も更けて、ある午後、健は、江戸川から伝通院を抜けて、てくてくと一高の寄宿舎へ、仲間の新田五郎を誘いだしに行った。新田は独法の三年生で、端艇《ボート》の級選手《クラスチャン》だった。

「浅草か、諾《よ》し行こう。然し待てよ、俺も貧弱《プアー》だ、たれかに借りて来らあ。」

朽葉がはらはらと散る西寮前の桜樹《おうじゅ》の幹に凭れて健が待って居ると、三十分もたって、新田が恵比須顔で帰って来た。

それから、仲良しの二人は、肩を揺《ゆす》って、寮歌を唄いながら、池ノ端から上野の山を越えて、遥々と浅草まで歩いたのである。

二、馬肉屋の感激

公園の六区は、今でもそうだが、その頃も活動写真館や見世物小屋が甍を競い、紅白の幟が空を蔽って居た。活動写真はその頃から興業物の筆頭で、大幸館、オペラ館、富士館、電気館、世界館、大勝館、三友館など十幾つの常設館が、いつでも満員だった。入場料はたゞの五銭から十銭、二十銭だすと貴賓席に案内される、その頃の案内娘は懐中電燈ではなく、手を握って客を喜ばせて居た。

役者よりも監督よりも弁士の人気で観客が集まった。噛んで含めるような電気館の染井三郎、一人七役の声色使いオペラ館の土屋松濤、大勝館の花井秀雄が先ず六区の大御所だった。花井の細君も裾《スカート》の長い洋装に花笠の帽子《ボンネット》で、舞台に立っていた。

フイルムだって連続以前のことで、パテーやゴーモンドの四巻物を最大長尺と云った時代だった。新馬鹿大将のボビーが馬肉を喰い過ぎて馬になったり、今は亡き名喜劇俳優マックス・リンダーが、水を忘れた西洋風呂でグロッキーになったり、他愛もない西洋物を、見物は、巻煙草をぽかぽかやりながら夢中になって見惚れて居たが、映写中は真暗闇なので投げ込みだの握りだの、よくない行為が流行し、そのために活動見物は益々賑うのであった。

奥山の花屋敷では、昔ながらの山雀の芸当や、ダークの操人形が呼びもので、喇叭付の大声蓄音器《たいせいちくおんき》すら見世物になって居たのに、新らしく六区に開かれたルナパークは、外観内容ともに素晴らしくハイカラで、山ノ手から来る客の人気を蒐《あつ》めて居た。

「まだ早いや、時間つぶしにルナパークへ入ろう。」

何がまだ早いか、新田は、秋風になびく紅白の旗織の間から青空を仰いで云った。

ルナパークには、人造石の築山の頂上から、轟々と落ちる大滝を中心に、思い思いの見世物があって、入場料以外に三銭宛《づつ》の木戸銭をとって居た。二人は、客車型の客席から、実写映画を見物する観覧車、フロックコートの松旭齋小天一が、ハンケチや銅貨で即席手品の種明《たねあかし》をする魔術館などを、一々覗いていたが、やがて飽きたのか、肩を喰付《くっつ》けて二階の売店へ上っていった、そこには、その頃珍らしかった売場娘《ショップガール》が、まるで射的屋の看板娘のように愛嬌を売って居たのである。

新田は、いつの間にか一高の制帽を脱いで、懐中《ふところ》へ捻じ込んで居た。端艇選手《ボートマン》の彼は帽子を脱ぐと額ばかりがくっきりと白くて兵隊のように目立った。

売場娘もからかい飽きて、二人が大滝の下に立った頃には秋の日はいつしか暮れて、築山の頂上《てっぺん》に、これは真物《ほんもの》の星がきらきら輝いて居た。

「一杯、やりてえなあ。」

健は、昼飯兼帯で、下宿のお汁《つけ》のさめた朝飯を食べたきりなので、腹の虫がぐうぐうないて居た。

「こちらも腹ぺこだ、然し何を食べる?」

新田も、唾《つばき》をぐいと呑みこんで、健の希望を訊いた。

そう訊かれて見ると、この機会を利用すべき理由が健にはあったのである。

「僕は、米久の牛肉が食いたいなあ、脂のところをじゅうじゅうやって見ろ、堪らないぜ。」

そう誘惑的に持ちかけた。

「贅沢云うな、肉が食いたけりゃ馬肉《けとばし》で我慢しろ、食費は倹約してと、ほら、あとのことがあるじゃないか。」

新田は、一直裏の銘酒屋の年増女の深情と、粘っこい膚を思いだしてぞくぞくした。

二人は大盛館前の雑沓を避けて、大池と瓢箪池の間の真暗な木下道を前後になって歩いた。槐樹の梢で、乾枯びた莢が夜風に弄れてさらさらと鳴って居た。

頭の上には、追被《おっかぶ》さるように、凌雲閣の十二階が屹立して居た。立停って仰ぐと、凄惨な黒雲を被《かぶ》って、今にも倒れ掛るかと思われた。

いつだったか秋雨の夜、新田は、十二階を仰ぎながら、幾時間も幾時間も公園の中を歩いたことがある、そのとき仲間の一人が「見果てぬ夢だなあ」と云ったことを思いだした。それは、その頃の流行作家永井荷風の有名な小説の題名だった。

「健ちゃん、小説を読まないか。」

「面白いかい小説なんて。」

「面白いさ、俺達の知らぬ世界、空想の世界が、何でも事実として描かれてるんだ、読んで見ろ、ぞくぞくするぞ。」

「女弟子の布団をなめたり、安待合で耽溺する話かい、あんなこと嫌いだ。」

「日本の作家なんて問題じゃないや、トルストイだのユーゴーだの、外国には素晴らしい文豪がいるんだ。そうだクープリンの「決闘」なんて、健ちゃんが読んだらきっと喜ぶだろう、いつか話してやろうなあ。」

新田は昂奮して居た。然し健は、その頃自然派小説のだらしのない話をきいていたので、小説なんてすっかり軽蔑して居た。

間もなく二人は、紺地に赤の桜花《おうか》を染めた暖簾を潜って千束町の馬肉屋に上った。

新田は酒に弱く、酔うとひどく感傷的になった。

「健ちゃん、君と俺との交際《つきあい》も、もう何年になるかなあ、これで、二人は、一生別れないだろうなあ。」

「そんなことは解らないさ、だって、君が知事か何かになって、僕が相変らずのゴロツキだったら何うする、それでも交際《つき》あえるか？」

「健ちゃんは自分でゴロだなんて自慢するが、俺はそう思わないぜ、俺は健ちゃんを信頼しているんだぜ。」

「そうか、それなら一生おつき合い願うことにして、今夜はこれで失敬さして呉れ、実はちょっと会いたい女が居る。」

「何でえ、駄目じゃないか、俺の行《ゆ》くところにはいい女が居るぞ、レオナルド描くところの女が居るぞ、俺と一緒につきあえ。」

「今夜は許して呉れ、ほんとうに会いたい女があるんだ。」

「恋人《リーベ》か？　恋人《こいびと》があるなら無理には誘わぬ、そのかわり、これを持って行け。」

新田は袂《たもと》の底をちゃらちゃら云わせて居たが、五十銭銀貨を三枚、チャブ台に並べた。

「止せやい、金なんかいらないよ、君だって友達に借りて来たんじゃないか。その代り鍋の中の残物をみんな貰っていくぜ。」

健は、通りかゝった女中に頼んで竹の皮を貰って、鍋の底に炒りついた肉や白滝を、きれいに摘みだして、器用に包んだ。

三、生ける屍

十二階下の、臭気に満ちた露地の両側から、浅間しい銘酒屋女の呼び声が蛙《かわず》の啼《な》くようにきこえた。

泥濘《ぬかるみ》をねって、色餓鬼共が列を作ってぞろぞろと歩いていた。

三日月の健は、馬肉の竹の皮包を後生大事と携げて、側目《わきめ》も振らずに花屋敷裏へと急いで行った。曲角の煙草屋が目印で、それを右に取って六軒目、四角な軒燈に「新聞縦覧所佐野」とあるのを念のため確めてから、蝙蝠のように飛び込むと板裏草履を素早く懐中へ捻じこんで、正面の梯子段を、するすると駆け上った。それには、覗き窓から戸外を監視して居たこの家の女将《おかみ》も気が付かなかった。

二階は三尺の廊下を境に暗い三畳が二つ向きあって居た。廊下の天井に、五燭の電気が仄《ぼん》やりと灯って居る。

健は障子の破目《やぶれめ》から部屋をそっと覗きこんで、忍ぶように声をかけた。

「おい、いいのかい。」

「だあれ。」

絶え入るような嗄声《かすれごえ》が、暗い壁の下から洩れて来た。

「やっぱり居たね、俺だよ、この間の健ちゃんだよ。」

闇の中に、ぺちゃんこの煎餅蒲団を敷いてはあるが人が寝て居るのか居ないのか解らない、健は手索りで、女の枕許へ坐った。女の体臭や穢物や、病人の息の臭《にお》いで、そんなことには馴れて居た健だが、つい胸がむかむかとした。

「何うだい具合は、些《ちっ》とはいい方かい。」

「えゝ、お蔭様で。」

「お前、この前のとき、牛肉が食いたいって云ったたっけなあ、こりゃ馬肉《けとばし》だが我慢しな。」

竹の皮包を解いて、さっきの馬肉を摘んで女の口許へ持っていった。

その夜から数えると一週間も前のことだった。いつもの癖で十二階下の銘酒屋を軒別《けんべつ》に覗いて居た健は、この家の、素人っぽい年増の、いやに威勢のいゝ呼び込みが気に入って、文句なしで履物を脱いだのが、年増は、健を二階へ案内すると、暗がりの部屋の中へ「仙ちゃん、お客様だよ、素的な色男だよ」と声をかけて置いて、素知らぬ顔で下りて行ったのだ。

「なあんだ、あの年増が相娼《あいかた》かと思って上ったら、女の牛太郎《ぎゅうたろう》か、馬鹿にしてやがらあ。」

入った部屋の女が寝た儘で挨拶もしようとしないので、健は不機嫌に布団の裾に胡坐をかいた。

「起きろ、起きて挨拶でもしないか、顔も見せないで、冗談じゃないぜ。」

廊下の電気で、眼が馴れてみると、部屋の中は仄やり明るかったが、女の顔が壁の隅にあって真暗で見えない。

「済みません、病気で体が動かないものですから。」

暗闇の中に、家畜のような二つの瞳が青光りして居たので健はぞっゝとした。

「病気で居て客をとるんかい。」

「許してね、あたいがするんじゃあないんですから。」

健が詰問したと取って、女は泣声で訴えた。

男に捨てられて、二年前、この十二階下へ流れ込んで来たとき、この女は——お仙というのだが——既に、咯血して居た。それが秋風が立ち初める頃から、遂々《とうとう》身動きもならぬ重態になった。それでも、おかみは医者に見せるでもなく、それどころか、寝た儘のお仙に、自分で咥《くわ》え込んだ客を当てがった。客が文句を云ったら、おかみは平気で向いの空部屋へ連れ込んで、さっさと片付けてしまった。

亭主と云うのは家へ帰ったり、帰らなかったりする街の演歌師《うたうたい》だった。

「でも、あたいは馴れて居ますから、あなたさえ構わなければ、おやすみなさいな。」

お仙は、そう云って、重そうに布団の端を持ち上げた。

「何を云ってやがるんだい、獣じゃあるまいし、そんな事ができるもんか。」

健は布団の裾に胡坐をかいて、やけくそにバットをすぱすぱ喫った。

「大体、この家のおかみに文句があらあ、ようし下へ行って談判してやる。」

立ち上ろうとする健の袴を、お仙はあわてゝ押えた。

「止してね、そんなことをすると、あたいが困るのよ、お客がなかったら、お粥も水も呉れないんですもの、その代り、あたい、あなたの好きなように何麼《どんな》ことでもするわ。」

「そうか、そんなら勘弁してやろう。」

健は、また渋々と腰を下した。そのとき、どっかで、時計が一時をうった。

「仕様がないや、夜の明けるまで、こゝに居るぜ。」

健は、着た儘で仰向けに、ぶっ倒れたが、いつの間にか、ぐっすり寝込んでしまった。

間もなく、こんな地獄のような屋根裏にも、朝の光は仄々とさして来た。夜が明けると、健は部屋の中の陰惨な模様をはっきりと見たのである。屍骸《しかばね》のような女だ、隈の入った眼が、黒い頬の底にあった。それが、大儀そうに、垢だらけの細い手を出して、割箸の先で、壁へ線《すじ》をつけた。壁には無数に線が刻《ほ》って有った。

「何だい、そりゃ?」

「あたいの暦ですの。夜があけるたびに一つ印をつけますの、もうあと四十日すれば、あたし、年期があけますのよ、そしたら故郷《くに》へ帰って、お母さんにお詫びして自家《うち》で養生さして貰います、あたいの村には温泉もございますし、きっと丈夫になれると思いますわ。」

「そうか、もう二月《ふたつき》だね、お正月は故郷《くに》でするんだなあ。」

女の一握りもない細い首と、波のように動く肋骨《あばら》を見つめて、健は景気よく微笑して見せたが、心の中は憐憫《あわれみ》でいっぱいになって、何か、やさしい言葉をかけてやりたくなった。

「お前、何か食べたいものはないかい?」

「そうね、あっても何うにもなりませんわね。」

「あれば遠慮なく云って御覧、いつか僕がおみやげにして持て来てあげるよ。」

「牛肉が好きなんですけれど、でも、もう一年も――もっとかしらん、――牛肉なんて見たこともなかったわねえ。

そうそう、いつだったか忘れましたが、あんまり牛肉の事を考えて居たものですから遂々《とうとう》変な夢を見ましたわ、可笑いのよ、あの肉屋の天井に下がっているでしょう、白い布をかけた牛肉の塊が、あれが白い布をかぶったまゝでコツコツ梯子段を上って来るんですの。」

お仙は、夢の話をして、初めて、かすかに笑って見せた。

そのときの約束を守って、今夜、健は馬肉を土産にお仙の許へ忍び込んで来たのである。

四、悪魔の十二階

観音堂の巽《たつみ》に当る弁天山の上から、健は落葉を浴びながら、眼の前に聳えた五重塔を凝と眺めて居た。初冬の斜陽がかっと大銀杏の黄葉に映えて、青い屋根、丹塗の堂に、鳩の群が大廻りに輪を描いている。

五重塔の下には、いつものように松井源水が真黒な円陣を作って居た。健はそこを見下して居るのだった。やいッ――気合いが入って、松井源水が身長よりも長い反刃《そりみ》の太刀をすらッと抜く、拍子に空から落ちた独楽が懸垂の形で刃に、カチリと止って流れる如く芒子《きっさき》へ伝う、立合いの見物は固唾を呑んだ。――それが弁天山の上から手にとるように見えたのだ。

「そこに居るのは三日月の健ちゃんじゃないかい。」

健は、呼びかけられて見返ると、正面の石段を駆け上って来たらしい、岩倉《いわくら》鉄道の制服を着た少年が、健を見て莞爾《にっこり》した。

「何か用かい?」

それが、仁義で、またきっかけだった。

「佐野のお仙ちゃんを知って居るだろう。」

「それが何うかしたのか?」

「お仙ちゃんが君に逢いたがっているんだ。それも君に逢って何うしようと云うんじゃあるまい、お仙ちゃんは死にかかってるんだから。」

少年は、それだけでは話が足りないと云うように、自分達は花屋敷裏を縄張りにして居る書生無頼《しょせいごろ》であること、お仙の店とも懇意なこと、お仙が囈《うわごと》に健を慕って居るので見兼ねたこと、額に三日月の疵が残った好男子《いいおとこ》ときいて、三日がゝりで公園の隅々までも捜したこと、を掻摘んで話して、

「別に頼まれたわけでもないから、行こうと行くまいと、そりゃ君の勝手だぜ、ひょっとすると、今

夜あたりは死《ねむ》るかもしれない。」

「ありがとう、行ってやらあ。」

健は沈痛な顔をした。

「君、岩倉《いわくら》鉄道だね、何と云うんだ?」

礼を云う訳でもなかったが、物の勢いでこう訊ねて見た。

「名乗りかい? 上げるほどのことでもないや、じゃあ、また会おうぜ。」

少年は颪に追われる木葉のように、屋根に鯛の乗っかった料理店岡田の土塀に添って、ぴょん、ぴょん、と姿を消した。

健は、お仙の許へ飛んで行ってもやりたかった。然し、懐中には、電車賃しかなかったので、夜に入るのを待って、いつもの手で忍び込むより他に途《みち》がなかった。

健は、お仙に初めて逢った夜のことを考えながら、二天門から馬道を抜けて、隅田川の方へ歩いて行った。初めて逢ったときお仙がした牛肉の夢の話を思い出して、熱い個体《かたまり》を呑んだ気がした。

こんなに早くお仙が死ぬると知って居たらもっと繁々行ってやればよかった、たまに銭のあるときは何うにも目的の達せられないお仙よりも他の元気な女のところへ上った。お仙とは、あゝして忍びこんで二分か三分の逢瀬であった、そのたびにお仙は別れともながって泣いたではないか――と思うと、健は胸が苦しかった。

知らず知らずに登った聖天山の上から、黄昏の竹屋の渡船をながめた。巣のない都鳥が二羽三羽、帰りもせず夕暮の波に浮んでいる。言問団子の二階には梔子色の灯がともった。

「健ちゃん、逢いたかったわ。」

暗闇の中からお仙の涙声がきこえた。

「知らなかったんだ、よっぽど悪いのかい。」

肺病も穢物の悪臭も忘れて、健は女の枕許へ顔をさし寄せた。

「私《あたい》のこと伺うでもいいんだけれど、故郷《くに》の妹が来たのよ、此家《ここ》のおやじに騙されて誘《おび》きだされたのよ。」

「階下《した》に居るのかい?」

「いいえ、私《あたい》ちょっと逢ったきりなの、今朝、鬼山のところへやられたらしいの、もう駄目ねえ。」

「鬼段のところか、困ったなあ。」

お仙の故郷《くに》の信濃、雪に埋もれた平和な山村の炬燵の側で何も知らずに暮して居る筈の十八歳のお静のことを、どうして知ったか佐野の亭主が眼をつけた。お仙の危篤を種に、電報で呼び寄せて、もちろん姉の看護をさすわけもなく、こともあろうに、千束町の大御所と云われた鬼山段五郎の手許へ人身御供に連れ込んで置いて、やがて死ぬであろう姉の身代りに店へ突き出そうとして居るのだ。

「あたし、妹のことが気がゝりで死ぬにも死ねない。」

「お静ちゃんと云うんだね。お静ちゃんのことは俺が何とかしてやらあ。だからお仙ちゃんが癒《なお》らなきゃいけない、病は気からって云うほどだから、気を確かに持たなきゃ駄目だよ。」

みしり、みしりと、だれかゞ階段を上って来る足音が聞えた。

「じゃあ、またやって来るぜ、今度は卵をどっさり持って来てやらあ。」

健は急いで云い残すと、そっと窓をあけて、ひらりと屋根に飛び上った。

そのとき部屋の中で、佐野のおかみの声がきこえた。

「へん――遂々くたばりやがったな。」

健は、瓢箪池の傍の擂鉢山の上で、皀莢《さいかち》の梢をさ、ら、さ、ら、渡る夜風に首を竦めながら、すっかり考え込んでしまった。「死んだお仙は仕様がないさ」――「然し妹のお静は」――とそこへ考えが落ち込んだ。

池を隔てた大盛館の、幕がするすると上ると、舞台では肉色の莫大小《メリヤス》を着た桃割の娘が幾人も入り乱れて、球に乗ってくる〳〵と走って居る。黒メリヤスの男達が、裸電気の下でクラリネットの調子をひときわ張り上げて「空に囀る鳥の声、峰より落《おっ》る滝の音」と、哀愁を罩めて奏でゝ居るのである。

「あの娘達だってそうだ」――健には、玉乗娘の一人々々が誘拐されて来たお静に見えた。

何にも知らぬ田舎娘を、たぶらかして地獄よりも穢れた銘酒屋の格子先に突き出すなんて、絶対に許すべきじゃない。

「ようし、善が勝つか、悪が勝つか、俺と佐野との一騎打だ。」

健の血が沸騰した。

「然し、お静は鬼山段五郎の手許に居る、」

——鬼山は多額納税者で○○議員だ、警察だって手の出せない金権の権化だ、浅草の破浪漢《ごろつき》は皆な鬼山の間諜《いぬ》だ。

十二階下の銘酒屋は、鬼段の御機嫌取りに、新らしい女を必ず連れて行って、御初穂を献上するのだ。鬼段の奥座敷は酒地肉林だ。ちょうど大江山の酒呑童子の岩窟《いわや》のようだ、と見てきた銘酒屋女が話した。

「何が××議員だッ、淫売屋の溝浚い‼」

酒呑童子の鬼山の閨房を想像しただけでも、健は気が立った。お静を早速助け出さずばと、立っても座《い》ても居られなくなった。然し、気後れするわけではないが、対手《あいて》が銘酒屋の佐野ばかりでなく、鬼山という大御所が控えて居るだけに浮り飛び込んでは、却ってお静の運命をめ、ち、ゃ、く、ち、ゃ、に打ち砕いてしまう、健は逸る心をじっと押えて、悪魔のような十二階を、睨みつけた。

五、土堤の貫一

「そうだ、土堤の貫ちゃんに頼んで見よう。」

健は思わずぽんと手を打った。

土堤貫は浅草の大統領だ。千束町の暗闇に跳梁する書生無頼《しょせいごろ》は、土堤貫の名を聞いただけでも震い上った。唐桟の袷で白木綿の腹巻を、これ見よがしに覗かせる地廻りでも、土堤貫ときいたら道をよけた。そのくせ土堤貫は、生れてたった一度きりしか喧嘩をしたことがないと云う男だ、土地の商家でも興業師でも、土堤貫ばかりは徳として尊敬して居た。

土手貫は吉原堤《よしわらどて》のおでん屋の息子だ。そのおでん屋を、南千住の大親分六車《むぐるま》一家の若い者が、何の意趣でか叩きつぶして土手貫の親父に怪我をさした。そのとき、神田の金城中学五年生だった息子の貫一――土堤貫の本名は鶴巻貫一だった――が、尺八一本で六車の本陣に暴れ込んだ。そのときの刀疵が、頭だけにでも八ヶ所も残って居るところを見ると、随分めちゃくちゃに斬られたらしい。

その度胸に惚れこんで深川の大親分が養子にと懇望したが親父が寂しがるからと断った。それ以来、土堤の貫一は土手貫の名で、めきめきと売出した。然し、以来喧嘩口論はぷっつり止めて、中学から早稲田の政治科に入った。

「土堤の貫ちゃんなら、鬼山とだって対等に話ができるだろう」――健は、土堤貫とは一面識もなかったが、昔の花川戸助六、大口屋暁雨を思わす貫一の名声から考えても、きっと力は借して呉れる、と安心した。

安心すると急に腹がへった。植込の下をくゞって瓜生岩子の銅像の傍で水道の水をがぶがぶ呑んで、それで腹の虫を押えてから、土堤貫の宿である吉野町の××寺をさして小走りに急いだ。

「上れ」と云われて、通って見て、健は、ことの意外に驚いてしまった。まさかこの部屋の盆茣蓙の上に賽《さい》ころが転がって居ようとも思っては来なかったが、さりとて、足の踏場もないほどに、書物や雑誌が散らかって居ようなどとは夢にも想像して居なかった。八畳の部屋に、背皮金文字の洋書、雑誌類がめちゃくちゃに積み上げてある。そのまんなかに、一畳敷もあろうと思われる大机を据えて、鶴宮貫一は泰然と凭れて居た。更に意外なのは、そのとき貫一が開いていたのが、素晴らしく厚い横文字の書物だったことだ。

「こりゃ人違いじゃないかな」――と健は怪しみながら、机の前に坐った男をじろじろ見たのだ。ところが五分刈頭にはあの有名な刀疵が残っている、それから、これもそのときの名残りか顎が割れて溝がある、人物ばかりは真物《ほんもの》の土堤貫のようにも思えた。

「失礼で御座いますが、あなたが土堤貫の親分さんでございますか。」

土堤貫は、それには答えず、無愛想に、

「何だい、その頼みと云うのは。」

流石の健も、ぐっと詰った。もちろん、こゝへ飛び込んで来るのに、口上を考えて来たわけでもなかったがこう取りつけない対手《あいて》とは、思って居なかったのだ。然し、ひた押しに何うやら云うだけのことを云ってしまうと、腹も定《き》まった。

「警察に頼んだところで、何うせ書生無頼《しょせいごろ》のこちとらの願いなんて取り上げっこはないんだ、血の通っていない御規則なんて弱い者の味方じゃありません、これは、義理人情で裁くんだ。」

「それに違いない。然し銘酒屋女の身上相談を一一《いちいち》きいてやるわけにもゆくまい。

一人や二人の不憫な女を、命がけで助けるのが俠客道《おとこだて》だなんて考えたのは、助六、暁雨の時代だ。今日《こんにち》は時勢が違う。少数の犠牲には目を瞑って、多数の幸福を考えねばならぬ。新時代の、俠客《おとこ》には、もっと素晴しい大仕事があろうぜ。」

戯弄《からか》われて居るのではなかろうか、と健は思った、やっぱりこれは人違いじゃないかな、と疑っても見た。然し、この男が、打切棒《ぶっきらぼう》に云う言葉は何となく健の心を衝《う》った。

「この書物だ、今も読んで居たところだが。」

そう云って、机の上の洋書をぱらぱらとめくって、三色版の挿画を健の前にさしつけた。そこには血みどろに虐殺された××人の屍体が重りあった悲惨な写真があった。

「これを見ろ、罪もないのに百万の人間が××じゃ泣いて居るんだ、法律や政治が何になる、権力が却って仇だ。じゃあ誰がこの百万人を助ける、それとも見殺しにしていいと云うのか。」

そう云われて見ると健も、××人への義憤を感ぜぬわけにはゆかない。

「解りました、親分の仰言《おっしゃ》ることは僕にも解ります、僕もいつかは心掛を変えて、親分のお役に立つこともあるでしょう。然し、鬼山の問題は何うなるんで御座いますか、お静も鬼山の犠牲にしろと仰言るんですか。」

「あゝ、鬼山のことか、何とか話をつけてやるよ。」

意外にも土堤貫があっさりと引き受けて呉れたので、健は今更のように土堤貫の人物を見直した。

「明晩七時頃、不忍池《しのばず》のビヤ・ホールへ来て見ろ、博覧会の並びだ。うまく行ったら、その娘を連れて行ってやる。こちらへ来てもいいが邪魔が入ると後が面倒だ。」

土堤貫は、言葉を切ると、もとの無愛想に返って、机に向って、読みかけの洋書をばらばらとめくった。

六、お静ちゃん

その翌日は東京の初冬に珍しく、朝から霙まじりの氷雨がしとしとと降って居た。

健は、前夜の疲れでぐっすり寝込んだが、それでもお静のことが気になって眼がさめたが、起き出しもせず昵と考えこんでしまった。隣室で艶歌師の南風《なんぷう》が、バイオリンをぎいぎい鳴らしながら、流行唄の「なんて間がいいんでしょう」を、押潰したように唄うのが耳についた。

「やっぱり、今夜の汽車で故郷《くに》へ帰してやるんだな。」――お静のことである。

健は布団の上にかけて置いた黒羅紗のマントを頭から被ってぷいと宿を出た。雨の中を、擦切れた

駒下駄でぴょいぴょい飛びながら、同じ露地の中の質屋に行って、

「二三日うちに屹度出すんだ、これで三両たのむぜ。」

投げ出したマントを見て居た番頭が
「新調で十円じゃないか、精々勉強して二両だねえ。」

「拝むから三両、いいだろう二三日で出すんだから。」

「健ちゃん、その手には、もう乗らないよ、二両で気に入らなきゃ、何処へでも持ってゆくさ。」

健は、ぐしゃぐしゃの一円札を二枚握って町へ出た。

「これじゃ、信州までの汽車賃に足りやしない、そうだ、新田に相談して見よう」

こんなとき、健はいつでも新田をたよりにする。新田は何でもかでも小説的に考えるが、ものごとを悪意に解釈せず、それに、育ちがいいので金放れがきれいだった。

雨が烈しくなったので、健のように駒下駄で濡れて歩いて居る者なんてなかった。だから健は負けん気を出して、痩せた肩を聳かして、鷹のように睨みながら、飛ぶように本郷へ急いだ。

ちょうど外出しようとする新田と、門を入った時計台の下で出逢った。新田は長いマントを着て、朱繻張の蝙蝠傘をさして居た。

「雨に濡れて何うしたんだ、昨夜《ゆうべ》から耽溺して居たのか。」

「飯前か、そんなら奢ろう、今日こそ牛肉を奢ろう、豊国と江知勝と何《ど》ちがいい？」

故郷《くに》から為替がついたとみえ、新田は朗かだった。

「牛肉どころじゃない。問題ができたんだ。」

「ロマンチックな話か？」

新田の癖で、楽しそうに眼を細くする。

一高前を東片町の方へ曲った果物店の屋根に「オフスト」と独逸語の看板が出ていた。今で云うフルーツ・パーラーの嚆矢かも知れない。そこの階段を踏み鳴らしながら、二人は二階へ上《のぼ》った。

「何だい、そのロマンスって云うのは。」

「順序を追って話すよ、でなきゃ君に誤解せられても困る。――いつか千束町の馬肉屋で君と別れただろう、あの馬肉の皮包みをもって――。」

健はお仙の死、土堤貫の言葉、そしてお静を迎えにゆくことを、詳しく話した。

「いや驚いたなあ、こいつは素晴らしいロマンスだ、ドストイエフスキー振りの物語りだ。その話をきくと、健ちゃんが急にヒーローに見えだした。――お静ちゃんて、どんな娘だろう。」

新田は、足を投げ出し、うっとりと天井を眺めて居た。

「そうだなあ。」

新田にそう云われて健も、お静の姿を空想した。すると頬骨の高い、眼尻の釣り上ったお仙の顔が髣髴として浮んだ。

「長野の北の、豊野まで汽車賃が幾らかかるかなあ、俺は二円しかない、君あとを出せ。」

「だって、対手《あいて》の都合を聞かないで、やたらに追い帰すって法はないだろう。」

新田は、お静を長野へ帰すよりも、東京に置いて、物語の筋を発展さしたいような顔をして居た。

日が暮れたので、二人は相合傘で、不忍池《しのばず》の北岸のビヤ・ホールへ行った。健は新田を外に待たせて置いて一人で入って行った。

「やあ。」

先に来て居た土堤貫が顎をしゃくって合図をした。土堤貫は、茶色のインパネスに角帽を冠っていたので、見違えるところだった。

土堤貫と向い合った赤いシールの肩掛をした娘がお静だ、と健は直感したので、態と眼を反らせて、土堤貫の方へ頭を下げた。

「連れて来たよ。これでいいんだね。」

土堤貫は雨傘を突いて、ぷいと立った。

「こちらの形をつけましたら御礼に伺います。」

土堤貫は、苦手だ――と健は当惑した。

「其麼《そんな》ことは無駄だ、おまけに、先方へも大体の事情は話して置いた、君を見付けたら返報があるだろう、当分浅草へは寄付かぬことだ、断って置くぜ。」

貫一は帳場へ、五十銭玉をぽんと投げると、挨拶も返さず出て行ったが、それと入れ違いに新田が、いつものように制帽を懐中に捻じこんで入って来た。お静が居たので、新田はてれかくしのように、

「あれが土堤貫か、偉い奴だ、感心した。いやに威張ってやがるんで、突き当ってやったら、やあ何うも失礼、と向うから挨拶したぜ、あんな芸当がお前にできるか。」

健は、お静の背後に立って居た、真岡木綿の羽織と、よれよれの肩掛を、眼でいたわりながら、思い切って口をきいた。

「お静ちゃんだったね、驚いたでしょう。でも大丈夫だ、俺達は悪党じゃない。」

お静が黙って頭を下げた。

「お前、故郷《くに》へお帰り、今夜の汽車で帰った方が身の為めだと思うぜ。」

「私、故郷へ帰りたくはありません。」

思いがけなくはっきりと、澄み切った声でお静は答えた。

「此処で話しするのは止そう、どっかに落付いて、ゆっくり相談した方がいい。」

新田は、何か不安そうな顔をして云った。

「君の下宿へ行こう、僕も一緒に行ってやる。」

「でも、それでは余り御迷惑でしょうから、私、救世軍へ参りますわ。」

お静は、そう云って、初めて健の方に身体を向けた。何と云う思いがけない姿だろう。素末な木綿着ではあるが、まるで木彫りのように清楚な姿だ。それに鳩のような、あどけない瞳と、苺のように真赤な唇があった。牛乳のように白い頬があった。

「迷惑どころじゃありません、そうして下さい。」

新田はお静の顔を見て、愴惶《あわて》て云った。そして自分で外へ出て俥を三台呼んできた。

七、露地裏の宿

健は、部屋の隅に片付けてあった夜具の中から敷布団を引き出して二つに折って、

「お静ちゃんはお客様だ、その上にお坐り。」

薦めたが、この部屋には火鉢がなかった。

「待って居な、お湯でも貰って来らあ。」

台所へ下りて行った。台所では、おかみが艶歌師の南風を対手に、煮豆で酒を飲んでいたが、妙に色気のある眼付きでぐっとにらんで、

「健ちゃん、隅へ置けないね、あんな娘がついて居るので、あたいのようなお婆さんなんか対手にしないんだよ、覚えといで。」

健は、いつものような無駄口は叩かず、急須を受けとって序手に牛どん三つたのんでそそくさと二階へ上った。

お静は悪びれもせず話した。

姉が居なくなって後《のち》、後家であった母のもとへ、母とは十も年下の他国の男が入婿に来た。その男が居るために、お静は故郷へ帰りたくない、と云った。

「何うしてです？」

新田が腑に落ちない顔をした。

「そんなこと、きくものじゃない。」

健は何もかも解ったように、新田を窘めた。新田は、暫く考えて居たが、

「じゃあ当分、此処へ置いてあげるといい。」

「だがなあ新田、」

健はお静に気兼ねしながら云った。

「そりゃできないや、俺は貧乏だし、何一つ仕事もないし、自分だけがやっと食ってるんだからなあ。」

「じゃあお静ちゃんと二人で、間借りして自炊しろ、幾らもかからないだろう。やって見れば何うにかなるものだよ。イプセンもそう云ってらあ（なるようにしかならない《ホワット・マスト・ビー・マスト・ビー》）ってね。」

どんなときにも、何か小説の文句を引かなきゃ気の済まない新田だった。

新田は寮の門限を気にして立ち上った。

「健ちゃん、ちょっと外へ出て呉れ。」

健は新田のあとから、雨の露地へ出た。

「健ちゃん、こんなこと訊くのは失敬だが、君は一ヶ月どれだけ収入があるんだい。」

健は不愉快そうに顔を顰めた、痛いところに触れられるような表情だった。

「俺はね新田、親父の世話をした男から毎月二十円送って来る。先方では学資のつもりだが俺は学籍なんかない、俺はその男を瞞して居るし、その上、弱るのは、為替のたびに、俺の卒業を楽しんでいると云って来る、俺はその度に胸を刺されるように思っている。」

「そんなことはいいさ、何うせ先方では君の親父への報恩のつもりだろう、気にすることなんかないじゃないか。だが二十円じゃ二人は食えまい、俺が当分何とかしてやる。お前にじゃない、お静ちゃんにだよ。お静ちゃんて、いい娘だなあ、フリージヤの花みたいじゃないか。すっかり好意が持てたよ。」

さっきから握って居たらしい五円札を、健の掌《て》に握らせた。

「新田の助平、変な好意なんかお互い持ちっこなしだぜ、解ったか。」

健は新田に抱きつくと、ぐいと力いっぱい締めつけた。健だって、やっぱりお静のために昂奮して居るのである。

新田を送って帰ると、階段から下りてくる艶歌師の南風と出逢った。雨が降るので商売を休んで、日頃から変な噂のある、宿のおかみと酒を飲んでいた熊本訛の男である。

「健ちゃん、お前のレコかい。」

小指を出して二階を差した。

「いい女だねえ、ちょいちょい借りるぜ。」

この男は同宿の職工が夜勤の留守に、妊娠中のその細君の寝込みを襲って目的を達した。女房が泣いて訴えたけれど、亭主は南風の短刀《ドス》を恐れて、泣寝入りで宿を変えた。それが、いやにやにっこい顔で云ったのだ、どんなことをするかも知れない。

「何だと、もう一度云って見な。」

健は、振り返って開き直った。

「手前《てめえ》のような青二才に独占《ひとりじめ》さすのは勿体ないと云ったまでだ。」

健は、いきなり、右の手の拳を固めて南風の鼻の下を突き上げた。同時に左の手が唸って南風の耳と顎を殴りつけた。

「巫山戯た真似は断るよ。」

低い声で、圧しつけるように、健は云った。

「寝巻がなかったっけ、今晩だけ我慢しな、明日になったら何うにかすらあ。」

健は、壁際に布団をのべて、お静に云ったが、自分では寝る様子がないので、

「でも、あなたは?」

「相憎、夜具が一人分しかなくってね。僕に構わないで先にお寝み、夜が明けたら交代で僕が寝らあ。」

無理に勧められて、お静は根負けして、男臭い布団の中に円くなったが、健が傍に居ると思うと眠れなかった。それと云うのが、養父にしても鬼山にしても、お静に何をしようとしたか。健だって淡白そうに見えても、こちらの隙に乗じ毒牙を現わさないとは限らない、と警戒したからである。

然し健は、机を抱えて来て、横に倒してお静との境界を作ると、自分は着た儘で仰向けにころりとなったかと思うと、いつの間にか高い鼾の声が聞えた。

お静は、ほっと安心した、安心すると、心の疲れで、うとうとと夢路を辿った。

八、雪の夜語

その頃は、駒込の千駄木は、竹藪や大根畑があって、草葺の百姓家があちらこちらに残って居た。新田の級友が妹と二人で、そこの植木屋の離家《はなれ》を借りて自炊して居たが、妹が郷里へ帰ったので、新田は自炊道具一切を譲り受けてそれを健とお静に提供した。

「この辺へ来ると素晴らしい景色だ、それにお静ちゃんの炊いた御飯は、寮の食堂よりずっと美味い。」

新田は授業が終ると、ノートを懐中《ふところ》に入れて、ぶらりとやって来ては、日課のように晩飯を食って、寮の門限間際まで話しこんで帰った。新田は、独逸語のレグラム版でいろんな外国の小説を読んで来ては、その話をしてお静を喜ばせた。

ある朝、お静の消魂《けたたま》しい叫び声に健が驚いて飛びだして見ると、井戸端で米をといでいたお静が、遠い西の空を眺めていた。

「まあ富士山、あたし富士山はじめて見ましたわ。絵にあるとおりね。」

健は呆気にとられた、富士山が何が珍しいのだ。然しお静は、健との生活に生れて始めての生き甲斐を感じ、何もかもが歓喜だった。

健は心で浅草を警戒しながら、ノスタルジアのように浅草を想った。そして、まるで恋人との逢瀬を堰かれたようで、憂鬱になった。

ある日、ふと古い馴染みを訪ねて白山下の床屋に行った。そこで、賽を振ったり、花牌《はな》を引いたりすることを覚えた。浅草に行けぬ不満を、床屋の二階の賭博でみたそうとした。賭博の関係で、大塚にも、また遠い渋谷の道玄坂にも遊び仲間ができた。

健は不思議なことに勝負運があった。勝ったからと云って儲けて帰るわけではなく、幾らか次の勝負のもとでを残して置いては、あとは仲間を誘って、土地の安待合で器用に使った。そんなわけで、賭博仲間に健の評判がいい。自然面白くなって、二日も三日も千駄木の家には帰らなかった。

そんな無頼の健の心に、云わば真青な冬の空に、消えぬがに懸った昼の月のようなものだが、あの清浄なお静の姿が映りそめたのである。

その日も、道玄坂で深酒を飲んで、昼過ぎの二時頃に眼を醒まして見ると外は雪だった。ふっと千駄木の家を思うと、何となくお静が恋しくなった。

その頃の市電で青山から遥々本郷の駒込まで帰った頃には短い冬の日はとっぷり暮れて、人通りのないこのあたりは雪が四五寸も積んでいた。

いつでも新田が訪ねて来て、面白そうにお静と語りあっている時刻なのに、なぜか今宵は灯影さえなかった。

この離家には電気燈がなかった、健は手捜りにマッチを擦って、天井から釣した五分芯のランプに火をつけた。

折角みやげに買って来た粟餅を、ぽんと畳の上に投げ出してみて、何だか寂しさが犇々と胸に迫るのを感じた。

もちろん、家財道具があるわけでもないが、それでも女の居る世帯には針箱や火熨斗やそれに赤い布片《きれ》だのが、はっきりとお静の存在を示して居る。

健は、ひょっと不吉な予感に打たれた。自分の留守に浅草から来たんじゃないか、そしてお静を連れて行ったんじゃないか、それとも新田に誘われて遊びにでかけたんじゃないか——何れにしても健の心は穏かでなかった。健は息が熱っぽくなった。

いらいらしながら母家に行って台所口から声をかけると、新潟訛の細君が、

「教会でしょう。」

と云った。教会ときかされても、健には思いがけない言葉だったので、俄には受けとりかねた。

「坂の上の教会でしょう。きっとそうですよ。」

「あゝ耶蘇教ですか。」

健はやっと解った。坂の上の、あの白い教会だ。集会のたびに、金釦の角帽や、海老茶袴の廂髪が、ふざけながら出入するあの耶蘇教の教会か。

健は確かめなければ不安だった。雪に埋もれた大根畑を横切って、息を切らしながら坂をのぼって行くと一丁たらずで教会の石門に出られた。鉄柵に摑まって、のびあがると、硝子窓から、会堂の内部が瞭り《はっき》見えた。白壁に囲まれたホールの天井に、シャンデリアが皎々と輝いて居た。

席を別々にした男女の信者が、一斉に立ち上って讃美歌をうたって居るところだった。健は吸いつけられるように覗いた。窓に寄って婦人席があったので、健は、まばたきもせずお静の姿をさがした。信者達は、みんな新らしい絹の着物をきて、高価な帯を締めたり、鮮やかな色の袴を穿いて居た。それに、その頃流行の廂髪に、幅広のリボンを挿した者もあった。その一番後列にお静が居た、田舎臭い木綿の着物をきて、髪飾もお白粉気もなかった。

「肩身がせまいだろうなあ」——健は、心の中が涙でいっぱいだった。止んでいた雪がいつの間にか降りだして、健の帽子や肩に、うっすらと積んだけれど、健は身動きもせず、お静の姿を見守って居た。

みんなが声を合せて歌っているのだが、健にはお静の声ばかりが聞こえるのだった。

「まあ驚いた、健ちゃん。」

石門の側の暗闇から健がひょっこり出て来たので、お静はつぶらな瞳をぱっと見張って、仰山に飛び上って見せた。

健は叱言《こごと》を云おう、不平も云おう、と思って来たのだけれど、今はお静を不憫に思う心でいっぱいだった。

「静ちゃん、皆な随分綺麗な着物を着ているじゃないか、教会っていつでもお祭礼《まつり》なんだね。」

「そうでもないわ、エスさまは綺麗な着物がお嫌いなんですって。」

お静は、いつかの古い襟巻に顎を埋めて、健と肩を並べて歩いていた。

家に帰ると、お静は、早速、縁側で新聞紙を燃して、焜炉に火を起した。

「夕御飯まだでしょう、あたし、何だか健ちゃんが帰って来るように思えて、まだ食べないで待って居たんですの。」

「もう九時だのに」——健はほろりとなった。「明日から余り出歩るかないことにするぜ」——心の中で云った。

「こうしているとまるで夫婦みたいだなあ。」

焜炉に土鍋をかけて、ぶつぶつ飯を炊くお静を見て健が云った。

「あたし、その積りなんだけれど、いけないかな知らん。」

お静は耳朶《みみたぼ》まで真赤になった。

九、弁天山の夜嵐

「済まないが今夜は奢らないぜ。」

白山下の床屋の二階で、健が胴元で張ったチョボ一だった。それに今夜も目が出たのだ、健は盆切れの上の、紙幣だの銀貨だの、じゃらじゃらと集めると、気不味そうに袂へ入れて、まだ宵の口だのに帰り支度をした。

「何でえ健ちゃん、卑怯じゃねえか。」

仲間の一人が不服そうに口を出したが、健は何と云われても対手にならぬ。

「悪く思わないでくんな。」

小走りに坂を上って、歳暮大売出の赤旗に飾られた呉服屋に飛び込むと、いきなり怒鳴った。

「俺にゃ解らねえが、十七八の娘ものだ、十二三両で上下揃えてくんな、裏もそえてだよ。」

健は、前の夜、教会の鉄柵に獅噛みついて考えたことを実行して居るのだ。あの見窄《みすぼ》らしいお静に、せめて人並の着物を着せようとして居るのだ。

番頭の、景気づけのお世辞に送り出されて、呉服包みを大事そうに小脇に抱え、お寺の多い逢莱町を、抜道づたいに急ぎ足だった。

「島田くずして、ハイカラさんに結って、あなたのおそばでそろばんパチパチ、何てまがいゝんでしょう」

いつになく鼻唄もので千駄木の大根畑に来かゝると、ばったり新田に出会った。

「やい、何を悲観してやがるんだい。」

健に呼びかけられて、新田は初めて気付いた。あの陽気な新田が今夜に限ってまるで喪心したように見えた。

「家へ入れよ。何うしたんだ。」

「うむ――帰るよ。」

「何うしたんだ、話して見ろよ。」

健は、新田を労るように抱えて、歩調を合して歩きだした。根津の八重垣町から池ノ端に出た頃、やっと新田が口を開いた。

「健ちゃんは、お静ちゃんを何う思う。」

「いい娘だと思ってるよ、それが何うした。」

「僕もそう思うんだ、それどころじゃない、好きで好きで堪らぬ。」

「そうか、あたりまえじゃないか。」

「俺は、いろいろ考えた、お静ちゃんと結婚しようと決心したんだ。」

「だって、君は代議士の長男だし、君のお父さんが許さないだろう。」

「俺は勘当せられてもいいと思うんだ。あと三月で高等学校を卒業する、そしたら中学の教師でもして独立できる。」

「じゃあ、そうすればいいだろう。」

健は心にもない相槌を打った。こんなことは始めてだった。

「ところが駄目なんだ、絶望だ、悲観だ。」

「落ち付けよ、何を云ってるんだ。」

「今夜、君も居なかったし、好機《チャンス》だと思って、思い切ってお静ちゃんに打ち明けたんだ。」

「そしたら何と云った？」

健は思わず足を停めて、熱心に耳を傾けた。

「断られた、好きだけど結婚はできぬ、自分は心で定めた夫がある、と云った。その相手と云うのは、健ちゃん、君じゃあるまいなあ。」

「さあ、そりゃお静ちゃんに聞いて見なけりゃわからない。」

「ざまみやがれ」——健は、いつもの健とはまるで別人のような感情になった。

「俺は駄目だ。酒だ、女だ、浅草だ、健、貴様に若も友情があれば、俺と一緒に浅草へ行け。浅草はこの寂寞と焦燥を医《いや》す坩堝だ。」

新田は泣いて居る。

「よし、行くとも、行って大いに飲もう。」

健は、新田を慰めるつもりであった。然し自分の幸福のために祝杯を挙げるつもりも大いにあった。

こうなって見ると浅草に対する警戒なんかどこへか、かつ飛んでしまった。宵のうちから健は調子に乗りすぎていた。

興業物の退け刻《どき》だ、馬道の神谷バーは、湧き返る雑沓であった。酒と垢で穢れた素木《しらき》の長テーブルに、目白押しの酔払いだ。奈良丸張で浪花節を唸る者もある、尾崎行雄を真似て慷慨悲憤する者もある。中にはベンチの上に立って、これは真物《ほんもの》の活弁が、得意の前説を繰返して居る、その傍に、尺八を口に当てゝ頻りに首を振って居る老人も居る。みんな聞くでも聞かずでもない、これこそ新田の云ったように、あらゆる階級の感情を溶かす坩堝である。

酒の強くない新田は、薯焼酎《カミヤ・ウィスキー》で他愛もなくへべれけになった。

「健、俺は千束町に行くぞ、二ケ月振りであいつを抱くんだたまらねえぞ、お静が何うだと云うんだ、大理石の美人像を抱いて寝たら冷たかった、なあ健、そうじゃないか。」

頬杖をついたかと思うと、テーブルへ崩れる。こぼれた酒の中へ寝込みそうだ。

「健ちゃん、暫くだったね。」

ふっと耳許で声をかけられて振りむくと、いつか弁天山でお仙の臨終を知らして呉れた、岩倉鉄道《いわくらてつどう》の生徒だった。今夜は絣の着物でマントを後ろへはねて、鳥打帽を横冠りにしている、一目でわかる書生無頼《しょせいごろ》だ。

「掛けなよ、一杯やろう。」

健が差した杯を、学生は、ぐっと片手で押えつけて、耳の側で囁いた。

「ちょっと顔を借りたいんだ、なあに手間はとらさないよ。」

健は、対手と顔を見合せた。対手は緊張して居る、そして青白い眼の底に闘志が潜んで居た。

「いいとも。」

健が立上ったので、不意に新田が顔を上げた。然し、あたりの騒ぎで、新田は何事も気付かなかったらしい。

「健、逃げるって法はないぞ、もっと飲め、もっと飲まぬか逃げるなんて卑怯だぞ。」

そう云ったかと思うと、また卓子《テーブル》に打伏《うちふ》した。

「逃げるもんか、俺も三日月の健だ、卑怯な真似はしないぞ。」

健は新田にともなく、対手の少年にともなく、はっきり云って、反物の包みを確《しっか》りと抱いた。

二人は郵便局の横を曲った。その横町は、仲見世の雑沓に引きかえて、真闇《まっくら》で人通りもまばらだった。

「弁天様だ、迷惑だろうがつきあってくんな。」

「小僧の癖に生意気な口を利きやがる」——健は腹の中でふんと笑った。

弁天山だ、思えばもう一ヶ月の余もこの石段を踏まなかった、懐かしい五重塔が仄かに見られた。

あの頃は、公孫樹《いちょう》の落葉が雨のように散って居た、それが鐘楼の屋根、銭洗弁才天の軒に真白な雪だ。

弁天堂の縁側に目白押に並んだ黒い影が三つ、その一つが、むっくりと腰を上げた。

「健ちゃん暫く。俺だよ、解るかい。」

聞き覚えのある声だと思ったら、あの江戸川の下宿で、お静のことから揉りつけた、色魔演歌師の南風だった。

「小僧一人かと思って従いて来たのだが、敵は多数だ、こいつ聊か面倒だな」と健は悟ったが、敵愾心は燃えて居た。

「お歴々の勢揃いかい、みっともよくないぜ。」

健は、鐘楼の石垣を後楯にとって、お静へ土産の反物を左手に抱き、右手はいつでも下駄のとれるよう、足を浮かして居た。

「いきなり喧嘩腰で来ちゃあ話ができないや、健ちゃん。」

南風は、態と心易そうに持ちかけて来た。

「お静ちゃんて娘さんね、ありゃ何っから連れて来たんだい健ちゃん。」

「それを聞いて何うしようと云うんだ。」

弁天堂の縁側から第二の影が離れて来た。

「やい三日月、ネタはすっかり上ってるんだ、生をほざくと——。」

「まあ兄貴静かにしてくんな、俺が健ちゃんに話してるんじゃないか。」

南風は、仲間を宥めて置いて、健に、

「物は相談だが、お静ちゃんを佐野の兄貴に返してくれないか、健さんが承知してくれるなら、此方でもそれだけのことはするぜ。」

健は、南風には返事をせず、傍に立って居る男に、打付《ぶっつ》けに云った。

「厭だ、俺は無頼《ごろ》でも誘拐や詐欺はしない、淫売屋の佐野なら俺の方でも捜してたんだ、卑怯な真似をせず一騎打で来い。」

「でっちあげろ。」

佐野は身を退《ひ》いて命令した。

小僧だと見縊って居た岩倉が、いきなり、尺八を振冠って飛込んで来た、健はぱっと手許へ飛び込んで、力任せに突き倒した、その勢いで岩倉は石段を真逆様に墜落した。

健が一寸気を許したのが悪かった、背後から、棍棒で撲りつけた者がある、健は右の肩から腕へ、じゃんと痺れた。息が止った。眼の前が真白に光って、そして何もかも真暗になった。

「殺したのか、ずらかれ‼」

黒い影がぱっと散った。

十、雪崩

午過に「昼飯は自家《うち》だよ」と云って出て行った健がいつまで立っても帰らなかった。そのつもりで炊いた土鍋の飯も、豚汁も、氷のように冷くなったが健は帰らなかった。

お静は健の気持を捜るように考えながら、火鉢の灰を掻き立てゝ蛍火ほどの燠に、冷えきった掌をかざして、屋根をすべる雪の音にも耳を傾けて居た。

そのとき、庭の雪がざくざくと鳴った、間《ま》を置いて、縁側に物の倒れた音がした。

お静は背中に水を浴びたようで竦《ぞっ》とした。

「どなた。」

小声で恐る恐る呼んで見た。

「僕だ、僕だ、」

健の声である。また酔って帰ったのだ、酔って帰ってもいい、帰ってくれてよかった。――いそいそと雨戸をあけた。

健は倒れて居る、縁側に胸を凭せて、苦しそうに雪の中に座って居る。

「おみやげだよ。」

反物の包みをつきだした儘動こうともしなかった。

「酔ってるの。」

「水だ、水がほしい。」

お静は、おろおろしながら水を運んだ。

健は一息に呑むと、躄《いざり》ながら座敷へ這い上って来た。真青な顔だった。

「とうとう帰って来たよ静ちゃん。」

歪んだように笑って、懐しげに座敷の中を見廻した。

「僕はね、途中で幾度も幾度も、もう駄目だと思って、空の星を見た、星が見える間は大丈夫だと思った。静ちゃんに、おみやげを渡したかったのでねえ。」

「病気なの健ちゃん？」

お静は健の肩に手を当てて覗き込んだ。

俄《にわか》に健が苦しそうに咳《せ》きこんで、悶掻くように、かっと畳の上に吐き出した。それが真赤な血だった。

「どうしたの？」

お静は眩《めまい》を感じた。胸が早鐘のように鳴った。

健は畳の上の血を凝とみつめて居たが、いつか新田が話してくれたクープリンの「決闘」を連想した。その小説の中で、若い中尉が、頬を撲られて、ぺっと唾を吐くと、真赤な血に混って、ばらばらに抜けた歯が、飛びだすところが有ったからだ。

「新田が来たら云って呉れよ、小説って面白いものじゃない痛い苦しいものだと。」

健は、そう云って、冷かに笑った。

「新田さんを呼んで来ます。」

お静が立ち上ったので、健は苦しそうに留《と》めた。

「今夜は行っても居ない。だが明日はきっと来る、来たらねえ静ちゃん、新田が今夜云ったことを承諾するんだぜ、あいつは純情で、正直な男だ。」

健は、懸命に言葉を継いだ。

「僕はもう駄目だ、僕は地獄へ行くんだ。お静ちゃんは天国だったねえ、じゃあ、これで永遠にさよ、い、ならだなあ。」

それが三日月の健の最後の言葉だった。

お静は、健を膝の上に抱いた。上野で会って以来二ヶ月も一つ部屋で起き伏しながら、かつて一度だって触れたことのなかった健の手を、じっと握りしめた。然しその手は既に冷たかった。

やがて油の尽きようとするラムプの灯が、悲しげに明滅して居る。屋根の雪が、さらさらと流れるように軒をすべった。

浅草で遭った人々

KI生

不思議な少年

中村先生――

いつかお話した、浅草で遭った人々を、今月から書かして戴きます。

私は牛込神楽坂二丁目に生れた者です。が何故か、少年の時から浅草が大好きでした。私の一生涯に、浮浪人時代と云うものがあります。それは略三ヶ年続きました。もち論旅も漂浪しましたが私は、浮浪人時代の大半を、やっぱり浅草で過しました。浅草と云っても、多く浅草公園付近のことであります。

M大学に這入ってからも、一週に三回くらいは、必ず浅草を散歩いたしました。どうしても忘れ得ないからです。少し行かずに居ると、淋しくて堪りませんでした。

近頃でも、読書に倦むと、能く、浅草へ出掛けて行きます。ひとりでに、行って仕舞うのです。浅草は、実に私に取っては、思い出深い秘密のひそんでいる、忘れ得ない街です。

私は、この浅草で、種々様々な人とめぐり遭いました。いぶかしい得体の知れない浮浪人とも、淋しい蒼白い顔付をした売春婦とも、あわれな労働者とも、青春に狂っている若い男女とも、たちの悪いよく薄笑いする老婆とも、畜生のような芸人どもとも、数えて来れは、数限りない人々と遭った事です。

中村先生――

本当に浅草は、いつも狂ったように賑かな街です。そして、底知れない秘密の蔵《かく》された街です。が、然し、実に淋しい街です。あそこに巣を喰っている人々、及び、あの縻爛した街を放浪している人々は、丸で浅草の秘密に酔どれているのです。丁度、金魚が泥水に酔払ったように。

私はあの街の中を、踊り廻っている時、ふと、目覚めては、「ああ、淫蕩と、病魔と、熱酒と、腐肉と罪悪の街よ、悪魔の微笑よ、社会は、今病んでいる。人間は、正しい心を忘却している。おおデカダンの破れつつある夢よ。」と、恐ろしさに戦慄したものです。

私は、あの「地獄の門前」で、もう一生に再び見られないであろう。恐ろしい瞬間も経験して来ました。裸の人間の浅猿しさも見て参りました。

しかし、その悪夢を一貫して、常に変らないものは、人間の淋しい姿でした。苦しい涙の、どうにもならないうす笑でした。闇暗の中に、輝いている、人間の善良さでした。

思えば私は、種々な人と遭って来たものです。この文は、其印象記です。思い出す儘に、一人ずつ書いて行こうと思います。

中村先生——

最後に、もう一言云わして戴きます。

「彼らは、狂っていたのだ。彼らは本当に淋しそうでした。彼らは、実に善良でした。彼らは、ついに幸福であらねばなりません」と。

大正二年の十一月末でした。

その頃私は、田島町の若松屋と云う旅人宿に、ごろごろしていた。何でも、第七若松屋と云うのだと思う。

私は、朝から晩まで、浅草公園をほつき廻って労れると、又宿へ帰って、ぼんやりしているのでした。何でも、宿料は、朝晩飯を食って、五十銭であった。尤も、私の宿料は、最下級のものでした。

私どもの部屋は、二階の表に面した、大広間でした。そこには、毎晩、種々な旅人が、三十人位二列に頭を並べて寝た。

十一月の末の事であったが、蒲団と云っても、極く薄いものであった。枕は、薄ぎたなくて、割合大きかった。いやに、固くもあった。

平常は、平均三十人くらい一緒に眠るのであるが、忙がしい夜には、寿司詰めになって、四十人もごた〳〵寝るのであった。

尤も、雨の降る夜なぞは、比較的お客が減るのでした。と云っても、二十人以下になる事は滅多にありません。

お客の多くは、田舎の旅人でした。所謂赤毛布であった。大抵のお客は、一夜宿りのお客であった。五日とつづけて居るお客は、可なり辛抱強いお客でした。

蒲団は、夜出して、朝仕舞われました。だから昼寝なぞは、特別に金でも出さなければ出来ませんでした。

二階の番頭は、二十五六の、色の蒼黒い背の高い男でした。女中も居る事はいましたが、五十銭のお客の方へは、余り顔を出しませんでした。朝晩の飯を運ぶくらいが、関の山であった。

この蒲団では、よく、悪意を持った、睨み合いが起りました。武骨な、物を知らない田舎者が宿り込んだ晩は、極って、このいさこさが、起るのであった。まさか、殴り合いは、さすがに起さなかったが、ちょいとした事から、能く、妙なただならない空気を、巻き起す男があった。

団体で宿り込む連中は、お互に仲間と枕を並べて寝るから、大抵は安穏であったが、たった一人で来るお客は、いやにひねくれ者が多かった。三十人から、知らない人間が集ると、こんな人間が必ず二三人はいました。

彼らは極って、人の択り好みをするのです。可成的、穢なくない、怪しくない人の傍へ眠ろうとするのです。が、却々そううまくは行くものではない。嫌な、うす穢い老人とも、一尺と離れずに、寝なければならない。病人くさい男とも、頭を突き合わして寝なければならない。中には、随分物騒な人物もいる。

こんな事が、彼らの気に入らないのでした。で彼らは、枕が一寸歪んでいても、気むずかしい顔色をするのでした。

私を、毎晩一番嫌がらせた事は、彼らお客どもが、お互におずおずして、不安な眼付をしながら、警戒し合っている事でした。

「人と見たら誰でも泥棒」と思っている、あの極端に疑い深い眼付が、何とも云えなく私を、淋しい気分にしました。苛々させました。

がしかし、ここへ宿り込む連中で、お互に警戒し合っていない人間は、一人もありませんでした。それは、彼らの、一つの大きな慣習であったのです。

財布は、もち論肌身に確かり着けて寝ました。着物や、その他の持物は、丸で抱えるようにして抱いて寝ました。私には、それが、いたましいような、気がしたものです。

それほどにしても、時々、何かが無くなるのですから、彼らが警戒したと云う事も、無理もない事です。ですから、私は、あまりに理想家であったのでありましょう。

私は、この旅人宿に、丁度、二ヶ月滞在した。千束町の、ある二階へ引移る迄、毎晩ここへ宿り込んだのです。

朝、皆と分れて、宿を出る時には、今夜は一つ他へ宿ってやろうかな、と思って出るのですが、夜になると、ひとりでにこの二階へ上って了うのであった。そして、番頭の骨張った手に五十銭銀貨を投り込んで、やっぱり宿り馴れた家がいいとあきらめるのでした。それに、半月ほど此処に居るうちに、私には、一人の友達が出来たのでした。そして其友情が、とうとう、私をこの待遇の悪い宿屋へ、二ヶ月結び附けて置いたのであった。

私は宿屋へ初めて宿った夜、右側の左の隅へ寝た。別に、はじめから其処を狙っていた訳ではないが、馴れないので、間誤々々しているうちに其処へ寝かされて仕舞ったのである。

が寝て見ると、もう翌晩からは、他の場所へ寝る気にはなれなかった。何となく、無気味であった。一週間ほどは、目まぐろしい程いろいろな人々が寝に来るので、一体どの人が定連なのか、一向に分りませんでした。

が、少し経つと、いつも顔を合わせる、定連が有る事を知りました。定連は四人ありました。

一人は、いつも黙って、心配そうに考えている瘦こけた老人であった。その老人は、宿の評判では、家出した娘の行衛を捜しに来たのだ、と云う事であった。道理で、憂鬱な顔付をして、地図ばかり見ていた。

一人は、活弁志願の、生意気な青年であった。私は、一度も口を利かなかったが、能く女中を追い廻している姿を認めた事がある。

今一人は、大道の薬売であった。四十前後の、声の嗄れた、人相の悪い男であった。時々、お客に春画を売り付けるのは、この男でありました。誰にも注視され、誰からも危険がられておりました。其癖、当人は、少しも悪気もなさそうで、下らない洒落なぞを云っては、皆の者を笑わしていました。

も一人は、私の友達になった十六七の少年であります。私がこの少年の存在に気が着いたのは、迂闊な事に、やっと五日目でした。

彼は一寸一目見ただけでは、良家の秘蔵息子と云ったような、やわらかい感じを与える少年であった。頭髪は、いつも綺麗に刈り込んで、細身の金縁眼鏡を掛けておりました。

色白な、鼻の高い、口元の締った美少年であった。しかも、上下二本の金歯が、彼の少年を、すっかり愛くるしくしていました。

彼は、其頃流行した、派手な高貴織の衣服を着て、博多の帯へ、金鎖なぞを、絡ましていました。

私は、彼を初めて見た時、——その時彼は恰度番頭や女中を相手に何かひそひそ話していた——屹度、この宿屋の息子だろうと思いました。

が、夜寝る時になると、彼は、私の直ぐ隣へ寝ました。それから、彼は、続けて私の隣りへ寝ました。

彼は朝起きると、じき表へ出て行って、夜にならなければ、帰って来ませんでした。

どうかすると、公園の池の畔などで、遭う事がありました。

すると彼は、いかにも少年らしく、恥かしそうにぽっと顔を染めて、気取った大股で、何処か人込へ、逃げ込んで了うのであった。

「何だろう、一体あの少年は……」

私は、不思議に思いました。あんな安っぽい木賃宿なんかでは、一度も見掛けた事のない、上品な美少年なのに?……と。

私は、自分一人で疑っているに堪えられなくなって、ある日、例の顔色の悪い番頭に、

「あの少年は何ですか?」

と訊いて見ました。が、番頭は、

「あのお方は、家にもう半年も居るんです。」と云った切り、他の事は、一口も云いませんでした。

そして、何か頼まれてでもいるように、故意と冷淡な様子をして、行って仕舞いました。

私には、再び、訊く勇気がなかった。

ところが、半月ほど経た、ある晩の事です。私が、例の当てのない散歩から帰って来て、二階へ登ろうとしていると、下の電話室の蔭から彼が出て来て、思い掛けなく、私に言葉を掛けました。

「やあどちらへ」と云ったんです。が、その言葉の調子は、永い間待っていたと云ったような、親しみ深いものでした。

其晩から私たちは、口を利くようになった。そして、種々な話をしている裡《うち》に、私達の仲は、漸次親密になって行った。

活動写真館などへ、二人で行くようになった。だが、彼は、自分の身の上に就ては、一言も云わなかった。私が、おずおず訊くような事があっても、彼は、黙って下を向いているか、故意と聞えないふりをしていた。

そんな事を訊かれた後は、極って御機嫌が悪い様子であった。

「僕の痛い所へ、御願いだから触れて呉れないように……」彼の黒い瞳はこう囁いていました。

であるから、私は成る可く、彼の境遇を訊かないようにしていた。

彼は、私に、種んな物を御馳走して呉れた。彼は少年にも似気なく、ウイスキーが好きだった。

彼は、毎日のように、芝居へ行った。芝居から帰って来ると、よく、センチメンタルな口調で、劇場で見て来た話をして呉れた。

彼は、未だ十六だと云ってはいたが、遊蕩に就ては、可成りの経験があるらしかった。六区にも御馴染があるなどと、云っていた。

彼はどうかすると、何かの話の序に、

「僕のお母さんは、そりゃえらい人なんだよ。しかも美人でね、」と、感慨深そうに云った。が、父さんがとは一度も云わなかった。

私は、彼の云う、えらいお母さんと云う意味をどう解釈していいか、分らなかった。

彼は、母が美人であると云う事と、金持で有ると云う事とが、非常な誇りらしかった。

事実、彼は、可成りの金額の金を持っていた。番頭や女中なぞは、いつも、

「秋元さんは、お金持ちですね。」

と云って羨望していた。

少年は、どうかすると、常になく淋しそうな顔付をして、帰って来る事があった。そんな夜には、
彼は、ひとりで泣いているらしかった。

気になるので、時々、眼を開けて、そっと彼の蒲団を覗いて見ると、蒲団はかすかに顫えて、中で
泣きじゃくっているのが、よく分りました。私は心配になるので、

「秋元君、どうしたんです。」と、訊いて見ましたが、彼は頑なに黙っておりました。

でも、翌日の朝になりますと、彼はけろりとしたような涼しい顔付をして、頗る元気が宜しかった。

私は、だまされたような気がしました。

私は、その頃、父から貰っている金で遊んでおりましたが、彼には、幾日経っても、何処からもハ
ガキ一本来ませんでした。訪ねて来る人も、見えない様子でした。

私には、彼が半年もこうして遊んでいると云うのに、通信一本来ないのが不審で堪らなかった。

ある十二月末の夜の事であった。私は、その夜限り、彼と別れなければならなかった。と云うのは、

私は千束町のある二階へ居候する事になったからです。私は、彼にその事を打明けました。

すると、彼は、いつにないつまらなそうな顔付をして、

「本当かい、淋しいな。」

と、心から淋しそうに云いました。

「だが、近所だから、僕も遊びに来るが、君も是非来給え。」

「うん、行くよ、屹度行くよ。」彼はこう云って、真剣な眼付をして、私を凝《じっ》と瞶《みつ》めました。「が事に依ると、僕あ行けないかもしれない。」と、さも残念そうに、声を落して云いました。

「何故?」私は、なじるように訊いた。

「だって僕あ、死ぬかも知れないからさ。」

彼は真面目で、しんみりとした口調で云った。

眼には、涙の玉が光っていた。

「死ぬって? どうしてさ」

私は、驚ろいて眼を瞠りました。

しかし彼は、頑固に沈黙して仕舞いました。彼はその夜それ切り、一言も云いませんでした。

翌朝彼は、私を途中まで送って来て呉れました。彼は私と別れる時、突然云いました。

「ね君、僕は金ってものの存在を、呪うよ、ああ本当に憎むよ。僕は金のために母を捨てたんだ。」

「え？」

私には、彼の云っている事が、よく呑み込めなかった。彼は、不断、母の美人である事と、金持である事を、誇りとしている人間である。それが突然金を呪うなぞと云い出した事は、実に解らない。

私は、怪しむように、彼の顔を眺めた。

その時、彼の眼は、ある憎悪に燃えていました。憎くて堪らないと云ったように、青空を睨み付けていました。空は、ただ見渡す限り蒼く、冬らしい太陽の光が、流れていた。

「何故って？実は、僕は悪人なんだよ。僕のやっている事が誰かに知れたら、僕は直ぐ、牢獄へ叩き込まれなけりゃならないのだ。」

彼はこう一口に云って、暗い情けなそうな表情をした。そして、私の疑るような眼付と出合うと、彼はあわてて、眼を外らして了ッた。

「やや左様なら、じゃ遊びに来給え。」

私は、何と云って彼に返事をしていいものか、慰めていいものか、その適当な言葉を見付ける事が出来なかった。もじもじしておりました。

すると彼は、こう快活に云った切り、今まで云った感傷的な言葉なぞは、けろりと忘れるように、さっさと行って仕舞いました。

私は、彼の貴公子然とした後姿を眺めて、いつまでも佇んでおりました。

「何と云う不思議な少年であろう……」

私は、それ切り、この少年と会いません。

船に寐る人

今より、凡そ十年前です。

真夏でした。

＊　＊　＊

私は、其頃、大工の京ちゃんと倶に、芝公園前の、怪し気な提灯屋の二階に居りました。

そこの主人は、跛行の、博賭打ちでした。提灯屋と云っても、それはほんの名ばかりで。講談本的な言方をすれば、「提灯屋とは世を欺く仮りの商売《なりわい》」で、本業は、悶々師でした。が、彼は、金さえあれば、賭博を打って、飲んだくれておりました。

女房は、元矢場辺りの売春婦だと云われておりましたが、道理こそ、どこかいや味な感じを持った女でした。つまり、悪酒と、てれんてくだが、身に滲みて離れない側の女でした。三十五六でしたが、十六の娘がありました。それが、烏森で芸者に出ておりました。

メンデルの法則を待つまでもなく「子は親の遺伝の結晶」で有る事を、最も証拠立てているような、下品な、下り目の、一言以って云えば、「貧相なむく犬」と云ったような娘でした。

其娘が来ると、家内中で大騒ぎでした。大抵一週に二回はやって参りました。その娘の名は、母のそでのその字を貰ったとかで、そのと云うのでした。芸名は、その枝と呼ばれました。

其その枝が来る時は、いつも自分と同年配の、高子と云う仲間芸者を引張って来ました。

高子は、その枝なぞとはくらべにならない程、美人でした。肉感美の豊かな、どことなく蠱惑的な美人でした。

その二人がやって来ると、兎に角、種々な意味で、家内中は大騒ぎでした。主人公の、善さんは、平常の三倍も酒を飲みました。女房も、その左利の方では、先ず女としては一流でしょう。

そこへ、中二階のごろ連が、（この家には、年中所謂宿なしが、三四人位ごろごろしておりました）待ってましたとばかりに、加勢に下りて来るのです。

二階は二室ありました。表に面した方が、六畳で、そこには、昔吉原の稲弁楼で、全盛を張ったと云う、七十三の、いやに性慾的な婆さんがおりました。そのお絹婆さんは、一人で淋しく暮しておりました。

何でも、最後の亭主は東京座の出方か何かで、今はもうその男は死んで了ったが、生活費の方は、養女の常磐津の師匠から来ると云う事でした。

お絹婆さんの、寝具から部屋の調度と来たら、丸で大見世の太夫その儘の趣味風情でした。寝具は、古い乍ら全部縮緬の焔え立つようなものでした。寝着にしたところで、例え時代物とは云え、りゅうとした絹物でした。

で、お絹婆さんに云わせると、「それは昔の美しく快かった全盛を、微かにでも忍ばすよすが」だそうで、万事のやり口が、つまり本物の京焼へ、細身の銀のお箸を、ちりんと軽く打突けてから食べるような、「仲の街全盛」の調子でした。

娘と云っても、もう五十がらみの中婆さんですが、さすがはお絹婆さんの、秘蔵娘だけあって、垢ぬけのした江戸肌は、兎角、荷風の「物のあはれ物」の主人公と云ったところでしょう。どこか、下の女房などとちがって、りんとしたところのある師匠でした。

それが、酒を買って来て、お絹婆さんの糸で、渋い声で、「思い出に残ったのろけ」と云うたようなものを、桜色でやるんです。と、そうなると、お絹婆さんも、昔は全盛の太夫です。黙っているのは、はじです。お絹婆さんも、若い声を出してお得意の清元で、神田祭をやり出します。

で、奥二階は、たった四畳半で、そこには私と京ちゃんと、やっぱり大工で秀さんと云う変り者がいるのです。

下で、騒ぎ出すと、「おい、お二階もお出よ」と云うので、二階を呼下げます。が、二階で娘が来て、お酒がはじまると、「さあ、下のお方、いらっしゃいな」と云うので、下を呼び上げます。

そうなると、連中十何人と云う事になって、「人間は性慾と肉体的快楽の魂」に過ぎない、と云った乱痴気な有様で、あさましい騒ぎが初まるのです。

私どもは、此の「人間性のどん底」の空騒ぎが、例えどちらで始っても、必ず入れられるのです。で、役割のところは、云う迄もなく、美人の高子と、むく犬のその枝とが踊り手で、善さんとお師匠さんとお絹婆さんが唄い手で、おそでさんと私とが、弾き手と云った事でした。他の連中は、ただ、無茶に飲んで、獣のように騒ぎ廻ったわけです。

……が、ここの「怪しい家」のお話は、他日機会を見て書く事として、大切な本文に入る事とします。


私はこの善さんの家に、そう永い間厄介になって居た訳ではありません。僅かです。ですが、この家で、種々な人々に遭ったのです。

クープリンは、吉原の如き遊廓の存在を、「呪われた魔窟、地獄のどん底」と見ました。プレークは「牢獄は法律の名で造られている、遊廓は宗教の瓦で造られている」所と云いました。それは兎に角として、お絹婆さんは、永久に「吉原を憧れて止まない」人でした。しかも、吉原のデカダン的情調の、インカーネーションのような老婆でした。

私は、このお絹婆さんを思い起すたびに、何と云う不幸な女性であった事だろうと、気の毒になります。

それから私は、大工秀さんに、徹底した悪の讃美者の姿を見ます。秀さんは、その頃二十五でした。脊の高い、赧ら顔の、男らしい青年でした。

秀さんは、勿論思想家ではありませんでしたから、悪魔主義の存在も、唯美主義の存在もなにも知る由がありませんでした。

が、然し、それは例え近代的ではないにしても恐ろしい程悪の讃美者、実行家でした。

秀さんは、S市の人間でした。

彼は、早熟な小供でした。十七の年には、一人前の大工になって仕舞いました。

彼は、ある日突然、東京に出たくなりました。彼は、その時、親方や多くの弟子達と共に、仕事をしておりました。彼は、懐に手を入れて見ると東京へどうかこうか辿り着けそうな金がありました。

丁度、お昼の休みでした。

皆が一塊になって、弁当を使っていました。

彼は、「決行するのは今だ」と思いました。

で、彼は突然立上がると、

「皆さん、永い間お世話様になりました。秀公はこれから東京で人間になって来ます。」

と、呶鳴って、一目散に駈け出しました。

それから、秀さんは、首尾よく東京へ出て、旅職人の仲間へ這入って、方々の親方の部屋をごろごろして歩いていました。

其間に磨かれた秀さんの腕前は、床の間に掛けては、名うての職人になりました。

が、彼が大都会を目差して出て来た目的の大部分は、「都会の享楽」「青春の日の自由気儘な快楽」と云う事にあったのですから、親方から離れ、奴隷生活からにわかに解放された彼は、「益々本能的に」性的愉楽の中へ、陥込んで行きました。

そして、其行方が、彼の本来の性状である、悪の讃美にまで、辷って行ったと云う事は、彼にして当り前な行方だとしなければならないでしょう。

彼は、気が向けば、熱心に仕事をしました。

が、気が向かなければ、幾日でも遊んでいると云ったような、「名人肌」の男に成り澄ましました。

彼は、適齢に達しても、うまく逃げ終わせて、徴兵検査に帰りませんでした。

で、その言草が、こうなんです。

「俺は別にあんな所へ這入って、戦争の稽古なんかしたかねえ。俺は、いつも自由に飛んで歩きてえんだ」と。

然し、彼がこう云ったからと云って、彼が社会主義的自覚を持っていたわけでも、決してヅホボール（兵役忌避の宗教）の意識的信者でもなかったのです。

彼は、左様感じただけです。つまり、彼の言葉は、自覚したヅホボールであるよりも、徹底した放浪主義者《バーガボンド》であったのです。

彼の、よく放浪するところは、浅草でした。浅草は、彼のようなタイプの人間の、悪く云えば掃溜のようなところです。

彼は、どうかすると、こちらでひけ目を感じるくらい、無口になる事がありました。無口な時、彼はいつも憂鬱で憤りぽかったのです。でそれは、彼が仕事をしたくなる前でした。が、より多く彼が、金を懐に入れている時でした。

彼は、金を持つと、それを消費して了うまでは極めて、憂鬱で苛々しておりました。彼に云わせると、「実に金を持った時くれえ、頭が重くって、むかむかする時ゃねえのです。」従って、秀さんは、金を持たない時の方が、ずっと元気で、はしゃいでいました。

彼は、酔払うと、いつもの十八番で、案外センチメンタルな泣言を云い出します。そして、酔った時は意外に人情的で、人なつかしがる男です。

が、不断は、「俺は悪党だ」と頑固に信じて、何でもその悪党振りを土台に置いて、その上で種々な行為をやっておりました。

しかし、その悪党振りと云ったところで、今頃の、不良少年達のやり口と比べると、頗る無邪気な程度で、グロテスクなお芝居式な悪党振りを発揮するので、決して其中に、才気走った所謂不良少年じみたところがありませんでした。

一言して云えば、彼は悪そのものの齎《もた》らす一種のデカタンチックな雰囲気に酔っていた、可愛らしい人間なのです。

だが、やって見ようと感ずると、何らの思慮もなく、どんな危険な悪党振りでも、やり兼ねない男なのです。

ここら辺りは、一寸、悪党振りたい為めに悪党振ると云ったような、お芝居気が深い証拠です。

それが、彼の本質的に、あぶないところで、且又、比較的気のいい所です。

で、彼の強味は、この無茶な悪党振りが、何ら精神的に悩まないで喜んで出来るところにありました。

従って、と云うのも、ちと変ですが、彼はよく周囲の気分に動かされ、刺戟され易い性の男でした。

ですから、私や京ちゃんの言葉が、意外な方面で、彼に働き掛けている事がありました。

例えば、京ちゃんなぞが、別にこれと云って腹もなく、無心で、

「どうだい、あの親爺いやに銭箱を抱え込んでいやがるな。あんなのを一つ引奪って、目のまわる程、驚ろかしてやりてえもんだな。」

なぞと云うと、いつかの間にその言葉が、秀さんを挑発して、彼に実行を強いているのでした。

ですから、私どもに取っては、極簡単な言葉の上だけで納まる憤慨でも、秀さんにそれが波及した

時は、実行と云う「義憤」の形で現れて来るのでした。

が然し、彼の「義憤」か徹底した思想的なものでないことは、其「義憤」がいつでも一定の、「悪の讃美」の形の中で行われる事に照してもよく分ります。

だから後ろから逆に見て行けば、秀さんの「義憤」なるものは、「悪の讃美」の上に建てられた一種の昂奮なのでした。

秀さんは、黙阿弥式の劇に出て来る、鼠小僧次郎吉と云ったような型の男の、讃美者でした。

そして、心の中では、一人で「鼠小僧」に成り切っておりました。

そんな点は、まことに愛らしい。ロマンチェストだったのでしょう。


彼を、私に初めて紹介して呉れたのは、大工の京ちゃんでした。

ところは、浅草公園の六区でした。

「あの、ほら、いつも噂をする秀さんだぜ。」

と、京ちゃんが、癖でニコニコして、云ったのです。

「大工の秀三……」

彼は、その時、ずい分汚らしい姿をしておりました。でも、顔だけは、のっぺりと刺り込んでおりました。秀さんは、私の顔を睨っと瞶めながら、云ったのです。

「僕は、××……」

私は、京ちゃんの連中に、学問のある、いやに書生染みた「お仲間」と思われていたのです。私が、三年も此の漂浪生活を続けている、と云う事を知っているくせに。

「ほら、お仲間になろうぜ。」

と、私ども三人が歩き出した時、突然、秀さんが云いました。そして、私の肩に、親しみ深く、頼り掛って来たのです。

「是非……」

「何だって、是非だって、いやに気取った文句を使やぁがる。ね。」

秀さんは、如何にも腹が立ったように、こう呟きました。彼は、平民的でない、否、職人的でない言葉は、凡て、大嫌いだったのです。万事ざっくばらんにね、と云うのが、彼の代表的なトーンでした。

其夜、私どもは、先ず「兄弟分の盃」と云うので浅草のおでん屋で呑み合いました。が、その夜は、秀さんのセンチメンタリズムを見ないで澄みました。その代り、すさまじい大気焔でした。

其頃、秀さんは、仕事もなにもしないで、毎日毎夜、浅草公園をぶらついておりました。金はなし、六区の女には捨てられる、と云って仕事は手に着く筈がなく、と云ったなさけない有様です。

若し、今の無産者の青年が、みすぼらしいあわれな有様で、三人寄り集ったのならば、例え酒に酔わなくたって、「資本家に対する反抗」「階級的怨恨」「革命的昂奮」と云ったような、社会的悲惨の問題へ落ちて行くのでしょうが、今より十年前のデカタンチックな、快楽主義の、孑孑《ぼうふら》のような連中の話ですから、犬と猿と熊が寄合ったくらいの、獣的味の深い、下劣な話で、鼻が付いて行くのでした。

つまり、

「若いうちが花だ。世の中は結局、酒と女さ」と云ったところで、三人は三人共とろんとなって、頷いたものです。

で、私は、何とか云う雑誌で見た、アラン・ポーか誰かの、淫靡な、腐肉のような詩を唄ったのです。

「何だか、馬鹿にむずかしいが、『女の足が』と云うところがたまらねえな。」

と、秀さんと、京ちゃんが、讃めました。

で、又、京ちゃんが、亡国的な調子で、

「吉原はやり小歌そうまくり」にある、

人買船が恨めしや、

とても売られる身じゃほどに、

静かに漕ぎやれ、

かんたどの。

を歌ったものでした。京ちゃんの声は、意気でした。ですが、その時代の青年の涙は、この小歌にも、流れたのです。

そして、その涙が、私ども三人の心を、あの人情的なあわれさの一点で、固く結ばれたのです。

「じゃあ、今夜は俺の家へお出よ。」

と云って、秀さんが立上ったのは、二時頃でした。

「秀さんの家って、どこでえ？」

京ちゃんが、不審でならないと云ったような顔付をしました。

「何処だって、俺のあとへ跟いて来りゃ間ちげえはねえんだ。」

「やっぱし、人間の家か？」

「あたり前えよ。来て見て吃驚しちゃあいけねえぜ。そりゃあ、素晴らしく乙りきなもんなんだ。夏向きでね。」

「おい、かついじゃいやだぜ。」

「誰がそんな人の悪い事をするもんか。おいらが幾らどじを踏んでたって、友達をかつぐような人でなしはしねえぞ。」

「じゃあ、安心して行くよ。」

「よし。来ねえ……」

秀さんの所謂「俺の家」は、深川の木場にありました。

それは、砕れかかった、一艘の小船でした。

「あれが、俺の家さ。」

と、河の中程を指差された時、月のうす明りで眺めると、材木と材木との間に、一艘の小船が捨てられたように、佇んでいるのでした。

「あれか?」

京ちゃんが、いささか呆れた様子でした。私はゴリキーか誰かの「筏」と云う小説を、ふと思い出しました。

「そうよ。え、夏向きで、素晴らしいだろう。××も遠慮しねえでお出でよ。」

私は、秀さんのする通りに、尻を高くからげて、あぶなっかしい足つきで、二人の後から跟いて行きました。

船は、傍へ寄ると、案外、大きなもので、四人やそこらの人間は、楽に寝られそうでした。一体何に使った船か、よく分りませんでしたが、魚漁船でない事は確かでした。

或いは、「人命救助船」であったかも知れません。

船の中へ這入って見ると、随分使い古したらしく、膏薬だらけの、「老体」と云ったような感じのする、あぶない船でした。

水が、底から這入り込んでおりました。

「お、又水が這入りやがったな。ちょいと待っといでよ。板と敷物を持って来るから。」

秀さんは、どこかへ匿して置いた、四五枚の板と、茣蓙を持って参りました。

板は、横に、船の中へ、渡されました。

その上へ、茣蓙は敷かれたのです。

「さあ、眠ろう。」

秀さんは、先ず先きに、寝て見せました。

「おい、三人じゃ危なかねえか？」

「何に、何でもねえよ。」

「まあ、いいや、沈んだら泳げばいいんだ。」

京ちゃんも、度胸を定めたらしく、寝に掛りました。

私も、つづいて、寝に懸りました。

「どうだ、いいだろう。上は、広々とした大空でよ。下はお前め夏向きの涼しい水でよ。酔醒めの水と来りゃあ、直ぐ喉の前えにあるんだからな。天下晴れての住家じゃねえか。」

「だが、雨の時ゃ、ちょいと困るな。」

私は、それが心配でした。

「ヘッ、お天気の時、雨の心配は禁物だよ。だがね、雨の時ゃ、あちらへ宿替えさあ。」

と云って、材木小屋を指差しました。

秀さんは、もう、この船と、材木小屋に、一ト月程寝泊りをしていると云う事でした。


その翌晩から、秀さんは、私達の宿へ来る事になったのです。

秀さんは、私達の宿へ来るようになってからも時々思い出したように、船の宿へ寝に出掛けました。

京ちゃんも、私も、誘わるる儘に、一緒に出掛けました。

秀さんに取っては、船に寝に行く事は、私どものように、単に好奇心だけの問題でなく、もっと自然的な本性的な要求だったのです。

だから、或る大雨の夜、その船が沈んで了った時、一番悲しんで、船の行衛を捜して歩いたのも秀さんでした。

私には、その頃の秀さんの心持が、近頃になってやっと、ぴたりと分ります。

が、例え、その船が、私の前へ出て来たとしても、もう再び「船に寝ようとしない」私なのです。

私は、その「思い上った心」を悲しまねばなりません。

私たち三人は、その船が砕れる頃から、思い思いの心を懐いて、分れて了いました。

一九二二、四月八日

二階の客

浅草の十二階下に、稲荷横町と云うのがあります。そのうす暗い横町に、「小猫屋」と呼ぶ、銘酒屋がありました。

今から、丁度、八年程前の事です。

私は、その「小猫屋」の二階に、少しの間居った事があります。

その「小猫屋」は、稲荷横町の、小さな四つ角から、三軒目にあったのです。

三間間口の、二階家で、表には、極く細い格子がはまっておりました。軒燈には小猫に小判が書いてありました。

その細い意気な格子戸を開けると、落語家の名前をつらねた団十郎色の暖簾が掛っていて、そこに三尺の土間があるのでした。其処の土間には、ここの家には実に不釣合のような、美しい瀬戸物のステッキ入が置いてあるのでした。

其の模様は何れもグリーキ辺りの、壁絵を想わせるような、芸術的なデリケートなものでした。

私は、この「小猫屋」に居候している間、この希臘模様の瀬戸物の筒が、気になって堪らないのでした。

其頃の浅草六区は、天民の所謂「闇に咲く女」の全盛時代で、さすがの、天下の権力者も、「人間の狂濤的な性慾の渦巻」には、ちょっと手の着けようがなかった頃です。

ですから、どこの格子戸の前を通り抜けても、どの溝板の上を忍んで歩いても、臆面もない白い首が、誘惑的な鼠鳴きで呼び掛けるのでした。

又、小路から、小路へ、横町から抜け裏へ冷かし廻って歩いている、「性慾の輩」に取っては、どこの小格子のガラスから覗いている顔も、皆斑猫の如く蠱惑的に見えた事であります。

何にしても、小格子に二三寸嵌め込まれた硝子を透して見る粉黛の女性は、孰れも又、美しく見えた事であります。顔を全部露出させなかった事は、即ち、法の力であります。が、然し全部を見せるよりも、より以上に誘惑的に見せたのも法の力であります。

そして、どこの店でも、この半面の思わせ振りな魔性の女が、「性慾の輩」を、寄せ集めていた事であります。

私の居た「小猫屋」にも、二人の「闇に咲く魔性」が居りました。

二人は、姉妹でした。本当の姉妹でした。姉は二十三でした。妹は十六でした。

玉ちゃんと云うのが姉で、丸顔の蒼脹れのした、病気の娘でした。も早、永い間の梅毒で、(母の遺伝にちがいないのです)両方の眼が、ただれておりました。だから、不断は、鼠色の眼鏡を掛けておりました。

妹は、絹ちゃんと呼ばれる、脊の低い、愛嬌のある水々した娘でした。この娘が、重い島田に結わされて、暴虐で心なしのお客を取らせられるのです。お客のない時なぞ、この小娘は、暖簾の影で、童話の本なぞ読み耽っておりました。其姿を眺めて、私は無心でいる事は出来ませんでした。私は、彼女の清い純潔を、心の儘に蹂躙して、恬《てん》として恥じる事を知らない数多くのお客どもを憎みました。又、こうしなければ、生きて行かれない彼女一家を悲惨のどん底にあるものと怖れました。果して何者の罪なのでしょうか?。

「小猫屋」の所謂「玉」は、たった二人でしたが、家の部屋は割合広いものでした。階下が、台所を別にして、六畳に三畳が三間ありました。二階は三畳二間の、六畳です。

ここの家では、大抵の場合、階下でお客を取る事になっておりました。どうかして、お客が立込んで、外から「玉」を借りて来るような事があれば、二階の三畳を使いましたが、でない限りは、階下だけで充分でした。

二階の六畳には、此家の主人夫婦が居りました。それに私が。

が、尤も私は、お客が二階へ宿らない時は、多くその三畳で寝ました。

ここの主人と云うのは、菊石《あばた》面の、五十五六の男でした。別にこれと云って、極った商売はないらしかったが、頼まれると、場末の寄席なぞへ、落語家《はなしか》の前座なぞを務めに出掛けました。

「人間は、つまり食うための化物」だと云っているこの男は、今までに随分種々な事をやって来たらしかったです。今でも、折さいあれば、何にでも化けます。

名前は、「ガラ金」と云うのです。ガラの悪い、木田金太郎を、綽名で呼ばれているのです。

階下で稼いでいる二人の娘は、この「ガラ金」に取っては、本当の娘ではありません。「ガラ金」の妻君である、お豊さんが、未だ芝区の「矢場」で、相当に売っていた頃の、情夫の子なのです。

お豊さんは、も早六十くらいの婆さんです。白粉焼けのした、片眼の、痩せたお婆さんです。

階下で、「二階の親」のために働いている二人の姉妹は、このお豊さんの実の娘です。尤も、も一人、三十位になる息子があるそうですが、その息子は、十八九で家出した切り、未だに何の消息もないそうです。

で、この曰く付きの夫婦は、大変な酒飲みです。階下で、嫌な思いをしては働いている娘を、無理に絞り上げては、二人で酒を飲み合っているのです。朝から晩まで。

ですから、階下の娘たちは、幾ら稼いでも皆、この親たちにぽしい上げられて了うのです。

近所の女将たちは、この姉妹《ふたり》の娘の事を、何と云う親孝行な娘たちだろうと、感心しているそうです。で、この小さな資本家である、近所の女将たちは、不断に易々として虐げられ絞り取られているあわれな娘達の事を、「孝行娘」だと云って、褒めているのです。(自分に都合がいいから。)

が、近所に巣を喰っている、化粧の女たちは、この二人の娘を、自分の漂浪癖に引較べて「バカ者」だと云っております。

が、しかし、この姉妹の者は、こうやって自分の尊い貞操を、親の眼前で蹂躙されて、いいように、「性慾の犠牲」になっている事が、自分たちの、与えられた運命だと思って、じっと忍んでいるのでした。

ですから、二人の娘は、自分たちの得た金は、皆な二階へ（彼女らは父母の事を、只二階と呼んでおりました）差し出して了うのです。で、二階の言葉に対しては、いつも実に神妙なものでありました。正に一個の奴隷でした。之が、この世の中で褒められている、所謂「親孝行」なのでしょうか？「親はどんなに子供に不孝であっても、子供はついに、孝行者であらねばならないであろうか？」私は、この事を、頗る悲痛な皮肉を以て考えさせられました。古い因習的な道徳は、何と云ういたいけな犠牲者を出している事でありましょうか。

二人の娘は、この狼のような親の前へ、自分のなし得る、凡てを投げ出して、「酒の代《しろ》」を造りました。

が、然し、亀のような二人に取っては、いつでも、娘の稼ぎは足らないものでした。娘は、酒が切れる度びに、身皮を剝ぐような、苦しい目をさせられました。

「おい、お玉、お前は何て働きがないのだろうねえ。」

と、呶鳴り付ける、母親の酒臭い声を聞いていると、

「これが人の親か」と、私は、淋しく思いました。

「やい、淫売女郎、酒を持って来い。」

義父は、少し酔払って来ると、畳を叩きながら階下の娘へ罵言を浴びせました。

そんな時、梯子段の下で、かなしそうにシクシク泣いているのは、頭ばかり大きな、絹ちゃんでした。ああして、暴虐な声で呶鳴り付けられるたびに、絹ちゃんの、したしみのある無邪気さは、漸々荒くれ、踏み躙られて仕舞うのです。

私は、余りの浅間しさに、息づまるような思いで、耳をふさぐのでした。（ああ、今思うと、私は限りなく卑怯者だったのです。）

私は、二階の呶鳴り声を耳にする度びに、恐ろしい人間の本能性を憎悪した事でありましょう。浅間しい限りの、「神」も「善」も「愛」もなにも知らない、否、凡てを叩き壊して了った、この二人の人の親を、どれほど怖れた事でありましょう。

彼ら二人の老人は、永い間の、淫蕩と、飲酒と、荒廃との生活の裡に、人間の最も尊いヒューマニティを、自ら破壊して了ったのです。善もない、正義もない、愛もない、ただ怖る可き獣性ばかりの人間になって了ったのです。

そして、自分の自らの手で、自分の最愛な娘を、悪徳と病毒と荒淫の中へ、堕落さして行く事に、少しの自責も恐怖も感じなくなって了ったのです。

——で又、この可憐なる娘たちは、冷たいメンデルの法則に倣って、第二の第三の、人獣となって仕舞わなければならないのでしょうか。

誰が一体、この戦慄す可き出来事の原因が、吾々人間の裡になく、社会の罪ではないと云い得るでしょうか？

私は、かかる不幸な人間が、一人でも社会に存在する限り、人間の社会を呪わないでは居られません。

「ね、絹ちゃん、そう泣いたって仕方がないよ。」

私は、こう云う言葉よりしか持ちませんでした。他の、慰め方を知らなかったのです。

そんな時、よく、絹ちゃんは、長い派手な袖の間から、涙に微笑んだ顔を出して、

「あたい泣いてるんじゃないわ。あの人の事を思ってたのよ。」

と云って、蓮っ葉に笑いました。

その笑の中には、深刻な涙が渦巻いておりました。私は、苦笑しました。

お玉さんは、絹ちゃんに比較すると、全然「この世の中を」あきらめ切っておりました。

私は、却って、彼女の「悪いあきらめ方」を、否、そうあきらめなければならなかった彼女を、いたましく思わなければなりませんでした。

私は、彼女に面する時、いつも、暗く淋しくさせられるのでした。

そして、私は、「この社会の暗さ、淋しさ」は、かかる悲惨な人間の心の底から、生れ出て来るのだ、と思いました。

でも、二階の二人だとても、勿論人間です。

お酒に酔わない時は、階下の娘を呼び上げて、自分たちの我慢をあやまっている事もありました。が、然し、私は、いくら二階の親達が、娘の前へ平身低頭して謝罪した所で、現在の悪虐な生活から、娘を解放しない限り、それは却って大きな偽善であると思われるのでした。

何故この親と子は、共に手を執って、冷酷な社会を泣く事が出来なかったのでしょうか。それは、本当の「愛の心」が、枯れていたからではないでしょうか。

私は、あまりに、親と子のことばかりを、書き過ぎて了いました。

本題の、二階の客に戻らねばなりません。

兎に角、「小猫屋」の家は、こんな家でした。

私がどうして、此の「小猫屋」の主人である、「ガラ金」と知り合ったか、又、どうしてこの家に居る事になったかと云う事は、次の「放浪者の群」で書く事にいたします。

この「小猫屋」の二階には、二階だけのお客が、随分やって来ました。大抵「ガラ金」を訪ねてやって来る、怪態な人物ばかりです。浅草でなければ見られないような、変った人物が集って来ます。

たまには、

「お豊さんいるかい?」

なぞと云って、お豊さんのところへやって来る、昔の仲間があっても、皆銘酒屋の女将で、性格破産者で、飲み抜けなのです。

で、この連中は、大方タイプが、皆似たり寄ったりの所謂「狸婆」型で、何時来ても、近頃の女の腕のない事、酒の悪い事、昔の芝居などの話をして、帰って行くのでした。

ところが、「ガラ金」を訪ねて来る連中の裡には、随分特異な人物が居りました。

先ず、第一に目に着いたのは、春画師の竹井さんと云う老人でした。

この人は、七十くらいの、白髯を胸まで垂らした、画家のなれの果です。いつ来る時も、変った春画を持って来て、「ガラ金」に、販売方を頼んで居りました。「ガラ金」は、それを、どこかへ持って行って、うまく金にして来るのでした。この竹井老人は、

「我輩の情画は、実に大和に及ぶ者はないいて。」

と云うような、口の利方をするので、綽名を「情画」さんと云われていました。

別に悪気のなさそうな、昔の浮世絵師の、呑気な面影がありました。

何でも此の「情画」は、こうして、春画を持っては、六区をのそ付いている、家も身寄りもない老人でした。「情画さん」は、やって来ると、必ず酒をせびって宿って、行きました。

誰でもぶら〳〵している人を見ると、「遊んでいても仕様がないから」と云って、広告屋の鐘叩きに世話をしようとするのも、この老人です。又、ある日、黙って道具屋を連れて来て、例の上り口の、ステッキ入を値踏みさせたのも、この「情画さん」です。ですから、この「情画さん」は、「小猫屋」

では、一個のユーモラスな瓢軽者と思われておりました。

次は、○劇団の頭取だと云う　蟹のような顔をした男です。

この男は、役者だか、博徒だか、ちっとも分らない男です。素敵もない、りゅうとした姿《なり》でやって来るかと思うと、五銭位の金にも困っている事がありました。

この男は、昔「若気のあやまちから情婦を刺した」と云うのが、一つの自惚の男でした。そして今でも、白鞘の短刀を、大切そうに懐中しているような、悪党ぶった男でした。で、この男は、道具方の安さんや、下廻の栗吉なぞを連れてこの二階へよくやって来ました。

その次の定連は、昔のお豊さんの情夫だと云われている、円竜でした。

円竜は、最早可成り老人ですが、どこか愛嬌のある、如何にも芸人らしい男でした。で、この円竜は、落語家が本職なのか、女の周旋が本職なのか、よく分らないようなあやふやな人物でした。家では、「助さん」と呼ばれていました。酔払うと、東海道五十三次の、駕かきの呼声を、大分うまく使い分けて聞かせました。でも、この円竜に、若い情婦があると云うので、階下ではよく冷かされておりました。

又、よくやって来る男に、自分で富士田音太郎と呼んでいる、下手な長唄の唄うたいがありました。

この男は、この二階へ来る人物の裡でも、頭抜けて常識のない男でした。でこの男は、口癖のように、「俺は札を贋造してやろうと思うんだ。」

と云っておりました。

「ヘッ、泥棒野郎が。」

彼が帰って了うと、お豊さんが、吐き出すようにこう云いました。何でも、お豊さんも二三度、失敬された事があるが、前科三犯だと云う話でした。

その次は、「親分」と呼ばれている、色の浅黒い随分感じの悪い男がありました。その男が、お玉さんの旦那でした。

この「親分」は、来る度びに、必ず依体の知れない怪しい男を二三人ずつ連れて来ました。何の親分だか、善く分らなかったが、来る度びに、屹度「お花」がはじまるのでした。

その「お花」が初まると、絹ちゃんは、仲間を集めにやられるのでした。大きな座蒲団を車座に取り囲んで、油汗を入染ませ乍ら、輸贏《しゅえい》を闘わせる七八人の男女の有様は、可成りに凄惨なものでありました。

そこが「親分」でしょうが、その男は、勝っても負けても、屹度、賑かな酒にして帰って行くのでした。

そして、この家へは、よく、六区のゴロツキどもが、集って来ました。この千束町のゴロ付きは大抵年の若い青年でした。十八九から、二十四五までのうら若い者どもです。

商売は、職人が一番多く、次は芸人と書生でした。つまり、不良少年です。彼らは、遊びに来る時は、一群を成してやって来ました。

そんな風にして、彼らは、次の家から次の家へと、遊んで歩いているのでした。

大抵の場合、彼らは、金がないので嫌われておりましたが、又、たちのいいお客を、引張って来て呉れる事もありました。

こんな連中が、入れ替り立替りして、「小猫屋」の二階を襲って来るのでした。

が、階下のお玉さんや、絹ちゃんは、この二階の連中の仲間には加わりませんでした。

丸で、二階と下と生活が違っているように、階下だけの生活を、「忠実」にやっておりました。

そして、二階へ遊びに来る連中を、「二階の客」と呼んで、なりたけ、近寄らないようにしておりました。自分たちの肉を目的に集って来るのでないお客を、お客のうちに入れていないところに、彼女らの悲劇があるのです。

今、「小猫屋」の人々は、どうしている事であろう。

ああ、やっぱり、不断に虐げられつづけている事であろう。


――一九二二、四月二十五日――

子を貸し屋

宇野浩二

一

団子屋の佐蔵が、これまでにどういう経歴を持っていたかはこの物語りに大した関係がないのであるが、今でも彼の言葉に多分の上方なまりがあるように、生国は大和で、どちらかというと、彼は若く見えるほうだが、五十歳をもう半分以上こしていた。その年になるまでに経験してきた商売の数は、彼自身にさえなかなか思いだすのに骨がおれるくらいであった。が、今の商売の一つ前の商売は、二階の押し入れの隅にある、極大の古ぼけた柳行李の中に一ぱいつめられてあるもので知ることができた。それはラシャの小ぎれをミシンで細工した安ものの子供靴であった。——彼は毎日毎日大きなふろしきをもって、市内のラシャ屋をまわっては切れ屑を買い集めてくるのである。すると、彼の相棒であるミシン職人の太十が、家にいて、それを無数の靴にぬいあげるのである。佐蔵は、ほかにそれらの切れ屑をすぐにミシンにかけられるようにたつ事と、できあがった品物をそれぞれの『むき』に売りに行くことを受けもっていた。儲けは極めて少なかったが、それでも二人の者がその日その日の暮らしをして、さて月づきの終りにはほんの少しずつだが、(それはしかし大の男二人のものとしては、何というわずかな金高だったろう、)郵便局に貯金をすることができた。

太十は佐蔵よりも十五も年下だった。それは彼らがまだ近づきにならなかった前のことであったが、話しあって指をくって見ると、ほとんど同じ時分に、彼らはそれぞれ女房とわかれた経験をもっていた。ただ、佐蔵のは死にわかれたのであったが、太十のは生きわかれであった。くわしい話しはわからないが、太十は、三歳《みっつ》になる子供をのこされて、女房に逃げられたものらしかった。だから、二人で一軒の家をもって、彼らがこの共同の商売をはじめたとき、佐蔵はまったくの一人者であったが、太十は当時四歳であった太一をつれて来たのであった。

太十は一滴も飲まなかったが、佐蔵は毎晩二合ずつ飲んだ。そのかわり、佐蔵は、年も年だったが、決して女気のあるところへ近よろうとはしなかった。それでいて、十日に一度、半月に一度は、自分の毎日の晩酌にいる金をためたほどの金を出して、はじめのうちは遠慮して辞退していた太十に、彼の気に入った所へ遊びに行ってくるようにとすすめた。そんな時、太十は、著物《きもの》をきかえて、帽子の『ちり』などをはらって、ぼつぼつ晩酌で顔を赤くしている佐蔵に子供をあずけて、いそいそと出かけて行くのである。子供の太一は、佐蔵に十分なれていたので、父親の帰ってこない晩には、佐蔵と一しょに寝た。

常の晩には、ガラガラとミシンの踏み台をふみながら、太十が無数の子供靴をつぎからつぎへと機械のように製造している傍で、佐蔵は、癖でしじゅう『はな』をすすりながら、不器用な手つきで切れ屑をよりわけたり、よりわけた切れの一束を型によってたち庖丁で切ったり、するのである。子供の太一は早くから寝てしまうので、そういう時の二人の話しは、いわば『水入らず』で、男やもめどうしの気散じな話題におちて行った。が、さすがに年がだいぶ違うのと、それに佐蔵にはどこか堅苦しい性質があったので、それがどんなにか心安い話しであっても、決して放縦に流れるような事はなかった。太十はなんとなしに佐蔵に一もくおいていた。

「お前さん、子供というものは人間のもってるものの中で、一番の宝ものだよ、」と佐蔵がいった。

「わしらとちごうて、太十さんなんどまだ若いんやから、いつまでもひとり身でいるわけにはゆかないだろうが、まあまあなるべくお前さんのすききらいは二のつぎにして、上さんをもらうというよりは、子供のおかあさんをもらうというつもりで探す方がいいぜ。」

「………」なんとか答えたようであったが、太十の声はミシンの音で聞きとれなかった、もっとも、それはわざと聞きとれないほどの声で答えたのかもしれなかった。彼は、その二三日前に、佐蔵が買い出しに出かけている留守のあいだに、しめしあわしておいて、そッと彼のところへ一時間ばかり遊びに来ていた女のことを考えていたのであった。けれども、佐蔵はまさかそんな事があったとは知らなかったが、十二階下あたりの女か、それとも『つとめ』をしている女か、いずれにしても、太十にちかごろ相当に深い仲の女ができているらしいという事だけは察していた。

佐蔵は、それを、決してねたんだり、嫉妬したり、する男ではなかったが、今もいったとおり、もし太十がその女とゆくゆく一しょになるような事になったら、女の性質によっては小さい、太一の一生の仕合わせと不仕合わせとの運がきまってしまうことを心配したのであった。それは、しかし、実はある肉屋の女中であった。

それから一と月以上たたなかったある晩のこと、佐蔵が、太十にいった。

「太十さん、お前さん、この頃なんぞ心配事があるんやろう。もしそんな事があるんなら、こうして一しょに暮らしてるのも、なにかの縁なんだから、わしにできることなら相談にのろうやないか、話せることなら聞こうやないか。」

ガラガラ、ガラガラ、と音を立てていたミシンの機械の音がすこし不規則になっただけで、急に答えが来なかったが、しばらくすると、ぱたりとその音がやんで、太十は、台の上からおりて来た。

「佐蔵さん、まったく面目《めんぼく》ない事がおこったんで……、」と彼は切れ屑をそろえていた佐蔵のそばにすわって、「実はたいていあんたも察してくれていようが、この半年ほど前からある肉屋の女中となじみを重ねているうちに、そいつが今度『みもち』になったもんで……」

「そりゃ困ったな、」と佐蔵も思わず仕事の手をやめて、太十の顔を見あげた。「それで、それがお前さんの子とわかってるのかね。」

「……」しばらくしてから、「まあ、たいていそうだろうとは思うんだが、こいつばかしは、朝晩一しょに暮らしているわけじゃァないから、どんな事になってるかわからないんだけど……まあ、とにかく、しようがありません。」

「もう幾月ぐらいになるんかね、」と佐蔵は、またいつのまにか切れ屑をそろえる仕事をはじめながら、聞いた。

「もう六月《むつき》というんだがね。」

「そんなに前から関係があったんかい。」

「さあ、ちょうど五六ヶ月前からなんだが、」と太十はしだいに恥ずかしいのを忘れて、一所懸命に話し出した。「少しおかしいような気がするんだがな。九、八、七、六、……」と指をおって、「どうも五ヶ月一ぱいぐらいのところだと思うんだが、それが六月《むつき》というんだがね。女に聞いてみると、そういう勘定になるというんです。」

「それで、お前さん、その女子《おなご》はきらいやないんだね、」と佐蔵は聞いた。「その女子《おなご》はお前さんに太一ちゃんという子があるのを知ってんの。子供をかわいがりそうかね、自分の子でない子でも。しかし、自分の本当の子がないんならやが、それがあって、『まま』しい子にも目をかけてくれるというような女子なんてめったにないぜ。……困ったな。」

佐蔵は、仕事の手をやめて、自分の事のように心配そうにいいながら、軽いため息をついた。

「それはね、」と太十は又きまり悪そうな顔になって、「わッしの口からいうのは何だが、そりゃしっかりした、わけのわかった、利口な女だから……。そのうち、なんだったら、あんたも一度あってみてくれるといいんだがな。」

「そりゃ一度ぜひあったげよう。」

おみのというその女が佐蔵らの家にはじめて表向きにやって来たのは、その翌々日だった。『いちょうがえし』に襟のついた著物をきて、「ごめんなさい」と、そこの一間半間口のガラス戸をあけて彼女がはいって来た時、いつもより早く得意まわりを引き上げて帰って来て、店の帳場で鼻のさきに眼鏡をかけて帳面をしらべていた佐蔵は、女が、思いのほか若くて、しかも芸者かと思えるほど小ぎれいなのに、おどろいた。しかし、さすがに、年だけあって、すぐに気をおちつけて、「おみのさんですか、あんたは、」と彼のほうから声をかけて、「どうぞ、おあがり。太十さん、」と奥のほうにむかって叫んだ。

彼女は実際太十には少し『すぎもの』のように見えた。その細面《ほそおもて》の、すこし中低《なかびく》の、きッとむすんだ口もとなどを見ていると、なるほど、太十がいうように利口者らしかった。彼女は、一と通りの礼儀も心得ているらしく、佐蔵と太一にちょっとしたみやげ物なども持って来ることを忘れなかった。それで、どちらかというと、口かずの少ないほうだった。顔も十人なみ以上であった。つまり、どの点から見ても、太十に『すぎもの』であるというほかには、佐蔵には『非』の打ちどころがないように思えた。

「太十さん、大したもんやないか、」女が帰ってから、佐蔵は、すこしも皮肉の意味なしにいった。

「少しよすぎるな。果報まけがするぜ。」

「……。」太十は、答えないで、ただ嬉しそうに、にやにやしていた。

それは、二人とも、ふだんのように、仕事にとりかかりながらの会話であった。と、しばらくしてから、

「そうそう、」と佐蔵は急に思いついたように、「太十さん、わしは、さっきから妙な気がしていたんだが、いま気がついたんや。どこやらあのおみのさんと、太一ちゃんとが似てるような気がするが、お前さん、そうは思わんかね。」

するど、太十は、突然、顔を赤くして、ミシンのかげに、顔をかくすようにしながら、「そうかね、そうかね、」と半ぶん機械の音で消される声でいった。

「いや、似てるよ、」と、佐蔵は、こんどは、一口だけでいいきった。

そうなると、反対に、太十の方から「佐蔵さん、」と呼びかけて、「わッしは、また、これまで、おみのは、太一より、前のわかれた女房に似ている気がしてたんだが、そういわれてみると、どこかおみのと太一が似ているところがあるかなア、」と、あとは『ひとりごと』のようにいった。そのうちに、彼は自分の惚れているおみのと、太一が似ているといわれた事が、理由なしに、しだいに、うれしくなって来た。「どうしても、おみのと一日も早く一しょになろう。それにはできるだけ稼ごう。

たといおみのが以前どんな女であったとしても、また彼女の腹の子が自分のであろうがなかろうが、そんなことはどうでもいい……」

その時、とつぜん、佐蔵が、あいかわらず、仕事の手をつづけながら、「くよくよしないほうがいいよ。お前さんたちの『つごう』で、わしが、太一ちゃんを引き取って、そだててやってもええから、」と佐蔵は佐蔵流の思いやりで、「おみのさんに子供ができたら、……そこんとこが、やはり、むつかしいもんやからな、」といった。

「しかし、おみのは、このあいだも、太一は何といっても、あんたの長男なんだから、一しょになったら、私が大事にそだててゆきましょうといってるんだが、……」と太十は未練ありげにいった。

「いや、それなら、それにこしたことはない。」

ところが、二人のあいだにそんな問答があってから、まもなく、彼らに思いがけぬ災難がふりかかってきた。それは、彼等の商売であるラシャの子供靴が、その時分からはやり出したゴム靴のために、すっかり販路をうばわれて、さんざんな悲境におちいった事である。しばらくは、値段をさげてみたり、そのほかの方法で対抗してみたが、みなだめだった。『しよう』がないので、靴をこしらえるかわりに、それらの小ぎれをいくつもつぎあわして、寒い地方の田舎の人たちが著《き》る『そでなし』をこしらえてみたり、または田舎ゆきのざぶとんの皮にしたりして売り出してもみたが、どれも思わしくゆかなかった。ついには貯金の金もだんだんすくなくなり、佐蔵の晩酌も、太十が女のところへ出かける小づかいも、出なくなった。

災難はそれだけではなかった。その年の暮れに、当時世界じゅうをあらしまわった流行性感冒という病気にかかって、太十は、床についてから十日目に、死んでしまった。その時、おみのは妊娠九ヶ月目であった。彼女の悲嘆はいうまでもないが、佐蔵の力おとしも一と通りでなかった。彼は、いつとなく、今までの商売をやめてしまって、毎日『うでぐみ』をして考えていた。太十と二人でためた少しばかりの貯金を引き出して、彼は、その半分をおみのにやった。それから、彼は、三月あまり商売品の残りを売ったり、貯金の金などで居食いをしたり、していた。そうして、最後に家の造作《ぞうさく》と権利を売った時にも、その半分をおみのにやった。

おみのの子が正月にうまれた時、佐蔵は、本所のある場末に、彼女と母親の住んでいた家にお祝いに行ってやることを忘れなかった。ところが、彼がおどろいたことは、その赤ン坊が太一の兄弟かと思われるほどよく似ていたことだった。もし太十が、生きていて、その子を見たら、どんなに喜ぶだろうと佐蔵がいうと、おみのは、半分聞かないうちに『ねどこ』の中で目に涙を一ぱいためた。帰るみちみち、佐蔵は考えて、太一にしても、今度のおみのの子にしても、父親の太十にはそれほど似ていないのに、ちがった腹から生まれた二人の子が兄弟のように似ているとは、不思議な事があるものだなと思った。――そういうと、死んだ太十が、いつか彼のわかれた上さんと、こんどのおみのとが、よく似ているといったことを、佐蔵は、思い出した。そういえば、その二人の女の子供同士が似ているのはあたりまえの事かな、とも彼は考えなおして、なにか安心したような気がした。すると、ふと、また、死んだ太十のことが思い出されて、みちみち彼は人に見られるとあやしまれたろうと思われたほど、頬をながれる涙がとまらなかった。

しかし、その子は、半月と生きていないで、生まれたときから、弱くて、病気ばかりしていたので、区役所にとどける『ひま』さえなかったうちに、死んでしまった。その知らせをうけとると、佐蔵はさっそく『くやみ』に出かけて行った。そうして、また泣きながら、「年をとると、どうも涙もろくて困る」といった。それきり、しかし、彼はおみのに逢わないのである。

太十が死んでから三ヶ月目だったか、四ヶ月目だったかに、一度、やっと、家の造作が売れたので、佐蔵は、それで、今のところへ引っこして来るにつけて、それを知らせかたがた造作を売った金の半分を持って、本所にたずねて行ったが、その時は、おみのの一家は一ヶ月ほど前にこして行ったということで、その行く先きを聞いてみたけれど、とうとう、わからなかった。それで、佐蔵は、いま、太十の『わすれがたみ』の太一を、いつか太十にいった事が本当になって、そだてているわけである。

二

佐蔵が、ひっこして行って、そこで、こんどの商売の団子屋をはじめた所は、浅草公園裏手の、軒なみに銘酒屋がならんでいる一画にある『なにがし』横町であった。だから、得意というのは、無論、それらの銘酒屋であった。そうして、それが目的でもあったのだった。団子のほかに、汁粉とか、季節には氷とか蜜豆なども売り出した。ところが、ふたたび商売の運がむいて来たとみえて、毎日、相当に繁昌をした。客はそれらの近所となりの銘酒屋女たちであった。だから、繁昌するわりあいに『かけだおれ』がずいぶんあったので、そんなにどしどし金がもうかるというわけにも行かなかったが、佐蔵になにより嬉しかったのは、そういう客の女たちは、もとより、いやしい稼業の者たちではあったが、稼業は稼業、心もちは心もちで、別のものとみえて、来る者も来る者も、申しあわしたように、やさしく、太一を、かわいがってくれる事であった。

ところが、よくよく運のわるい男で、佐蔵がそんな町でそんな商売をはじめて一年とたたない時に、おなじ町内におなじ商売の敵があらわれた。それが、ほかの者ならまだしもだったのだが、その辺のちょっとした『かおやく』の『めかけ』が主人だったので、無論その方が、佐蔵のよりは、ずっと資本もかけ、ずっと小ぎれいに、おそらく品物も上等で、人手も多かったので、一週間としないうちに、佐蔵の店の方はさびれてしまった。といって、それが、今もいったように、相手の主人が『かおやく』であったから、抗議を出すわけにも行かず、それよりももっと打撃だった事は、客たちが、佐蔵を気の毒に思っても、その『かおやく』の手前をかねて、おなじ『のれん』をくぐるのなら、その新しい店のそれを度外視することができなかったことであった。

すこしばかり運が向いて来たなと思うまもなく、すぐそれが傾いてしまうなどという事は、佐蔵のような不運な長年のこの世をわたって来たものには、『また』かとさえ思う気にもならなかった。むしろそれが『あたりまえ』のような気がするくらいであった。『よそゆき』から『ふだんぎ』に著かえたような心安ささえあった。が、そういう境遇におちいって、彼がもっともなさけなく思ったのは、晩酌が楽しめないことであった。けれども、それにもまた彼はなれていないわけではなかった。なぜといって、そういう時は、これまでそういう境遇におちた時にして来たとおりに、たいした用もないのに朝はやく目がさめる苦痛は『しかた』がないとあきらめて、夜は日が暮れるとともに寝床にはいってしまうことであった。彼は『せんべいぶとん』にくるまって、太一といっしょに寝るのである。

「おじさん、このごろ『うち』さびしいな、」と太一がまわらぬ言葉でいった。「もっと賑やかにしようよ。」

「ああ、そうしよう、さあ早く寝よう、」と佐蔵はいった、「ああ、そうしよう、そうしよう、と」、佐蔵はそれを口のなかで、かるい子守唄のように節をつけてくりかえした。そうして、その声はしだいに小さくなって、心のなかの声になった。

「そうしよう、そうしよう。さて、どうしよう。また何かべつの商売の『くふう』をするかな。それには何がいいかな、やっぱり食物屋《くいものや》かな、食物屋もたいていのものはやって来たな。もうこの年になって、おれの手で食物屋をしても、客がきたながって寄りつきそうもないし、さて……」

そうして、彼は、長い、すぎ去った、六十年のあいだに、いろいろとやって来た商売を順序もなしに思い出してみるのである。だが、それも半分もしないうちに夢の世界にはいってしまうのが常であった。しかし、その夢の世界は、眠るまえの彼の追憶のつづきのようなものであった。むろん、それは場面としてはとりとめのないものではあったが、朝鮮で雑穀屋をしていた時分の彼とか、あるいは内地に帰って薬の行商をしていた時分の彼とか、一転して田舎でちょっとした茶店のようなものをはじめ、その時にはもう死んでいた筈の女房がおなじ場面に出て来たり、その女房と今の太一とがやっぱりおなじ場面に出て来たり、するうちに、目がさめて、現在の彼自身を、『せんべいぶとん』の中に、すやすやと眠っている太一をそばに見いだすのであった。

ある日、彼が、上がり口の板の間に、腰かけるかわりに、その上にちょこなんとすわって、ぼんやりと表の『だんご』と墨太にかいた入り口の障子を眺めるともなしに眺めていた時、そこががらりとあいて、どこかよその方で遊んでいたらしい太一の姿があらわれたと見るまに、つづいて後《うしろ》から一人の女がついてはいって来た。それは、以前に二三度『だんご』を買いに来たことのある、そのへんの銘酒屋女の一人であった。相当に年とっているのと、面長で、ちょっと美しい顔立ちの、とりすましたようなところがあるからか、こういう女たちとしてはわりあいにおちつきのある、上品な女なので、彼は、いつとなしに見おぼえていたのだった。

「こんにちは、おじさん、」と、女は、いいながら、入り口の障子をぴっしゃりとしめて、はいって来た。

「『だんご』しかないんだよ、」と、佐蔵は、上がり口のところへ両足をおろして、腰かけた姿勢になって、いった。が、そういってから、ふと、『だんご』の客じゃないらしいなと思った。

「いえ、今日はちょっとほかのことで来たのよ、」と、はたして、女は、こういいながら、佐蔵の腰かけているそばに来て、太一を、後《うしろ》からその両方の肩に手をまわすようにして、自分の膝のところへ抱きながら、自分も腰をかけた。

「ほかのことッて……」と佐蔵がふしぎそうに聞きかえすと、

「それがね、いま、太一ちゃんに道で約束したの。ね、太一ちゃん」と女は太一の加勢をもとめるようにいって、「あたし、ちょっと一時間ほど、太一ちゃんを貸してほしいの。」

「どうするんだね、」佐蔵はややおどろいた顔をして聞いた。

「どうするって、ね、太一ちゃん。……。『煮たり焼いたり』するわけじゃなし、」と女はまだ半ぶん太一の方にいいかけるようにして、「ちょっと一時間か、……一時間もかからないわ、三十分ぐらいでいいの、貸してほしいの。」

「どうするんだね、」と佐蔵はまだ『腑』におちないようすで、語気をつよめて、聞いた。

「どうするって、そんなにまじめな顔をして聞かれても困るわ、」と女もちょっと当惑した調子で、

「なにね、わたし、子供がすきなの。それで、散歩にゆくのに、一しょに手を引いてあるきたいもん

だから、ねえ、」と、そこで、女は、また、太一の加勢をもとめるように、「もう太一ちゃんと相談してしまったんだけど……ねえ、太一ちゃん、」といった。

「………」太一は、女に上から顔をのぞきこんでこういわれると、無言のままで、うなずいた。

「なァんだ、そんな事か、」と佐蔵は、急に安心したように、いつもの人のよさそうな顔つきにもどって、いった。そうして、ちょっと考えていたふうであったが、急ににこにこして、「太一ちゃん、お前は、どうなんや、行きたいのか、このねえさんと、え、」と彼は太一の顔をのぞきこみながら聞いた。

　太一は、こたえるかわりに、うなずいた。

「そうだろな、」と佐蔵はいった、「家《うち》には女ッ気がないし、この子の『おとっつァん』のいた時から、女というものがいなかったんで、……それに、今は、こんなしみったれなおじいさんと二人きりやから、ほんとに誰にどこへもつれてッてもらうことなんてないんやからな。」

「ね、行ってもいいでしょう。大事にしてつれて行くから、」

　と女は中腰になって催促した。

「そうか、」と佐蔵はふたたび上がり口のうえにあがって、「そんなら、著物をきかえさしてやるから、ちょっと待っておくれ。」

　そうして、太一は、著物をきかえさせられて、女に手をひかれて、いそいそと、出かけて行った。

彼は、死んだ父親の太十とちがって、人なつっこい、気さんじな、性質だった。

「きっと、誰にでもかわいがられるだろう、」と佐蔵はその小さい後姿を見送りながら、口の中で、いった。

それから一時間ほどすると、別の、ずっと年のわかい、やはり、銘酒屋女にはちがいないが、さきの女よりはずっと田舎者らしい女が、太一を送って来て、「ねえさんがいずれ後でお礼にうかがいます、」といって、すぐに帰って行った。

「おお、太一ちゃん、ええ事をしたな、」と、さっきから、ほとんど同じところで、同じように、ぼんやりしていた佐蔵が、彼をむかえて、にこにこしながら、いった。

「さあ、よござさないうちに、著物をきかえておこう。ええ事をしたな、どこへ行って来たんや、え、――おお、そうか、花屋敷か、花屋敷はおもしろいだろう。」

「また、連れてってやるといったよ。」と太一は、年よりもませた口をききながら、佐蔵に助けられて、帯をといていたが、そのとき、「ああ、そうそう、あのおかあさんが、」といいかけて、いいちがえたのをまたいいなおして、「あの姉ちゃんが、これをおじさんの『おみやげ』にッて。――お酒のかわりだといったよ、」といいながら、四つにたたんだ一円札を出した。

「なに、『おみやげ』、」と佐蔵はびっくりしていった。「お前、どうして、こんなものをもろうたんだ。お前はお前でそんなお菓子をどっさり買ってもろうて、その上に……おかしいな。太一ちゃん、お前、あの姉さんと花屋敷へ行ったんやろう、そして、その、花屋敷へ行っただけか。」

　太一はだまってうなずいた。

「おかしいな、」と佐蔵は『腑』におちないらしく、「おかしいな。それで、これをおじさんの『おみやげ』にッて。」

「ああ、お酒のかわりだといってたよ、」と太一はたちまち雄弁になって、「あの姉ちゃんは、おじさんが好きだ、好きだ、といってたよ、」

「おかしいな、それにしても、」と佐蔵はまだしきりに首をかしげていたが、後は『ひとりごと』で、「まあ、そのうちに、先きのあの女が来るだろう。そしたら、……」

　そうして、そのうちに、日が暮れたが、女はとうとう顔を出さなかった。太一に聞くと「じきそこの家《うち》だ、」とその家を知っていそうだったが、ちょうど彼女らの稼業が繁昌しかかるそんな時分に、たずねて行くのもおかしい、と思って、佐蔵は、その晩は、いつものように、太一を抱いて寝た。

　その翌日のひる過ぎに、ひょっこり、きのうの女が、はいって来た。めずらしく朝から『だんご』が売れたと思って、考えてみると、ちょうど『彼岸の入り』だったので、佐蔵が、あわてて『だんご』をこねたり、あんこをこしらえたり、することにせっせと稼いでいた時だった。

「おじさん、昨日はどうもありがとう、」と女はいった。

「おお、お前さんに聞こうと思うていたんや、」と佐蔵は、仕事の手をやすめて、「あんな、お前さん、どうして大枚の金をわしにくれたんや。あれはかえすよ、あんなものはもらえないよ、もらうわけがないもの。」

「まあ、おじさんッたら、いやァな人……」と女はいった。

「だって、ありゃ坊やの借り賃じゃないの。大枚のお金だなんて、いやァなおじさん、そんな堅苦しいことをいわないだって、とってくれたらいいじゃないの。何もあたしたちのお金だといって、そんなに軽蔑しなくったって……」

「いや、なにもそんなつもりでいうたんやないが、……」と佐蔵は、そんなふうにいわれたので、すこし困って顔を赤くしながら、「それにしても、そんな事を……」

「だって、」と女はひきとって、「あたしの『こころざし』だわ。今日《こんにち》、あたしたちが子供を借りたいと思ったって、どうせ、あたしたちのような商売をしているものに、誰もこころよく貸してくれる人なんかありゃしないんだもの。あたしたちは、こんな商売をしてるから、まあ女の片端になったようなもので、一生自分に子供をもつ望みはなし、といって、あたしたちだって、女ですもの、そりゃ、本当に、堅気のおかみさんのように、子供を連れてあるきたいと、これはあたしだけが特別かも知れないけれど、たまらないように思うことがあってよ。それを、おじさんがかなえてくれたんだもの、あのくらいのお礼は、安いったって、ちっとも高くはないわ。」

「……」佐蔵は、この話にすこし動かされて、だまってしまった。

「それに、こういっちゃ何だけど、」と女はますます雄弁につづけた。「おじさんの家《うち》は、以前とちがって、あの『吉野屋』ができてからは、ずいぶん不景気になったでしょう。あたしたちは、みんな、そういって、おじさんを気の毒だといってるのよ。だけど、ね、あの『吉野屋』のおかみさんのコレが『あんな人』でしょう。だから、来たくたって、おじさんとこへ来られないの。だからみんな、おじさんが気の毒だといってるわ。ね、だから、お金だと思わないで、お酒だと思って、とっといておくれよ。それでも、お金がいやだというんなら、あたし、お酒とかえて来たげるわよ。これから、あたし、ちょいちょい坊やを借りに来たいんだもの、おじさんと喧嘩するのはいやだから……」

「ようくわかったよ、お前さんのいうこと、」と佐蔵は半ぶん泣き顔をしながらいった、「もろうとくよ、ありがたく、もろうとくよ。金でもろうとくよ。酒じゃァわし一人しか楽しめないから、そのうちで、半分は酒を買うにしても、半分は太一ちゃんの分にして、太一ちゃんのものを買ってやるから、ありがたくもろうとくよ。」

「そう、……そんなら、あたしも、うれしいわ。じゃあ、さよなら。今日はちょっと忙しいから、また、明日にでも坊やを借りにくるかもしれないから、貸してくださいね。太一ちゃん、さよなら、」といって、女は帰って行った。

佐蔵はふたたび『だんご』をこしらえる仕事に取りかかった。彼は、心のなかで、久しぶりで、今日は『だんご』が売れたし、おもわぬ金が手にはいったし、今夜は晩酌をやろう、と思った。

三

それから、三日おき、あるひは、一日おき、ぐらいのこともあれば、毎日のこともあった。

「おじさん、太一ちゃんを借りてゆくよ、」と例の女が、入り口の『だんご』の障子のあいだから、首だけをのぞかして、いいに来た。

「ああ、いいとも、いいとも、」と佐蔵は、いいながら、いそいそと太一に著物をきかえさせては出してやった。そうして、その度ごとに、太一は、ちょっとした手みやげのほかに、帯のあいだにかならず一円札をはさまれて帰って来た。

佐蔵は、すぐに、また、妙に不安に思い出したが、つい、太一がいつでも喜んで行きたがるので、それにひかされて、承知していたのであった。それは、太一が喜ぶ上に、彼にはいまこの世のもっとも楽しみであるところの、晩酌がまた毎日のようにできるのが、いうにいえない『たのしみ』でもあったからである。

それが、やがて、一ヶ月も後には、太一は、毎日よばれて行ったばかりでなく、その頃は、おなじ家の者ばかりでなく、よその家の、別の、銘酒屋女が、彼を借りにくるようになった。それで、どうかすると、一日に二度も三度も出かける事などがあって、著物をきかえている暇さえなくなったほどであった。その頃になって、やっと、佐蔵にその真相がわかったのであった。――

あの初めての日のこと、小さい太一は、著物をきかえさせられて、むかえに来た女に手をひかれながら、彼女の家へつれて行かれたのである。もっとも、彼女の家といったところが、太一には、決して知らない、初めての、家ではなかった。それは、彼の家から、家数にしても十軒あまりしか離れていない、その辺のどの家でも同じような建て物であるところの一軒で、入り口の格子戸をあけると、中はちょっとした土間になっていて、そこに細長い『のぞきガラス』のはまった障子が立っている。ある日、彼が、石だたみをしいたその露地の中を、ブリキのラッパを吹きながら、ほかに連れがないので、ぶらぶらと一人でつまらなそうにあるいていると、そこへ、どこからか、お参りか買い物かの帰りらしい、その辺の女が、そばによってきて、

「坊や、お菓子をあげようか、姉ちゃんところへおいで、」といって、いきなり、太一の手をとって、その家にはいったのが最初であった。それから同じような事が何度もあった。『のぞきガラス』のはまった障子のうちは長四畳で、部屋の隅のほうに鏡台が二つならんでいるのと、派手なメリンスの座蒲団がそのそばにつみかさねてあるのと、それから壁の上の方の棚に、何かごたごたと箱のようなものがつんであるほかには、部屋のなかはがらんとしていた。女は、太一をその部屋に案内すると、メリンスの座蒲団を部屋のまんなかに持ちだして、「坊や、ここへおすわり。坊や、なにか『ごちそう』してあげようか。坊やどんなものがすき、」と聞いた。と、奥のほうの部屋から、

「『ごちそう』はこっちへもしてもらいたいね、」とさけぶ声がきこえた。「きょうは少しぐらいおごっても『ばち』はあたらないだろう。」

「おごるわよ、」と、女は、奥の方にむかっていって、それからまた、太一にむかって、やさしく、「坊や、いくつ、……おや、まだそんなに小さいの。だけど、まあ、しっかりしてるのね。坊やのお母さんは。」

太一は頭を横にふった。

「お母さんほしかない。」

太一は、それには答えないで、つまらなそうに、ブリキのラッパを吹いた。

「姉ちゃんを、坊やのお母さんにしてくれない、」と女はしかし熱心にいいつづけた。「そしたら、坊やを好きなところへ連れてってあげるわよ。坊や、姉ちゃんと花屋敷へ行くかい。」

太一はだまってうなずいた。

「おかみさん、」と女はふたたび奥の方にむかって、「『ばあやさん』いるの、『おすし』でもたべましょうか、おごるわ。さあ、坊やには何がいいかね、甘いものはいやだわね、団子屋の坊ちゃんだもの。それよりか『おもちゃ』を買ってあげよう。なに、電車、飛行機。」

「坊やにこの『せんべい』をおあげよ、」と、その時、とつぜん、奥の間とのさかいの『からかみ』があいて、四十ぐらいのおかみが『せんべい』の鉢をつきだして、すぐ後《あと》をしめた。

「ありがとう、」と女は、それを、うけとって、太一にすすめてから、なにか思い出したように、「坊や、ちょっと待っててね、」というなり、『からかみ』のむこうに立って行って、おかみのすわっている長火鉢の横にしゃがみながら、すこし声をひそめて、「ね、おかみさん、行って来ますわ。……後でゆきちゃんを、『なになに屋』までよこしてくださいね、さァさんと花屋敷のなかであうことになってんの。どうしたってあすこで十分や二十分かかるだろうと思いますから、そのつもりで、ゆきちゃんをよこして下さいね、お願いしますよ……。」

そうして、女は、太一の待っている玄関の部屋へ帰ってきて、「坊や、おまちどうさま、」と太一の頭の上からかぶさるように顔をのぞきこませて、「坊や、なんという名なの、……太一ちゃん、いい名ね。太一ちゃん家はお父つァんと二人ッきりなの、――お父つァあんじゃない、おじさん……そう……お父つァんはなくなったの……」

妙に太一はそんな子供に共通な『はにかみ』をもっていなかった。それで、もうずっと前からよく知っている人のように、その女と一しょに佐蔵の家に帰ってきたのであった。そこで、彼らは、佐蔵のゆるしを受けて、花屋敷へ行くために、太一は著物をきかえさせられて、ふたたび女と一しょに家を出たのである。

それから、ちょっと先きの家によって、太一は、その女に手をひかれて、約束どおり花屋敷へ行った。女は、太一がもうすこし見ていたいと思うようなところでも、ずんずん『すどうり』してしまって、獅子の檻の前にくると、しばらくのあいだ、あっちこっちと見まわしていた様子だったが、やがて軽く口の中で舌つづみをうって、

「まだ来てないのかしら、」とつぶやいた、それから、また、ぶらぶらと太一の手をひっぱって、花屋敷のなかを見物してあるいた。

「太一ちゃん、」と女がいった、「これからしじゅう、花屋敷でも、活動でも、どこでも太一ちゃんの好きなところへ連れてったげますよ。そのかわりね、そのかわりね、こうして姉ちゃんと二人で外をあるいている間は、姉ちゃんといわずに、母さんというの。ね、母さんと、いえる。」

　太一はすなおにうなずいた。

「太一ちゃんはほんとに利口だね。じゃあ、一、二、三、と。これからは、もう、姉ちゃんっていわないで、母ちゃんというのよ。」いいながら、女は、またも獅子の檻のまえに帰ってきた。なるほど、そこに彼女にむかって、もっていたステッキをふりながら合図をする一人の男が待っていた。男は、口ひげをはやした、それで白足袋などをはいた、しかし立派な風采の持ち主だった。その男を見つけると、彼女は、太一に、「太一ちゃん、ちょっと、ここで待っててね、」といいのこしてその男の方へ走って行った。

「ずいぶん遅いのね、なにしてたの、」と女は男にちょっと睨みつけるような目つきを投げていった。

「じゃあ、すぐに行きましょうか。あの子、……あれは『かんばん』なのよ。二人ッきりであるいて

いると、この辺じゃ物騒だからね、『おいおい』なんて呼びとめられちゃあ。だから、子供づれと見せかけるのよ。」

「そりゃいいが、」と、男は、やさ男型の顔に似あわず、ふとい声で、「むこうへ行ったら、どうするんだい、まさか、あんな小さな子供をまくわけには行かないじゃないか。」

「そこは細工は流流よ。」と女は得意そうにいった。「あそこの家の表まで、うちのゆきちゃんが迎えに来ることになってるのよ、ゆきちゃんに後からそッとつけてこさして、いざという時には、あの子を、ゆきちゃんにわたして、帰してしまうような『しかけ』にしてあるんだから、安心なさい。」

そうして、ふたたび、女は、一けんほどはなれたところで獅子を見ながら待っていた太一のところへ帰ってきて、「太一ちゃん。おまちどうさま、あのおじさんと一しょになったの。あのおじさんに太一ちゃんのことを話したらね、かわいい子だからなにか、買ってあげようといってたわ。さあ、一しょに行きましょう。姉ちゃんのことを母ちゃんというのを忘れちゃいけませんよ。」

そこで、太一の手を引いて、女は、男と一しょに花屋敷を出た。それから雷門に出て、かどの店で男の手から太一にお菓子を買わした。そうして、彼らは、一ど電車通りに出て、馬道の方へ、つまり、あともどりするような道筋をとって、やがて、『なになに屋』という看板の出た、宿屋の中にはいった。その家の廊下のところで、男を先きにやっておいて、「あのね、太一ちゃん、」と女が太一にいった、「わたしね、これからちょっと、おじさんとお話しがあるから、太一ちゃん先きに帰っててくれない、……いま、家にいるもう一人の姉ちゃんがいたでしょう。――ほら、来た、来た、」といって、女が顔をあげた方を見ると、いかにも、おゆきと呼ばれる、その女よりはずっと年下の、やはり銘酒屋の女が、店の間のほうから、太一をまねいた。

「あの姉ちゃんと、ね、さきにお帰り。太一ちゃん、お利口だから、ね、あの姉ちゃんのいうことをよく聞くんですよ。」そういいながら、女は、ふところから一円札を出して、太一の帯にはさみながら、「これをね、家《うち》へ帰ったら、おじさんに、『おみやげ』のかわりに、お酒を買ってくださいッて、ね、いえる、そういってあげるのよ、」と、いってから、女は、急にあらたまった調子で、「それからね。太一ちゃん、家へ帰っても、おじさんには、ただ花屋敷へ行ったというのよ、よそのおじさんに逢ったことや、よその家へはいった事などいっちゃいけないのよ。いったら、もうこれから、姉ちゃんどこへも連れてってあげないわよ。ね、わかって、じゃあ、さよなら。」

太一は、それから、おゆきという女につれられて、家まで帰るみちでも、おゆきからも同じような事をいって聞かされた。家に帰ってから、佐蔵には、花屋敷へ行ったというほか、何にもいわなかったのである。――

けれども、それが、一度や二度のことなら、たぶん、佐蔵にわからずにすんだかもしれなかった。あるいは、また、もっと度数が多くても、最初の女だけだったら、真相は彼に知られずにすんだかもしれなかった。ところが、それが佐蔵に知れる前に、おなじ商売をしている隣りの家とか、むかいの家とかに、知れて行った。すると、それらの家々の女たちが、おなじような必要から、太一を借りたがった。

しかし、おせき――というのが一ばん最初の女の名前だが、――だけは、そうして、しじゅう、連れてあるいているうちに、それはたとい彼女の商売の上の手段からであったとはいいながら、いつとなく太一が自分一人のもののような愛著《あいちゃく》を感じ出した。はじめ彼女が教えたとおりに、利口な太一が、一たん家を外へ出ると、「母ちゃん、母ちゃん、」とよぶのも、彼女には、たまらなく嬉しかった。だから、彼女には、できることなら、もう、太一を、ほかの女たちに、商売上からいっても、あるいは愛情からいっても、利用させたくなかった。

ところが、太一のほうで、彼女の思うようにならなかった。なぜといって、近所の同業の女たちが、おせきやおせきの家の者にたのんでも、『らち』があきそうにないと思ったので、それぞれ、直接に、太一を取りこむ手段をめぐらしたからである。太一は、前にものべたように、すこしも人おじしない、すぐ人になれる、性質だったので、すぐ彼女らのいうことを聞いた。それで、ある日、そういう女たちの一人が、太一と一しょに、太一の後からついて、団子屋の家にはいって来た。

「おじさん、私にも太一ちゃんを貸してくれない、お礼をするから、……」こうその女はあけすけした口調でいった。

「なに、」と佐蔵は不機嫌な顔をして聞きかえした。「お礼をするから貸してくれ。」

「あら、そんなおっかない顔をしっこなしよ、」と気がるな女らしい『ものいい』で、「だって、おじさん、いつでも、おせきちゃんとこへ貸しているじゃないの。」

「……。」そういわれると、佐蔵は、たちまち、言葉に窮した。何もそういう約束で貸しているのではないが、実際、いつでも、太一を貸してやると、酒代だといっては、一円札をもらっているのは『うそ』ではないからである。その事を内ない気にとがめていただけに、彼は、この際、ぐっとつまらないわけにいかなかった。しかし、やっとしてから、「ありゃ別だよ。……わしンとこはなにも子を貸す商売をしているんじゃないからね。」

「そりゃ知ってるわよ、」と女はしかし少しも気にかけないで、「だって、なにも借りて行っていじめるわけじゃなしさ。おせきさんよりよけいにお礼をしてもいいからさ。そんな事いわずに、貸しておくれよ。」

「一たい、じゃあ、借りて行ってどうするんや、」と佐蔵はたずねた。

「そんなにいじめないでよ、おじさん。そんな常談をいわないでよ、」と女はやっぱり気がるな調子をあらためずにいった。

「いや、わしはほんとになんにも知らんのや、」と、佐蔵は、ますます真面目な顔になって、もっとも、それは前から心の底ですこしずつ気になっていたことなので、この機会に知ろうという気も手つだって、「え、どうするんだ、子を借りて行って、……それを話したら、貸してやるまいものでもない、」といいはった。

「じゃァ、本当におじさんは知らないの、ほんとう。ほんとうに知らないの、」と、女は、信じられないという顔つきで、『だめ』を押すようにいってから、「じゃァ話すわよ。あたしたちの商売では、一度そとへ出ると、家で何人ものお客をとるよりずっと『わり』がいいのよ、まあ、芸者の遠出みたいなもんだわね。だけど、この節、急に警察の方がやかましくなってね、あたしたちがうっかり男づれであるいていようもんなら、すぐちょっと来いなんだからやり切れないんだよ。そこへ行くと、おせきさんは、『えら者』だけに、考えたねえ、つまり、子役をつかうんだ。――おじさん、わかって、うちの太一ちゃんを借りに来るのはそのためなんだよ。……太一ちゃんはそれにはじっさい『もってこい』の子だからね、年頃もいいし、それに、利口だし、」と女はますます調子づいて、話しつづけた、「ね、おじさん、おねがいだから、私にも貸してよ。わたし二円お礼してもいいわよ。」

「そんなこと、聞いてやしない。」と、佐蔵は、とつぜん、うなるようにいった。

「おじさん、おこったの。」どこまでもあつかましい女は、相手の見さかいなしに、媚びをふくんだ声で、「だって、おじさん、不公平じゃないの、わたしだって大丈夫よ。ただ、太一ちゃんをちょっとのあいだ借りて、『活動』のあたりまで一しょに行ってもらって、そこで待っているお客と三人で、すぐ近くの宿屋へ行くまでのあいだだけのことさ。宿屋に『うち』の者が待たしてあるから、すぐに

『うち』の者に坊やをわたして、その帰りに、『おみやげ』とおじさんのお礼とを持たして帰すから、決して心配ないことよ。……」

佐蔵は、あいかわらず、じっと腕をくんだまま、だまっていた。

「ね、おじさん、それだけの事さ、」と、女は、気性と見えて、はじめからの快活一点ばりで、「なにも坊やにわるい事をさせるわけじゃァなし、危い目をさせるわけじゃなし……いいでしょう。」

が、彼は、ただその四角な顔を、泣きそうにゆがめて、目ばかり、ぱちくりさしていた。

佐蔵は、実際、もうとりかえしのつかぬ事をしたという自責の思いに、彼は、煩悶に、堪えられなかったにちがいないのだった。そうして、口の中からむずむずするほど出かかっているところの「ばかッ、」と相手にあびせかける言葉が、ただ唇のあたりを波うってふるわせるだけで、あえて出ないのである。なぜといって、彼は、知らずにとはいいながら、これまでにもう何度となく太一にそういう『うしろぐらい』仕事をさした報酬を、幾晩かの二合の酒にかえて飲んでしまったのをひどく悔いていたからである。

しかし、相手のあつかましい女は、佐蔵のそんな心の煩悶が、顔つきにありありと読まれるにもかかわらず、すこしも心にかけない様子で、

「ね、太一ちゃん、」と子供のほうにむかっていった。「もう、太一ちゃんとはすっかり約束してしまったんだわね。そのかわり、用事がすんだら、帰りに、むかいに来た『うち』の婆やと一しょに

『活動』を見せる約束をしたんだわね。わたしは一しょに行けないけど、婆やをつけてやるんだから大丈夫よ。……ね、坊や、いいだろう。」

そうして、女は、よくおせきがそうするように、上がり口に腰をかけたままで、自分の膝のところに太一をうしろむきにひきよせて、うしろから彼の両肩に手をかけながら、「ね、ね、」と彼の顔にそのおしろい臭い顔をのぞかして、いった。小さい時分からずっと男とばかり寝ている太一には、そんな小さい子供ながら、そういう女の『におい』がなつかしい気もちさえされた。

「太一、」と、佐蔵は、しばらくしてから、決心したように、口をひらいた。「お前、ゆきたいのかい。」

それに対して、太一は、おずおずしながらも、しかし、まちがいなく、首をたてにふった。

「じゃあ、行ってこい、」と佐蔵は、女にこたえるかわりに、こう吐きだすように太一にむかっていった。「さあ、じゃあ、著物をきかえさしてやろう。」

それがはじまりで、佐蔵は、いつとなく、おせきのほかにも、近所の幾人かの女たちからたのまれて、太一を貸してやるようになり、また、何のために、どういう風に、太一が彼女らに利用されているかを知りながら、それを許すようになってしまったのであった。

四

それから三日ほど後のことであった。佐蔵は、一向こねばえのしない、小さな擂鉢に半分ほどの粉を入れて、身の入らない様子でこねていた。彼には、そんな売れない『だんご』の粉をこねる事のなさけなさよりも、それが売れなくても、毎晩の晩酌に事かかずに暮らして行ける近ごろの身の上をなさけなく思う心で一ぱいであった。太一は、もう、どこかへ、近所あそびに出かけた『るす』であった。子供をもつ親はめったなところへ住めないという事を、ずっと以前、誰だったかの話したのを聞いたことがあったが、めったな所へ住めないどころか、こんなめったな事を子供にさして、毎日の日をただ安楽に暮らしているということが、佐蔵には、自分で自分の頭をなぐりつけたいほど、ふがいなく、なさけなく、考えられた。で、彼は、こつこつと、いねむりでもしている人のように、ゆるゆるした手つきで、『だんご』をこねていた。

「ごめんなさい、」といって、そこへはいって来たのは、おせきであった。

「ああ、」といって、佐蔵は、急に擂鉢を動かしている手をとめたが、いつに似ず、笑い顔のかわりに、だまって、ひどく不機嫌な顔をしていた。

「かげんでもわるいの、」といいながら、おせきは、佐蔵のそばでなしに、いつもの上がり口のところへ行って、腰をかけた。

佐蔵は土間の『しるこ』をわかすための七厘や、あるいは団子や、それらのものを盛る器などのならべてある『かこい』の中にいたが、前かけで手をふきふき、やはり、無言のままで、そこから出て来た。

「太一ちゃん『るす』なの、」とおせきは聞いた。

「ああ、」と佐蔵は、無愛想に答えながら、おせきのそばの、おなじ上がり口に、ならんで、腰をかけた。

「太一ちゃんこの頃、ほうぼうへよばれて行くのね、」とおせきはすこし『いやみ』らしくいった。

「………」佐蔵は相手に先手をうたれて、ちょっと弱った『かたち』だったが、やがて、

「姉さん、お前さんはひどい女子《おなご》やね、」といった。

「どうして、」と女の方でも不満らしい口つきで聞きかえした。

「わしは、お前さんばかりは信用してたんやが、」と佐蔵は、相手をとがめようとして、いつか自分自身をせめるような口調で、「実際、それというのも、元はといえば、わしの『あさはか』からの罪やが、お前さん、太一ちゃんを、とんでもないものにしてくれたな、とんでもないものに、とんでもない道具に使うてくれたたな。」

「すみません、すみません、」と、おせきは、はじめの反抗的な様子をからりと捨ててしまって、た

ちまち、しんみりした調子になった。「すみません、それをおじさんから、今日いわれるか、明日いわれるか、と、実は、毎日びくびくしながら、わたしの方だって、今日打ちあけようか、明日あやまろうか、と思い思いしながら、つい今日の日になってしまって……」

「いや、そういわれると、わしも、わるいんやから、困ってしまうが、……」と佐蔵の方でも急に弱くなって、「だけど、愚痴をいうようだが、それがお前さんだけやったら、まだわしにしても何とかあきらめがつくんやが、この頃では、お前も知ってるとおり、ほうぼうからやって来てね。それかて、お前さんに役立てたことがわかっての上なんだから、ことわってしまうわけにはいかないしするしな。」

「すみません、すみません、」とおせきはいった。「だけどね、おじさん、変なもので、はじめは、ほんの自分の商売の、まあ、いわば『だし』のつもりで借りていたんだけど、この頃じゃあ、妙なもので、あたし、太一ちゃんの顔を見ないと、寂しい気がするのよ。ね、おじさん、あたし、今までそんなこと夢にも思ったことがないどころか、子供なんかなくってしあわせだと思ってたんだけど、この頃になってすっかり考えが変ってしまったわ。あたし、あんな子が一人あったら、どんなにいいだろう、とそう思うの、あんな子があったら、あたし、今よりもっと十倍も苦労してもかまわないと、そう思うわ。おじさん、もうあたしなんか長いあいだこんな商売をして来たんだから。自分にできることなんかないんだから、あたし、あんな子をもらいたいわ。……」

そのとき、

「ごめんなさい、」と、入り口の、例の、『だんご』と書いた障子のむこうで声がして、あかるい日の照っていた午頃のことだったので、若い女のらしい、はでな、著物の影がさした。また、誰か太一を借りに来たんだな、と、こちらにいた二人は、二人とも、即座にそう思った。が、どうしたのか、声とともに障子があかないので、

「どなた、」と佐蔵は中から応じた、「まあ、おはいんなさい。」

「ごめんなさい、」と声はもう一度いって、しずかに障子があいた。はたしてやはりその辺の女らしい恰好の者が姿を見せた。

おや、……と思って、佐蔵が、その方に目を光らしたとき、新来の女は、中のほうに背をみせて、ていねいに後をしめているところであったが、やがて、こちらを向いたとき、双方で、はッとして、顔を見あわした。それは、おみのであった。

「まあ、」といって、おみのは、意外なことにおどろいたらしく、ひと足ふた足、あるきかけたところで、土間のまんなかに、つっ立ってしまった。

「おみのさんかい、」と、佐蔵も、上がり口から腰をあげて、そこへ釘づけになったように、立ったきりであった。

「じゃあ、おじさん、あたし、帰るわ。さよなら、」といって、中にはいったおせきは、『ばつ』がわ

るそうに立ちあがった。

「ああ、さよなら、」と佐蔵もきまりわるそうに返事をした。

「あたし、どうしましょう、」とおみのは、おせきが帰ってしまって、佐蔵と二人きりになったとき、半分口のなかでいった。

「しばらくだったな、どうしてるかと思うていたよ、」と佐蔵はやがてふだんの調子にかえっていった、「お前さん、この近所にいるのかい。まあ、ここへ来て、おかけよ。」

「ええ、ありがとう、」といって、おみのも、決心したらしく、おせきの腰かけていた跡にかけた。

佐蔵は、その時、おみののどことなしに変った姿を、つくづく眺めた。

「わたし、こんな恰好になって、『きまり』がわるいわ、」とおみのがいった。

「まあ、しょうがないよ、」と佐蔵は、そばにならんでいるおみのの方をなるべく見ないようにして、いった。

「太一ちゃんいるんですか、」とおみのは聞いた。

「ああ、今どこかへ遊びに行ってるよ、」と佐蔵は、答えたが、太一といわれると、また彼自身に何ともいえぬ心とがめがして、気がおもくなってくるのを感じた。さて、「お前さん、どうしてわしがここにいることを知ったんだい、」と聞いた。

「いえ、」とおみのは、いくらか狼狽した様子で、しばらくもじもじしていたが、「知らずに来たんです。」

「知らずに、」と佐蔵は、いってから、ふと、心に思いあたったことにおどろいたらしく、

「じゃあ、お前さんも子を借りに来たのかい。」と、聞いた。

「………」おみのは真赤になってうつむいた。そうして、佐蔵もまた真赤になった。そこで、二人はしばらく無言におちてしまった。

「あたし、ついこの一と月ほど前からこんな所へくるようになりましたの。この横町の、もう一つむこうの横町の、一ばん隅っこの家ですの……」とおみのがいった。

「お母さんは、」と佐蔵が中途で引きとって聞いた。

「母は去年の暮れになくなりました、」とおみのは答えた。

「お前さん、それからずっとひとり身だったのかい、」と佐蔵はいつかふだんの遠慮のない調子になって、「それとも……はは ァ、わるい男にでもかかったんやな……」といった。

「………」おみのは、答えなかったが、その佐蔵の言葉を肯定したように見えた。

「まあ、こんな所ではゆっくりと話しもできんから、おあがり、」といって、佐蔵は、さきに立って、四畳半ひと間きりの奥の間にはいって行った。おみのもだまって後について行った。佐蔵は、それから、また、土間におりて、茶の用意などして、おみのに出しながら、

「まあ、過ぎたことなどいろいろ聞いても、ええ事ならとにかく、見かけたところ、あんまり『しあ

わせ』な日を送ったようには見えんし、そんな事は話すのも聞くのもおたがいに楽しくもないから、まあよそうよ、なァ」と佐蔵はいった。

「こんにちは、」とその時また表の方で声がしたので、佐蔵が立って土間へおりる障子をあけると、太一をさきに立てて、知らない女が、はいって来た。

「今日は、おことわり、おことわり。ちょっと用事があるから、……」と佐蔵は不機嫌な声でいった。

「太一ちゃん、おあがり、ちょっと用事があるから。」

「どうして、」と新来の女は佐蔵の方にむかっていった、「いそがしかったら、二十分か三十分でもいいんだから、坊やを貸してほしいんだがね。すこしおごるからさ。」

「いや、今日はどうしてもいけないんだ。さしつかえがあるんやから、」と佐蔵は『じゃけん』に聞こえるほどの調子でいった。

その時、女は、ふと、そこにぬいである、おみのの下駄を見て、思いきりよく、「そう、じゃあ、仕方がないわ。」

女が帰って行った後に、入り口の障子戸があいていたところで、しばらく、つまらなさそうにぼんやりしていた太一が、また、ふらふらと表のほうへ出て行きそうにしたので、佐蔵は、にがにがしそうな顔をして、

「太一ちゃん、太一ちゃん、」と呼んだ、「用事があるというのに。」

太一は、佐蔵に手をとられて、おみのの待っている奥の間にはいって来た。が、彼はむろんおみのを覚えていなそうだった。けれども、

「大きくなったわね。いい子になったわね、」などと、おみのがひと言ふた言いっているうちに、太一は、すぐになついてしまった。

「ほんとうに人みしりしない、いい子だわね、佐蔵さん。しかし、太十さんとはちっとも似ていないのね。」

「似てないね、」と佐蔵はあいかわらずふきげんな顔で答えた。彼は、太一を見て、つくづく、乞食の子でもこんなに人なつっこくはないと思った。それはもとより生まれつきにはちがいないが、しかしまた、今の、乞食よりももっとあさましい商売をしていること、それを自分がさせていることを考えて、佐蔵はますます気がめいるのであった。そうして、それをおみのに見られていることが、彼の心もちを一そう重くした。太一がそんな稼ぎをするおかげで、せめてその金の半分は太一のためにつかってやろうと思って、この頃では、彼は、自分自身三年前から著ているとおりの、ごつごつした、垢にまみれた、双子縞の著物をきつづけていたが、太一には、さっぱりした、新らしい、銘仙の著物などをきせてあったが、それさえ、いかにも売り物の『かざり』のように見えて、誰に詫びようのない恥ずかしさにおそわれた。

「お前さんもやっぱりこの子を借りに来たんかい、」と、そこで、佐蔵は、自分に叱る言葉を、相手

に向けるように、『けん』のある声でいった。

「ええ……ですけれど、」とおみのもまた何かべつの事を考えているように見えた。が、しばらく言葉がとぎれた。

「何かほかに用かい、」と、佐蔵は、だまっていることが辛いので、たたみかけるように、聞いた。

「ええ……」とおみのは半ぶん口の中の声で、「あたし、ここであんたに逢おうとは思わなかったんだけど、ここで逢ったのをさいわいに、あんたに聞いてもらって、お詫びすることがあるんですの。……」

「おじさん、外へ遊びに行って来てもいい、」とそばで退屈していた太一が突然いった。

「今日はもうどこへも行ってはいかん、」と佐蔵はいつになく太一にきびしい口をきいた。めったにないことなので、太一が、びっくりしたような顔をしていると、

「じゃあ、太一ちゃん、ね、」とおみのが、『ふところ』から五十銭銀貨を一枚出して、「これで何か好きなものを買ってらっしゃい。そして、買ったら、すぐに帰って来るのよ、」といった。

佐蔵は、だまっていたが、いそいそと出て行く背中から、「今日はどこへもよその家へよることならんぜ、きっとじきに帰ってくるんやぜ、」と、あびせるように、いった。

「あたし、……ね、」とおみのは太一のうしろ姿を見おくってから口をひらいた。「しかし、あたし、今、あやまるといったって、本当にあやまりたい人はもう死んでしまっているの。だから、そのかわ

り、あんたに聞いてもらいたいの。あんたよりほかに聞いてもらう人はないから。」

「わしに。」と佐蔵はちょっと不思議そうな顔をしたが、「ああ、そうか、太十さんのことやな。」

「ええ。」とおみのは、いって、又しばらく口をつぐんでいたが、やがて思いきったように、「いつかあたしの生んだ子ね、あれは太十さんの子じゃないんですよ。……あたし、『くちべた』だから、くわしいことはいえないわ。とにかく、はじめから心の中で責められながら、ついそんな『うそ』をつくようなことになってしまったの。そりゃ、しかし、決してわるい心ばかりじゃァなかったのよ。あたし、太十さんに惚れてたの、だから、太十さんの子にしたかったの。そうして、あの人と一しょになりたかったの。ですから、もう一人の男の方は、今だって、あたしに自分の子ができたことは知らないのよ、あたしが太十さんの子だといったもんだから。——しかしね、その男がいまだにひっかかりになって、あたし、とうとう、こんな商売に身をおとすようになったの。だけど、おかげで、その男とは、今度こそきれいに手を切りましたわ。……」

そこで、おみのがとうとうしくしく泣き出して、言葉がきれたので、佐蔵はその沈黙の間をふさぐように、

「ほんまか、それは。」と無論たぶん『うそ』ではないと思っていたのであるが、そんな言葉をはさんだ。おみののような口数の少ない女が、そんな長い『うそ』の話しのできるわけはなかったから。

「ええ……」とおみのはうつむいたままでいった、「あたし、あたし、あの子が生まれたとき、あの

子が太一ちゃんとよく似ているとあんたにいわれた時、本当に穴にはいりたいと思うほどつらかったわ。だけど、不思議ね、どこか太一ちゃんに似てたわね……」

そのとき、表から太一が帰って来た。「よしよし、もうわかった、わかった、」と佐蔵はいった、「できてしもうたことは『しかた』がない。そんな事いうたら、わしかて、実際、心にもないことやが、太一がこんな風になって、太十さんにどんなにかすまんと思うてるんや。いずれ、ええ考えがついたら、ここにいるうちは、どうにも『しよう』がないけど、そしたら、ひっこして、太一ちゃんを『あたりまえ』の人間にそだててゆきたいと、一日でも思わん日はないんや。」

そこへ、ゴム風船のような『おもちゃ』と、絵草紙と、飴のような菓子とを持ちきれないほどかかえて、太一が、はいって来た。

「あ、『しよう』がないな。五十銭みんな買うてきたんやな、『ぜいたく』なことばっかり覚えてしもうて、ほんまに、」と、佐蔵は、半分『ひとりごと』のようにいって、それから、「後をしめてこなかったな、」と舌つづみうちながら、自分で立って、入り口の戸をしめに行った。

五

それから、おせきとおみのの姿が、毎日ほど、佐蔵の家にあらわれるようになった。それとともに、佐蔵の物いわずの性分はしだいにはなはだしくなって行くばかりであった。店のガラスばりの陳列棚にならべてある団子は、昨日も一昨日もおなじ恰好をして、昨日も一昨日も少しの増減もなしに、ただ黒い『あんこ』のが、色が土いろになり、乾き、ひびわれて行くに過ぎなかった。実際、一日に一人の客さえないこと珍らしくなかった。だが、佐蔵は、意地になったように、それがいくらこしらえてもただ陳列の役目にだけしかならない団子を、三日目か四日目ごとに、新しくこしらえることはやめなかった。そうして、もとから光線のぐあいのわるい店の土間は、一そう薄ぐらくなったように見えた。その中で、佐蔵は、腕ぐみをして、その四角な顔を心もちうつむけて、ため息ばかりついていた。それは、むろん、商売の団子が売れないためではなく、商売でない商売が繁昌して、本業の方からビタ一文はいらないのにかかわらず、暮らしに少しも困らないという状態が、なさけなくて仕様がないからであった。けれども、そこへ、毎日ほどやってくるおせきにしても、また、おみのにしても、さすがに、女のことだから、なぜ佐蔵がいつもそのような苦い顔をしているかを了解することができなかった。

彼女らはまた彼女ら同士の煩悶と嫉妬とになやんだ。というのは、彼女らは一人の太一をねらってはりあっていたからである。その心もちはちょうど二人の女が一人の男をはりあうのとおなじようなものであった。それで、彼女らは、今は、しだいに、彼女らの商売の手段としての太一を借りることは二の次ぎにして、なによりも太一を「自分のもの」にしたい欲望に燃え出した。

おせきにしてみると、最初に太一を発見したのは自分であるという気が、いつも、彼女の心の中で、おどっていた。のみならず、太一は、先きにもいったように、どんな初めての人にもすぐなれる性分であったとはいえ、何といっても、その親しさの優劣をきめる段になると、おせきの『たもと』をおさえるにちがいなかった。

おみのはおみので、また、自分のほうが有力であると信じていた。それは、いうまでもなく、彼女は、『もと』をたずねると、太一とは、他人でない関係であったからである。もし太十が生きていたら……と彼女は考えるからである。もし太十が生きていたら、太一は当然自分の子になるべきものだからである。おみのは、おせきの目のまえで、幾度その関係をあからさまに述べようと思ったかしれなかった。が、彼女は、そうしたときの佐蔵の迷惑をかんがえて、いつも半分口もとまで出かかるのを、呑みこんだ。もとより、佐蔵という人がいなければ、彼女は、それをもって、おせきに戦いの火蓋をきり、それをもって、おせきから完全に太一を取り上げてしまおう、と、いくど思ったかしれなかった。

また、おせきの方でも、そんな深い関係が敵方にあるということをはっきり知っていたら、おそらくずいぶん落胆したであろう。が、幸か不幸か、彼女はそこまでは知らなかった。ただ、彼女は、おみのが自分よりさきから佐蔵を知っているらしいこと、それはどんな関係だか知らないが、かなり深い『しりあい』であったらしいことに、少なからず引け目を感じていた。

そんなわけで、この頃では、彼女らには、太一を、例の客を、よそにくわえこむための『おとり』としてつかう用事などはどうでもよくなった。またそんな用事がそう毎日あるわけのものでもなかった。しかし、毎日欠かさず太一を借りには来た。さすがに、女同士のことであるから、しじゅう佐蔵の店で顔を合わしてにらみ合うことはあったが、別に口に出してあらそうことはなかったが、心の中では刃をとぎ合った。はじめのうち、彼女らは、優先権を取るために、一刻でも他より早く佐蔵の家に出かける競争をした。しかし、それが双方にしだいに露骨になってくるとともに、つぎには方針をかえて、前の日から約束するというような方法を取り出した。が、それもすぐ衝突するようになると、こんどは、朋輩をたのんで、その者たちの名前で借りるようなこともやってみた。あるいは、また、自分たちがどうしても用事のために手を放せないときなどだと、人をたのんで太一を一日借りさせる、というようなふうにしてまで、この二人の『かたき』同士は、たがいに、敵の手に太一をわたさないようにと争い合った。

それを佐蔵はもとより知らないでいる筈がなかった。しかし、彼はそれをどうする事もできなかった。また、どうかする事ができたとしても、そうすることが彼に何の光明をもたらさないことがわかっていた。彼のなによりの心配は太一が一日一日と妙にませた子になってゆく事であった。まだ父親の太十がいた時分、佐蔵がはじめて四歳の太一を見た頃は、これは実に人見しりをしない、気散じな、性質の、子だといってほめたことがあるが、その性質が今こんな風にまで発展しようとは思わなかった。彼はその罪の大部分が自分の責任であるような気がした。それにつけても、このごろ、彼の心もちを一そう暗くさせるのは、太一を中にして、彼のところへ毎日ほどやって来る二人の女の争いであった。おみのにしても、おせきにしても、一人ずつはなしていうと、それぞれ、決してわるい性質のものではないので、佐蔵は、彼女らを、すきでこそあれ、決して憎く思うものではなかった。しかし、今のところでは、この二人の者がよって、太一を一そうわるい子にしていることは確かであった。彼は、ときどき、ふと、本妻と妾とがあらそっているのを見て、無情の心をおこした石童丸の父親のような、自分が、気がすることがあった。すると、加藤左衛門とはちがって、彼は、一人でなく、太一をつれて、そっとどこかへ行ってしまおうかと幾度おもうことがあったかしれなかった。が、すぐ、自分自身の商売からは一文の収入もなくて、そればかりか、その争っている二人の女からの金で、その日その日をくらしている現在の身の上を思うと、太一をつれてどこへ行くとて、自分はとにかく、小さな子に『こじき』をさせることは、(いま彼にさしていることが『こじき』の一つ手前のようなものであるとはいえ、)彼は、それを思うと、たちまち、亀のように、手足がちぢむ思いがするのであった。

ある日、めずらしく日がくれてから、ひょっこり、おみのが、やって来た。その日は、佐蔵は、いつもより早く店をしまって、夕飯をすましてから、太一を『活動』へ連れて行く約束をしてあったので、おみのが来たときは、ほんの灯がはいってまもなくの頃だったが、彼は、もう二合の晩酌を八分どおり『から』にして、その四角な顔を真赤にそめていた。

「どうしたんや、おみのさん、」と彼は、酒の上の『きげん』で、めずらしく元気な声で、むかえた、

「これから『かんじん』の稼ぎ時というのに、ぶらぶらしてたらァ、叱られるんやないか。」

「大丈夫よ。いい機嫌ですね、」といいながら、おみのは、つかつかと上にあがって来て、佐蔵のむこう側の食卓に、つまらなさそうにすわっている太一を見ると、「さきほどは、太一ちゃん、ありがとう、」といった。

「ああ、その帰りか、」と佐蔵は、そばから、「だいぶゆっくりだったね、いいことがあったんか、」といった。

「まあ、ひとつ、お酌しましょう、」といって、おみのは、徳利をとりあげた。

「ひさしぶりだな、おみのさんにお酌をしてもらうのは、」と佐蔵は盃をつき出しながらいった。が、いってから、ふと、後悔したのと、

「そうね、」といったおみのの顔がくもったのを発見したのと、ほとんど同時であった。座の空気がしずみそうになったので、気をかえさせるつもりで、

「一杯あげよ、」と、佐蔵は、自分のを一と息に飲みほして、それをおみのにむけた。

「ありがとう、」といって、おみのは、受けたが、やがて、しみじみした調子で、「あたし、一日でもいいから、あの時分にかえりたいわ。」

「昔の『ぐち』はいわんことにしよう。さあ、それをグッと飲んで、かえしておくれ、」と佐蔵はいった。「なるようにしきゃならんのやから。」

「そりゃ、そうですけども、さ、」と、おみのは、盃をかえしながら、いった。「……わたし、せめてあの子が生きててくれたら、そりゃ子供のために、今の何倍というほど苦労しなければならないでしょうけど、でも、苦労してもおもしろいと思いますわ。ずっと苦労の『しがい』があって、『はりあい』があると思いますわ。……太一ちゃん、あたしの子になってくれない。」

佐蔵は、おみのが自分の述懐に一所懸命になっているあいだに、からになった盃に、手酌で、一ぱいついで、景気をつけるように、グッとひと息に飲んだ。が、ふと、その瞬間に、この女たちも（おみのにしても、おせきにしても、）人なみに、子のないのが寂しいのだなと思うと、ふだんあまりそんな事を思ったことがないのに、彼は、彼自身も、子のないことが急に寂しい気がした。すると、この女たちも、自分も、心もちに変りはない、そうだろう、殊に女としてみれば、心細さもまた一としおだろうな、といったふうなことを考えて、なんだか目と目のあいだがくすぐったくなって来た。――これはいけない、と思ったので、

「おみのさん、お酌をしてくれよ、」と、わざと元気な声で盃をさし出した。

「すみません、」といって、おみのが徳利をかたむけると、あいにく、酒はもう盃に半分しか残っていなかった。「これは失礼。もうお酒しまいなの。」

「ああ、」と佐蔵は、いかにも残りおしそうにいったが、急に気をかえて、「いや、これで、いつもの『きめ』だけ飲んだから、やめとこう。」

「おじさん、早く行こうよ、」と、その時、そばから、太一がいった。

「そうそう、」とおみのがいった、「今日は太一ちゃん、おじさんに『活動』に連れてってもらうんだって、いってたわね。あたしも一しょに行きたいな。佐蔵さん、いけない。」

「行ってもええけど、……」と佐蔵はすすまない調子で返事をした。

「いいでしょう、ねえ、太一ちゃん、いいわね、」と、おみのは、太一を片手にだくようにして、いった。

「こんな『かんじん』の時間に、そんなに勝手に出かけてもええのかい、」と佐蔵が注意すると、「いいわよ、芸者や娼妓じゃァなし、借金があるわけじゃないんですもの、」とおみのはいった。

「……」佐蔵は、だまっていたが、太一も変ったが、おみのもずいぶん変ったものだな、と思った。

まもなく、三人で『活動』に出かけた。

その帰りに、おみのがどうしてもつきあってくれといって聞かないので、なるべく人目に立たない、ある露地の小さな鳥屋にはいった。子供の太一は、眠たがって、そこの『しみ』だらけの壁にかこまれた四畳半の部屋にはいると、すぐに佐蔵の膝の上で眠ってしまった。人におごられることのきらいな佐蔵は、すきな酒も遠慮しながら飲むので、少しもうまい思いがしないので、お尻がおちつかなくって、いく度かえろうといい出したかしれなかった。が、おみのは、その反対に、一本の徳利が半分にもならないうちに、『おかわり』を注文して、

「飲んでください、飲んでください、あたしのお酒が飲めないんですか。そのかわり、あたしも今夜はいくらでもおつきあいしますから、さ、」と、飲むほど青くなる質《たち》で、目をすえて、手をふるわしながら、固くなっている佐蔵に、しきりに、すすめた。

やがて、一時間もたった時分には、おみのは、人間がかわったかと思われるほど、酔いつぶれてしまった。

「あたしは今日かぎりこんな商売をやめてしまおうと思っていますの、」とおみのは本式の酔っぱらいの口調で、四角な顔を真赤にそめて、にやにや笑っている佐蔵を前において、自分でしゃべって、自分でこたえた。

「え、やめちまうんですとも、誰がこんな商売をいい年になるまでしていられるもんですか。だけど、困ったわね、あたしのような女は……。といって、ほかに自分の口ひとつ養うのに、何にもできる商売がないんですもの。だけど、だけど、あたしは、やめるんです。あたし、もう借金なんかちっともないのよ。借金なんか、きれいさっぱり返してしまったのよ。ええ、返しちまったのよ。佐蔵さん、あんた、あたしのいうこと、信用しない。信用する。じゃあ、どうして、そんなに笑うの。……ああ、こんなによく煮えたわ。太一ちゃんおこしましょう。なァに、かまわないじゃないの、こんどは、あ

たしの膝で寝かしますから。あたし、あたしの膝で寝さしてみたいの。あたし、……あの人が生きてたら、……太一ちゃんのお母ちゃんじゃないの。あたし、太一ちゃんのお母ちゃんですもの。そうよ、誰が何といったって、あたし。……」

そんな事をいいながら、おみのは、ひょろひょろした足どりで、立ちあがった。佐蔵は、片手をあげて「おみのさん、おみのさん、」と叫びながら止めようとした。膝に寝ている太一のために、立ちあがることができなかった。と、佐蔵の膝の上に寝ている太一のからだの上に、おみのはかぶせかかるように倒れかかって来た。そこで、太一がびっくりして目をさますと、おみのはやっとからだを起して、

「太一ちゃん、さあ、『とうと』が煮えたから、姉ちゃんと一しょにたべようね、姉ちゃんと一しょに。姉ちゃんじゃないわね、あたし、太一ちゃんのお母さんよ。お母さんは酔ってはしないわよ。」

「あぶないから、おみのさん、あぶないから、」と佐蔵はおどおどしながら止めた。

おみのは、よろよろしながらも、半分は太一を杖にして、もとの席にもどって行くと、太一に煮えたものをたべさせることも忘れて、太一を膝の上に横抱きにだきながら、片手で彼の背をたたきながら、「坊やはいい子だ、ねんねしな、」とうたい出した。が、その文句をよく知らなかったとみえて、「いい子だ、坊やはねんねしな、ねんねの坊やはねんねしな、ねんねん坊やはいい子だよ、」と、おなじような『でたらめ』の文句を、くりかえしていたが、その声がしだいに巧みに、しだいにふるえを

おびて来たと思うと、しくしく泣き出した。そうして、泣きながら、唄はまだしばらくやめなかった。

太一はいつのまにかまた寝てしまった。

　佐蔵が、おみのが、やっと泣きやんだ時分に、

「さあ、おみのさん、もうおそいから帰ろう、」というと、

「ええ、帰るわ、帰るわ、」とおみのはいった。そうして、後の言葉を何かいいそうにして、しばらく口をふさがれたように無言でいたかと思うと、急にまたしくしく泣きながら、「あたし、だけど、もう帰る家がないんですもの、昨日までの家に帰るのはいや、どうしてもいや。佐蔵さん、あんたん家《ち》へおいてくれない。何もおかみさんにしてくれというんじゃないんですよ。太一ちゃんの『おもり』にしてほしいの。あたし、なんにも、『ただ』でおいてほしいとはいやしないわよ。……あんたが困ったら、あたし、また、かせぐわ。ね、いいでしょう、いけない。あんただってもうおかみさんなんかほしかないでしょう。あたしだってそうよ、もう一生亭主なんか持つ気はないわ。そのかわり、あたし、一生のお願いがあるの、わかってる、わかる。……わかってるでしょう。……あたし、子がほしいの、太一ちゃんがほしいの。だけど、あんたも太一ちゃんがほしいのでしょう。そうしたら、ね、こうしましょう、太一ちゃんをあたしとあんたとの『あいあいっ子』ということにしない。……ね、太一ちゃんがあんたの子で、太一ちゃんがあたしの子で、それで、あんたとあたしとは別に夫婦でない……とね、いいじゃないの、それでいいじゃないの。」

「わかったよ、わかったよ。」と佐蔵は、閉口しながら、いった。「しかし、とにかく、帰ろう、もう十二時すぎたぜ……。」

「帰るわよ。」といいながら、青い顔をしたおみのは目だけ真赤に泣きはらした顔をあげて、それでも勘定などはまちがいなしに自分の手ではらって、ふらふらと立ちあがった。

佐蔵は、片手で太一をせおいながら、はしご段をおりる時も、入り口を出る時も、まだしきりに口の中で何かいっているおみのを片手でささえながら、いやに赤赤と電燈のかがやいて見える中にも、さすがにもう人影のちらほらしか見られない六区の道を、自分の家の方へおみのと二人でもつれるような影をおとしながら、あるいて行った。やがて、とある四つ角に来た時、おみののからだをささえていた佐蔵が、急に立ちどまった。

「さあ、おみのさん、どこだい、お前さんの家は、」とまるで気絶している者にでもするように、耳のそばに口を持って行って、大きな声で、聞いた。「家まで送って行ったげるから。……この、道を左へ行くんやろ。」

「あたし、もう家に帰らないんですったら、」と、おみのは、佐蔵を叱りつけるような口調で、いった。「あんたん家でとめてよ。なにも、『おしかけ女房』に行くわけじゃァなし、……あたしを女と思うからこそ、そんなに堅苦しいことを、いうんでしょう、ね。佐蔵さん、おじさん、後生だから、とめてよ、とめてよ、あたしは太一ちゃんのお母ちゃんですよ。」

こんな事をいいながら、おみのは、正気を失っていないらしく、あべこべに、佐蔵をひっぱるようにして、道を右の方へ、佐蔵の家の方へ、ずんずんあるき出した。

六

それから、二日の間というもの、おみのは、佐蔵の家の二階で、大病人のように寝てしまった。そうなると、深切者の佐蔵は、氷嚢を買いに行ったり、薬屋に走ったり、して、世間体もなにも忘れて、親身の者のように、看病した。が、もとより性の知れた病気なので、三日目の朝になると、おみのはもう大方よくなってしまった。

その朝、おみのは、寝床の中から、長い間、佐蔵が団子をこしらえているらしい、ごとごと、ごとごとと、いかにも活気のない音が、下から聞こえて来るのを、ぼんやり聞きながら、自分で自分の考えごとに顔を赤くしたり、からだを固くしたり、して、煩悶していた。おみのは、この間、酒の席で、夢中で叫んだことを、実際まじめに心で考えていたのであった。

「そうだ、あたしは太一ちゃんのお母ちゃんなんだから、お母ちゃんにちがいないんだから……。そりゃ、籍こそはいってなかったけれど、あの子の父さんの太十さんとは、べつに離縁になったんじゃない、死にわかれたんだもの、いわば、あたしは、太十さんの後家なんだから。……」

目の上まで蒲団をかぶって、真暗な中で、考えていると、彼女には、それが、もう動かすことのできない、佐蔵などが束になって来ても、巡査が来ても、前の家の主人が来ても、誰に指一本ささせるもんか、と考えると、それがまったく、当然のことのような気がした。すると、彼女は、何ともいえぬ嬉しさに、胸がふくれ上がるような気がして、すぐに、寝床から起きあがって、さしあたりそれを佐蔵にどんな風にいいわたそうかとさえ思案した。が、ふと、蒲団の中から顔を出して、枕もとの障子に、めずらしく、二三日ぶりで晴れたと見えて、赤赤とさしこんでいる日の色を見ると、そういう自分だけの考えが、露のように蒸発してしまった。すると、彼女は、たちまち、胸の中ががらんどうになった気がして、涙さえ出ないような悲しみにおそわれた。

ふと、おみのは、思い出して、太一はどうしているのだろう、と、その気はいがしないか、と聞き耳を立ててみた。が、下からは、あいかわらず、ごとごと、ごとごと、と、どうせ一つも売れはしないにきまっている『だんご』を、丹念にこねている音と、それにまじって拍子をとるように、佐蔵が、癖の、すッすッと『はな』をすする音が聞こえて来るばかりであった。もうそんなに早くから、太一は、どこかへ遊びに出てしまったか、それとも寝ているのであろうか。

その時、ふと、たてつけのわるい入り口の戸のあく音がして、それと同時に『だんご』をこねる音がやんだので、おみのは、更に耳をすました。それは、おそらく、昨日もそうであったように、おせきが太一を借りに来たのにちがいないと思った。おせきといえば、まさか彼女はおみのがこんな所で寝ていようとは夢にも知らないだろう。この二日ほど、誰の『さまたげ』もなしに、毎日、太一をつれてあるいて、いい気になっているであろうが、もし、彼女が下の上がり口のところに腰かけていでもするところへ、自分が寝間著姿のままでおりて行ってやったら、どんなに驚き、どんなに失望するであろう、と思った。が、すぐもしかすると、太一が自分のことをしゃべっていはしないかと気がつくと、痛快な気もちのすぐ後から不安な気もちが湧きおこった。

「今日は」と佐蔵の『あいさつ』する声が聞こえた。その調子が、案外、おせきなどではなく、誰かあまり知らない人にいうようであったので、その瞬間、おみのは、もしかすると、主人の方から、自分の居所がわかって、何かいいに来たんじゃないか、と心配になった。が、だまって出て来たのはわるかったにしても、もう借金は一文もないんだし、別にわるいことをして来たわけではなし、と思うと、矢でも鉄砲でも持って来い、という気になって、一そう耳をすました。

「あの、ちょっとお願いがあってうかがったんですが……」という客の声はおみのには聞いたことのない声で、しかも相当に年とった女らしかった。

それが、しばらく聞いていると、客は、一人でなくて、子供をつれているらしかった。

「まあ、ここまでおはいんなさい。」

下では、佐蔵は、器物を片脇へよせながら、ふしぎそうな目をして、客をむかえた。彼にしても、自分に決してやましいところはないが、何かおみののことで来た人ではないか、という気がして、はじめはちょっと驚いたが、見たところ、おみのの主人筋にあたるような種類の女ではなく、もっと貧しい、堅気の、どこかの裏長屋の、女房らしい様子なのと、うまれたばかりらしい赤ン坊をせおい、ちょうど太一ぐらいの子供の手を引いているのを見て、安心した。が、やはり、どんな用事で来たものか、少しも見当がつかないので、彼の不安な気もちはあらたまらなかった。

「ごめんなさい、」と、見知らぬ女は、すぐに遠慮をやめて、つかつか上がり口のところまで進んで来て、「早速ですが、こちらさんですね、あのォ、子供を貸していらっしゃるのは、」と、いいながら、じっと佐蔵の顔を見すえながら、聞いた。

「はァ……」といったが、佐蔵は、生まれて以来、この時ほど面くらったことはなかった。かつて自分で考えて、少しでもまがったと思ったことをした覚えのないほど、正直者の佐蔵は、このとつぜんの闖入者の思いもかけない質問には、泥坊が探偵につかまったよりももっと狼狽してしまった。彼は、その四角な顔を恥じで真赤にして、後の言葉につまってしまった。が、相手の女は、そんなことには一こう気がつかない様子で、

「あの、……それで、私、お願いにあがったんですが、」とつづけた、「こちらさんでは、そのお貸しになるお子さんがまだ一人きりだそうですが、……それが大へんお忙しいという話しをうかがいましたので、それでお願いにあがったんですが……」と、女は、さすがに、少しずついいにくそうに、口ごもりながら、いった。

むろん、その言葉だけで、佐蔵にも——またそれらの言葉をこちらで聞いていたおみのにも、（彼女は、いつのまにか、そっと、寝床をぬけ出して、はしご段のおり口のところまで忍んで来ていた。）——女が何を願いに来たかはほぼ察しることができた。が、その時分には、佐蔵は、まだ、さきのとがめられたような感情から解放されきっていなかったので、だまって、うつむいていた。

「わたしの方では、とつぜん来てお願いするんですから、」と女はつづけた。「あなたの方のご商売の決して『じゃま』にならないように、あなたのとこのお子さんだけで間に合わない時でよろしいんです。お金などもいくらいくらほしいと、そんな注文はありません、ただ、あなたのとこで使ってくだすって、その半分でも、三分の一でも、相当のところを、お分けくださりさえしましたら、それでもう結構ですから、どんなものでしょう、お使いくださるわけには行きませんでしょうか、この子なんでございますが、……」

はたして、佐蔵の予想どおりであった。そうして、そのことが彼の心もちを一そう暗くした。彼は、相手の言葉が切れてからも、しばらく、むっつりと、口を閉じていたが、やがて、

「それは、あんたの子か、」と聞いた。

「ええ、わたしの子です。」

「お父っあんはないのん。」

「あるんですけど、もう半月ほど前から、からだがわるくて、寝てるもんですから……」

「商売は何をしてるんや、」と佐蔵はあいかわらずむっつりした口調で聞いた。

「夜店のほうに出てたんですけど……」と女は答えた。そうして、ちょっと間をおいてから、佐蔵の顔色をうかがいながら、「どうでしょう、お願いできないでしょうか。」

「よっぽど困ってるんならなんやが、わしはこんなわるいことはよした方がええと思うのやがな、」と佐蔵はいった。が、今更いわなくても、よっぽど困らなければ、こんなことを頼みに来る筈はない、とすぐに気がついた。亭主が半月ほど前から病気をしていて、その上こんな子供を幾人もかかえている苦労から思ったら、男一人と子供一人の自分が、その子供をかせがしている方がよほど罪が深いかもしれない。そう思うと、そう思っても、佐蔵は、やはり、人に『どろぼう』をすすめるほど心ぐるしく思ったが、それ以上、女のいうことをふせぐ勇気を持ちかねた。すると、女も、おなじような心もちに責められていたとみえて、しばらく、返事をしなかった。

「どうしても困ってるもんですから、」と女は、やはり、小さい声で、いった。

「いや、困ってるんやったら、そんな『せわ』ぐらいは何でもないことやから、いつでもするけど……」と佐蔵はいった。そうして、その時、はじめて気がついたのは、当の女はもとより、その背中の赤ン坊の著物の『そまつ』なのにひきかえて、どんなにくるしい工面の結果であろう、腰かけている、女の膝にもたれている、その『売り物』の子供にだけは、ふるい物らしいが、光った著物をきせてあることであった。それを見ると、佐蔵は、また、みすみす、一人の子供が泥池の中におちるのを、自分で見ていて、見ごろしにするような、それどころか、それを知りながら、突きおとす手つだいをするような心ぐるしさを感じた。

「一たい、どのくらいお金がいるんだね、」と彼は聞いてみた。なぜなら、彼は、太一でもうける金を『ただ』で分けてやろうというような気さえしたからである。

「いえ、それは、もう、わたしの方で突然こんな無理なお願いに出たんですから、」と、女は、佐蔵の心の中などわかる筈がないので、あくまで『わりまえ』をもらうつもりでいった、「よく、あの、……芸者などでいいます、『分け』とか、『四分六』とか、あんなふうに、あなたの方で、これくらいと思うところで、きめてくだすったら、もうそれで結構ですから。」

そんな風にいわれると、佐蔵は、また、ぐッとつまってしまって、いま先きちょっと考えた、『ただ』で、この見知らない女に、金を分けてやるということが、あまり『いわれ』がないことなので、ひどくきまりのわるい思いがしてきた。そこで、なァに、貧乏して困るのは誰も同じことなんだから、考えてみれば、何もそんなにわるいことをさせるというわけではなし……とも考えなおして、

「そりゃ、わしの方はちっとも手がかかることやなし、」と彼はいった、「こうしてじっとしてても、お客さんの方から貸してくれといってやってくるんやから、手数料もなにも、そんなものは、いらんけど……。」

その時、もう朝からどこかへ出かけていたとみえて、片手に大きな駄菓子の『ふくろ』を持った太

一が、表の方からはいって来た。彼は、家の中に見しらぬ人が来ていたのに、ちょっと目を見はった様子だったが、そのそばに、自分と同じくらいの年の子が、ぼんやりして母親の膝にもたれて立っているのを見出すと、つかつかとあゆみよって、手にしていた『ふくろ』の中から、菓子を一つつまみ出して、

「これをあげようか、」といった。

相手の子は、母親のそばにくっついているのにもかかわらず、年よりも二つも三つもませた太一の、とても相手にならなかった。それで、その子は、だまったままで、太一と母親の顔をかわるがわる見ているばかりであった。

「坊ちゃん、お利口ですことね、」と母親がかわりに答えた。

「順三、ありがとう、といって、いただきなさい。坊ちゃんはおいくつ。」

「六つ、」と太一は答えた。そうして、「お茶のんでこよう、」と『ひとりごと』をいいながら、上がり口に手をかけて、やっと上にあがると、奥の間の方へ、はいって行った。

それを見おくった二人の大人は、ため息をついた。まったく、近頃の太一の様子を見ていると、とうてい売れない団子屋風情にやしなわれている子とは見えなかった。おそらく、『ばくち打ち』や芸者屋の子でも、こんなに『ぜいたく』な、こんなに『わがまま』な、子はないであろう。それというのも、佐蔵自身が、気がとがめるところから、太一を、こんなに『ぜいたく』に、こんなに『わがま

ま』にしたのである、と思うと、彼は、死んだ太十にも、自分にも、あるいは太一そのものにも、申し訳のないような気がした。

さて、佐蔵とならんで腰かけている女のため息は又まったく別のものであった。彼女は、自分の子が、とても太一とはくらべものにならないほど、鈍なのを見ると、こうして、決心して、苦しい工面をして、自分の子をきかざってつれてきたものの、たぶん太一の半分の『はたらき』もできないだろう、人に聞いたところでは、ただこの辺の女の外出のときに手をひかれてあるくだけの仕事だということではあるが、それが、子供のことであるだけに、なかなか何でもない事ではないにちがいない、ただ人に手をひかれてあるくのにもずいぶん『じょうず』と『へた』とがあるだろう、この子では『ま』にあうかしら？……と心配になったのであった。

「この子は、しかし、あんたがいなくても、ひとりでここにいるかしら、」と佐蔵が聞いた。

「いられるわね。順三、」と母親はその子の顔のそばに自分の顔をくっつけるようにして、「ね、母さんが家で話したことおぼえてるだろう、父さんもいってたろう、お前は、それで、父さんや母さんのいうことをよく聞きわけたんだね。それに、『おつれ』があるんだから。そら、今、このお菓子をくれた坊ちゃんがあるだろう、……あの坊ちゃんと遊んでる、ここで、そしたら、夕方、母さんがむかえに来てあげるからね、ね、いいだろう。」

しかし、子供は、だまって、表の方の、日の色がななめに少しばかり三角形にさしている、『団子』

とかいた障子のほうを、ぼんやりした目つきで、眺めているだけであった。

「ね、ね、」と、いくら母親がいっても、子供は、答えるかわりに、その大きな目に涙をにじまして行った。

「太一ちゃん、太一ちゃん、」と、そこで、佐蔵が奥の方にむかって呼んだ。

が、そのとき、太一は、いつのまにか、二階にあがっていたのであった。――二階では、その時まではしご段の下り口のところにしゃがんで、下の話し声をぬすみ聞きしていたおみのが、太一の帰って来る足音を聞いた時分に、そッと立ちあがって、もとの寝床のそばに帰って、寝間著をきかえたところであった。そうして、なるべく音をたてないように、そッと、『ふとん』を押し入れにしまった時分に、太一があがって来たので、おみのはにこにこして、彼を迎えながら、

「太一ちゃん、早いのね、」と手まねきして、できるだけ低い声でいった、「なにを買って来たの、姉ちゃんにすこしくれない。」

「あげよう、」と、太一は、いって、例の『ふくろ』の中から、菓子を一つとり出して、おみののそばに持って来たが、突っ立ったままでいたので、

「まあ、おすわりよ、太一ちゃん、」とおみのは、いって、彼のからだを後から抱くようにして、自分の膝の上にすわらして、「太一ちゃんは誰が一ばん好き、」と聞いた。

「おじさん……」と太一は答えた。

「いや、そんなんでなくて、ほうぼうの姉ちゃんたちのうちでよ、」とおみのは耳の辺を赤くしながらたずねた。彼女は、心の中で、太一が自分をさすであろうと予想していたのであった。よし、そうでなくても、少なくとも、この場でだけでも、自分をさしてくれるであろうと楽しんだのであった。が、太一が返事をしないので、彼女はもう一度、「ね、誰、おせき姉ちゃん、」と促してみた。

「……そんなこといえないよ。」

実際、太一という子は、考えると、恐ろしいようなところがあった。そんなに誰にでもなじむ一方に、いかにも男の子らしい、変にしっかりした、子であった。たとえば、おみのとか、おせきとか、そのほか、そういう商売の女たちが、一しょにあるく都合から、「これから家へ帰るまでは、あたしのことを母さんというんですよ、」とか、「姉ちゃんとよぶんですよ、」とか注文されると、かならずそれを実行した。そうして、また、「太一ちゃん、このことは家に帰って、おじさんにも、それから、よその姉ちゃんたちにも、きっといわないでね、いっちゃあいけませんよ、」といわれると、昔の『さむらい』のように、かたく口をつぐんで、喋らなかった。

今、おみのは、ふと、彼のそういう性質をかんがえて、昨日一昨日、自分の病気のあいだ、たぶんおせきに手をひかれて出ていたにちがいない太一から、おせきのことをさぐってみようという考えを、すっかり思いとまった。そうして、彼女は、たちまち、名づけようのない寂しい気もちにおそわれて、口をつぐんだ。太一も、彼女の膝に腰かけたままで、だまって、何の物思いもなさそうな様子で、むしゃむしゃと『ふくろ』の菓子をたべていた。そういう風で、部屋の中の空気が変に沈んでしまう、と、下の話し声が、ぼそぼそと、また、おみのの耳に聞こえてきた。

「この子は、しかし、あんたがいなくても、ひとりでここにいるかしら、」というのは佐蔵の声である。

「いられるわね、順三、」と女の答える声がした。「ね、母さんがお家で話したことを覚えてるだろう……」と、女が、哀願するように、その子にくどくどいい出したのを聞くと、おみのは、思わず、首を長くして、一層はっきりとそれを聞きとろうとした。彼女は、まざまざと、どんな女かしらないが、貧乏な母親が、その子にいいふくめている様子やら、そのそばで、佐蔵が、困ったように、その挽臼のような顔を泣き顔の表情にして腕をくんでいる『ありさま』やらが、はっきりとうかがわれた。が、こんこんといいふくめられて、やっと得心して来たのであろうが、何といっても年の行かぬ子のことであろうから、今になっては、悲しくなり、寂しく感じ出して、容易に母の言葉に頭をうなずかせる決心がつかないのであろう、その子の心もちよりなお一そう困って、母親が、「夕方母さんが迎えに来てあげるから、ね、ね、いいだろう、」と泣くようにいっている言葉を聞くと、おみのは、たまらなくなってきた。その時、

「太一ちゃん、太一ちゃん、」と下から佐蔵の援助をもとめる声がおこったのである。

　その声に、彼女の膝にいた太一が、立ちあがったのと、思わず、われを忘れて、彼のかわりに、「はい、」とおみのが返事したのと、同時であった。彼女は、そうして、佐蔵の『おもわく』もなにも

忘れて、太一の手を引きながら、下へおりて行った。

「坊ちゃん、坊ちゃん、」とおみのは珍らしく気軽な調子でいった。「何という名なの、——順三さん——いい名だわね。順三さん、いい子だからね、夕方お母さんがお迎えにいらっしゃるまで、ここにいらっしゃいね。姉ちゃんと太一ちゃんと、三人であそびましょう。」

七

よその子まであずかって、『せわ』するようになってからは、佐蔵の家の様子はすっかり変ってしまった。そうして、それは、おみのがその家に同居するようになってから、といったほうが適当であろう。それが、半月もたってからは一層ひどくなった。というのは、その時分には、順三のほかに、お俊という、公園のある劇場の下足番をしている者の、七歳になる娘も、たのまれて、その子も、また毎日佐蔵の家につめかけていたからである。お俊は、女の子のことでもあり、年も上だし、殊に子供の時分から母親なしに育った子であったので、こっちでも手数がかからず、借りて行った方でもずいぶん役に立つので喜ばれたが、順三にはいつもてこずらされていた。

目のぎょろりとした、子供のくせに、細長い、瓜のように青い顔をした、順三は、はじめて来た日は、やっと母親とおみのとにだまされて、佐蔵の家にひとり残ったのはよかったが、母親が帰ってから十分とたたないうちに、とうとう、しくしく泣き出した。それをあずかることを主《おも》になってひきうけたのは、おみのであっただけに、それをなだめるのに、彼女は、一と通りでない苦心をしなければならなかった。

おみのは、まず、『おもちゃ』の電車を買ってやろうということで、やっと彼をすかして、彼女が手をひいて、通りのおもちゃ屋につれて行って、『おもちゃ』をあてがい、

「さあ、順ちゃんはいい子だからね、家へ帰って、太一ちゃんや、おじちゃんや、姉ちゃんと一しょに、この『電車』で遊びましょうね、」などといいながら、入り口の『団子』の障子をがらりとあけてはいった。すると、そこの薄暗い土間をへだてて、例の上がり口のところに、おせきが腰かけていた。佐蔵はさきに順三たちが来たときに『じゃま』をされたので、中途でやめていた団子をこしらえあげるために、土間の『かこい』の中で、七厘の下をあおいでいた。

「おじさん、いいわよ、あたしが太一ちゃんの著物をきせてあげましょう、」と、上がり口に腰かけて、おせきが、こういっているところであった。

「いらっしゃい、」と、おみのは、つい、佐蔵の家の者のような口をきいた。

「まあ、おみのさん、」と、おせきは、あまりにふいのことなので、びっくりして、叫んだ。とっさの間《ま》に、彼女は、とうとうおみのは佐蔵と一しょになってしまったのかなと思った。それとともに、佐蔵にも、おみのにも、おせきにそう思われたにちがいないと感じられたので、二人とも、期せずし

て、何はともあれ、それだけは何とか一番いい方法で、おせきにその誤解を弁じておきたいと思った。といっても、もともと物いわずの佐蔵には、そんな『とっさ』の場合でなくても、どんな言葉もいうことができなかったので、おみのが、かわりに、いった。

「あたしね、」と、おみのは、順三の手を引きながら、おせきのそばに進んでいって、「もう商売をやめてしまって、今日から、おじさんとこの二階を借りてるのよ。……遊びにいらっしゃいね、ちょくちょく……」

あまりの『ふい』の事におどろいている間もなく、こんなふうに先手をうたれたので、おせきは、ますます、腹の中が、おだやかでなくなり、むしゃくしゃした。それで、ちょっとの間、太一のことなにも忘れて、

「まさか、おじさんと夫婦になったわけじゃァないでしょう、」と意地わるそうに、聞いた。

「それはどっちからも御免だとさ、」と、おみのはわざと蓮葉《はすっぱ》な調子で応じた。それからすぐ調子を変えて、「それはそうと、太一ちゃんに著物をきかえさせるんでしょう、あたし、しましょうか。」

「それはおせきさんの方が勝手がわかってるやろう、」とその時はじめて佐蔵がもち前の重々しい口調で、「おせきさん、あの下の押し入れの中の箪笥を知ってるやろう、あそこの一番上の引き出しにあるから著せてやって……」と、いった。

そこへ、太一が、奥の間から出て来た。しかし、彼は、そんな大人たちの、こみいった話しには何

の興味もあるはずがなく、それよりも順三の手に持っている『おもちゃ』の電車のほうに目をひかれて、「その『電車』買ったの、」と太一は、いいながら、先きから別にそれを見ようともせず、手に持ったままでぼんやりと入り口の方に目を見はっていた順三のそばへ行った。そうして、自分の手で相手のつかんでいる『電車』の屋根をちょっとさわりながら、「こんなの、よくないや、」といった。すると、順三は、たちまち、『ひび』が入ったように、泣きだした。

「まあ、太一ちゃんの意地わるね、」とおみのは太一に声でだけ叱るようにいって、「じゃあ、順ちゃん、もっといい『電車』を見に行って来ましょうね、」と、順三の顔のそばで、いいながら、ほかの人たちに『あいさつ』をして、ふたたび、表に出て行った。

それから、おみのは、町でちょっとした手みやげを買って、順三をつれて、前の主人の家に出かけて行った。佐蔵には主人の家を突然に出たようにいってあったが、そのことは実はもうこの前にことわってあったのだった。それで、いま、彼女が順三をつれて、その家を訪問したのは、こんな子もいるから、これから用のある時には借りに来てくれと『ひろめ』に行ったのであった。おみのはそこでわざと一時間あまり遊んだ。そのあいだに、順三が少しずつ馴れて来たのが、彼女にはうれしかった。

おみのは表に出るとたちまちおせきのことを思い出した。が、彼女はもうその事がそんなに気にかからなくなった。それどころか、おせきも、お客の一人にちがいないのだから、せいぜい来てくれる方がいいとさえ思ったからだ。それには一日も早くこの順三が太一のように役に立つようになればいいい、それには自分がぜひとも骨おってそうしようと思った。つまり、彼女は、すっかり子を貸す商売屋の心もちになっていた。だが、と彼女は考えた、商売は商売だ、いくら太一がおせきに毎日ほど借りられて行っても、寝るのも、たべるのも、ことごとく、自分の家でしているわけだから、何といっても、太一は、誰のものでもなく、やはり、自分のものにちがいないのだ。こう考えると、彼女の気もちは、あかるくなった。

家に帰ると、すでに太一もおせきもいなくて、佐蔵が一人ぽつねんと土間にむかった障子をあけて、奥の間の火鉢のそばに、すわっていた。それを見ると、何という理由なしに、彼女は、急に暗い気もちになったが、できるだけ快活な『ふり』をして、

「順ちゃん、いま買ったビスケットをおじさんにもあげましょう。そして、みんなで『電車ごっこ』をしましょう、」といいながら、順三の手をとって、佐蔵のそばに行った。佐蔵は、何を考えているのか浮かぬ顔をして、返事をしなかったので、おみのは、それにはかまわず、「さあ、順ちゃん、ここが雷門で、順ちゃんのそこの膝の前の、畳のやぶれたところが、上野ですよ。チリンチリン、うごきまァす、」などといいながら、『おもちゃ』の電車を畳の上で、走らした。順三もそれにつれてうれしがって遊び出した。

「ねえ、佐蔵さん、」と、しばらくしてから、おみのは、順三を遊ばせる手をやすめないで、「あんたの気性はあたしもよく知っていますが、きっとこんな妙な事になったのを、苦にして、心配して、い

らっしゃるんだろうと思います。それに、突然、あたしなどがこんなふうに押しかけて来て、どんなにか御迷惑だろうとも思います。それは、いずれ、今でなくても、今晩でも、明日でも、すこしゆっくりした時、お話しするつもりですけど、あたし、どうしても、あの太一ちゃんを子にほしいと思うのです。あんたが、太十さんに義理をたてて、手ばなすのがいやなら、あんたと『あいあいの子』でもいいから、とにかく、あたし、太一ちゃんを子にほしいと思うんです。そのかわり、あの子が大きくなって、決して人に後指をさされないように、あたし、これからどんなつらい事でもします、そして、養います。あたしのつもりでは、あの子には、いまのような商売——まあ、商売みたいなもんですからね——あんな商売を、一日も早くやめさせたいのです。……」

いつのまにか、おみのが、順三を遊ばせている手をとめて、話しつづけていたので、順三は、しばらくひとりで、『電車』を屋根ごしにつかんで畳の上を走らしていたが、それもすぐに飽きると、また、しくしく泣きだした。

「ああ、順ちゃん、わるかったわね、姉ちゃんが、」と、おみのは、びっくりして、その方を見ながら、「さあ、遊ぼう、」といったが、もう順三は『電車』の方はふりむかなかった。

「そりゃ、わしも、太一ちゃんにあんな事をさしておくのは、一時《いっとき》も反対やけど、」と佐蔵がいった。「わしが『いくじ』がないために、今のところでは、明日から、さっそく、これという別の商売がはじめられるわけはないいんやしな、それで、わしは毎日とほうにくれてんね。」

「あたしも、その事は、こんな事をいうと失礼ですけど、考えていないんではないのですが、」と、おみのは、順三を膝の上でゆすりながら、いった「それかといって、あたしがこれまでのような商売をつづけていたんでは、あんたが相手にしてくださらないでしょうし、……それでね、それでね、今日のこの順ちゃんの時でも、あたし、横あいから顔を出してわるいとは思いながら、こうして無理にあずかってしまったようなわけなんです。そりゃ、こんな事でも、決して人さまの前に大きな顔をして出られる商売じゃァありませんけど、まだまだ何とか『いいわけ』が立つと思うもんですから、それで、あたし、これから、この子ばかりでなく、どこからでもたのまれしだい、みんなあずかって、太一ちゃんのかわりに、貸すことにしたら、と、こう思ったんです。」

「……」佐蔵は、腕をくんで、なんにもいわずに、ため息をついていた。

「そのかわり、佐蔵さん、」とおみのはつづけた、「決してあんたの手はかけません。こんな事は男のする商売じゃァありません、あたしが、一さいひきうけます。それで、そのうちに、少しでもお金がたまったら、そしたら、あんた、なにか『かんがえ』をたてて、商売をはじめたらいいじゃァありませんか、ね、どうです。」

佐蔵は、やはり、腕をくんだきりで、その四角な顔を、木のように固くして、答えなかった。

その時、また、一人、子を借りる客がはいって来たので、二人の話しはそのままになってしまった。

ちょうど、太一が出ているので、さしずめ順三の出て行く番であった。いつもの子はいないが、ちがった子でもいいかと聞くと、「いいわ、」と女は答えた。ちょうど都合がよかったことには、その女は、そういう稼業のものにしては、相当に年をとっていたので、おみのがくわしいわけを話すと、それもよくのみこんで、「赤ン坊じゃないんだし、それに表をあるくんだから、いいでしょうね、」とおみのの方へ小声でいって、それから順三にむかって、

「ねえ、坊ッちゃん、『電車』なんかつまんないから、花屋敷へ姉ちゃんといっしょにお獅子や虎を見に行こうね、」と、さそった。が、順三が、やはり、ぽかんとしたままで、なんとも答えなかったので、

「順ちゃん、まあいいわね、」と、そばから、おみのも、元気づけるように、いった。「順ちゃん、花屋敷へお獅子や虎を見に行くの。まあ、いいわね。」

が、それでも、順三は、まだ、そのぎょろりとした目を見はって、もじもじしている様子なので、

「じゃあ、こうしようか。順ちゃん、この姉さんとひと足さきに行ってない。そしたら、あとから、すぐに、姉ちゃんが迎えに行ったげるから、ね、」といってから、また、おみのは、女の方にむかって、「それじゃァね、あたし、後からついて行きますわ。だから、お家の方に来てもらわなくても、あたしが、つれて帰ります――ね、そんなふうにしましょうよ」と、小声でいった。

それでも、いよいよとなると、順三は、その見しらぬ女と一しょに行きそうになかったので、とうとう、はじめから、おみのも一しょに行くことになった。それで、いよいよ、おみのがいては、先方

の女の商売にさしつかえのある、という時になって、彼女は、そのへんでちょっとお菓子を買って来る、というような口実をかまえて、やっと順三をだますことができた。が、そうして、女が、順三の手をひいて、待ち合わせていた男に逢ってから、三人で宿屋へ行くみちみち、なんども順三が泣きながらむずかるのが、後から見えがくれについて行くおみのを幾度はらはらさせたか知れなかった。ある時などは、あまり心配になるので、思わずその近くをあるいていたので、もうすこしで、「帰りたい。」とか、「母さんの家へ。」とかいって泣きながら後をふりむいた順三に、見つかりかけたくらいであった。しかし、そんなふうにして、順三は、やっと、第一回の勤めをはたしたのであった。

一方、佐蔵は、いつのまにか、家の商売とはまったく関係がなくなってしまった。が、それは、彼に、肩の荷がおりた思いをさせたと共に、一種いうにいえぬ孤独な感じをおこさせた。ふと、彼は、今でも入り口の障子に書かれてある『だんご』という字を見る。すると、それは、彼が初めてこの家にこして来て、太一と二人水いらずで、誰に恥じるところのない商売をはじめた頃の、なつかしい思い出であるだけに、それが今はただの看板だけになってしまったのが、彼自身の思いもよらない不運のために、必ならずも、今のような看板に『いつわり』の商売をはじめたのは彼自身だったと思うと、彼は、おみのやおせきが恨めしくなった。が、それを今となっては自分の力でどうにもあらためられない、自分の『ふがいなさ』に腹が立った。しぜん、彼は、この家の隠居役のようになって、毎晩おみのからあてがわれる晩酌の酒の味がだんだん苦くなるのを感じねばならなかった。彼はますます憂鬱な、だんまりやになった。

　それにひきかえ、佐蔵からおみのの手にうつされた商売は一日一日と繁昌して行った。はじめ、あんなにこの商売になれなくて、おみのをてこずらした順三も、太一やお俊の商売が忙しいにつけ、出て行く数は、他の二人よりもすくなかったが、商売の成績はだんだんあがって行った。しまいには、順三だけでも手がたりなくなって、順三やお俊が来た時のように、貧しい親たちが、『子を貸し屋』の名を聞きつけて、いたずら娘の私生児とか、貧しい家の子とか、が、しじゅうお目見えにやって来るようになった。そうして、今までの子たちの上に、また二人までふえて、それがあいかわらず忙しいくらいであった。そうなると、おみのはまるで毛色のかわった保姆のような仕事をしなければならなかった。が、彼女は、なんといっても、自分のひきうけた商売の栄えるのに、この上なく満足そうにはたらいていた。

　ただ、彼女にも、いつのまにかもう団子をこしらえる事さえやめてしまって、死んだように二階の一と間にすわっている佐蔵（近頃では佐蔵の部屋が二階になって、おみのが下にいたのであった。）と同じように、夜おそく、からだがひまになると、たちまち心にかかるのは太一のことであった。それで、彼女は、商売の方の子供がふえてからは、だんだん太一を商売に出さないようにしていた。佐蔵は、例によって、なんにもいわなかったが、もとより彼もその意見にちがいなかった。

　ところが、肝心の太一がそれを喜ばないらしかった。彼は、いつのまにか、おみのや佐蔵の目をぬすんでは、そっと表に出てしまうのが常になった。それがただ表で遊んでいるのならいいのであるが、今はもうそのへんのどの家でもが、彼自身の家のようになじみになり、それらの家のどこの格子戸をも勝手にあけてはいって行くようになった。そうして、ある家で、なにか忙しいことがあったり、女たちがいなかったり、つまり、あまりおもしろいことがなさそうだと、彼は、さっさと出て行って、また別の家の格子戸をくぐるという風であった。すると、その別の家では、彼を歓迎して、ことに彼の必要な時には、むろんわざわざ彼の家に行く世話がないので、用がすむと相当の金を彼の手につかまして、彼を帰して来た。

そういう風であったから、おみのたちが、家でどんなに彼に商売をさせないようにしても、それがことごとく無駄になるばかりでなく、この頃は、おせきが妙に顔を見せないと思っていると、ある日、『団子屋』にやはり子供を借りに来た女の一人が、「いま、そこの通りをおせきさんと太一ちゃんとがあるいていたわ、」というような報告をもたらしたりした。

その晩、おみのは、久しぶりで佐蔵の晩酌の相手をしながら、その話しをして二人でため息をつき合った。ふだんは、無口で、どんなにむつかしい顔をしている時でも、太一にむかってはかならずその四角な顔をやさしそうに笑わせることを忘れない佐蔵が、いつになくまじめな顔をして、

「ねえ、太一ちゃん。お前はもう来年から学校へあがるんやろう。ねえ、ええ子やから、太一ちゃんは学校へ行くやろう。学校へ行く子は、もうあまり、近所の家へ遊びにいったり、女子《おなご》の人と遊んだ

り、しては、あけへんで。どこかへ遊びに行きとうなったら、おじさんにそういうたら、おじさんがきっと連れてってやるからね。おじさんやったら、電車にでも、汽車にでも、太一ちゃんの好きなものに乗せてやるからね。……」

「そうなさいね、太一ちゃん、」とおみのがそばからいった。そういいながら、彼女は、ふと、それを親子三人がそうして一つの食卓をはさんで、夕方の飯をたべている光景に想像して、何ともいえぬうれしい気がした。佐蔵のことをおじさんというかわりにお父さんと、自分のことを姉さんのかわりにお母さんと、よばしたい気がした。「太一ちゃん、学校すき、きらい。」

しかし、太一は、それに返事をしようともしないで、まずそうに皿に盛られてあるおかずを、あっちをつついたりこっちをつついたりして、たべていた。

「太一ちゃん、御飯どうしたの、ちっともたべないじゃないの、」とおみのが彼の顔のそばに顔をよせながらいった、「さあ、姉ちゃんがお魚の身をとったげるから、ね、御飯をおあがり。」

太一がだまって頭をふっているのと、その太一とならんで昼間の忙しくしている時とはちがって、何となく寂しそうな顔をしているおみのの様子とを、佐蔵は、盃の『ふち』をなめながら見ていると、しばらく気がつかずにいたが、やはり、二人がどこやら似ているのを見出した。ふと、また、昨日も順三の母親が来たとき、「この頃はおかげさまで、あんまりあっちでもこっちでも御馳走をいただいたり、おいしいお菓子をもらったり、しますので、家のものなどちっともたべなくなりまして……」

といったことなどを思い出した。

「わしはな、おみのさん、」と佐蔵がいった。「もう一日もこんな『しょうばい』をつづけてるのがいやになった。こんな事をしているより、まだ車屋でも土方でもしている方がええ。というて、わしも、丈夫そうに見えても、もう年が年で、からだの方がいうことをきかないし、……」

「それはあたしにもよくわかっています、」とおみのがいった。「ですから……といって、なに商売をはじめるにしても、元手なしにできないんですから、それで、一日も早くすこしばかりのお金でもまとめようと思っているんですわ。ね、佐蔵さん、もうすこしの辛抱です。」

「わしはもうその『がまん』がならんようになった。わしだけなら、もうこんなくさってしもうた『からだ』やから、どっちへころんでもかまわんけど、太一ちゃんのことを思うと、一日も早くこんな所から浮かびあげてやらないと……死んだ太十さんにすまん。わしはもう何ともいえん恐うなってきた。」

それから三日とたたない日のことであった。ある日、いくら待っていても、外へ出たままの太一が帰ってこなかった。佐蔵の家では、たぶん、おせきとどこかへ行ったものだろうぐらいに想像して、八時頃、おみのが探しに行ってみた。が、たぶんおせきもうその家にはいないだろう、と予想していったおみのの意外だったことには、ちょうどそのとき彼女の順番だったとみえて、そこの店の、ガラスのはまった障子の向こう側に、厚化粧をしたおせきが、客を呼ぶためにすわっていた。

「太一ちゃん来ませんでした、」とおみのはすこし狼狽した口調で聞いた。

がらりと障子があいて、おせきが、顔を出して、「え、え、」と聞いてから、「太一ちゃん、今日は一度も来ないわ、あたしも今日はついさっきまで頭がいたくて寝てたもんだから、どうしたのかと思ってたのよ。いなくなったの。」

なるほど、おせきは『こめかみ』のところに、黒い頭痛膏をはっていた。

「ええ。じゃあ、また、」といって、おみのは、商売のじゃまをしてはと思い、また一つにはすっかり『あて』がはずれたのに狼狽しながら、むちゅうで、そこを飛び出したが、さて、もうどこへといってさがしに行く見当がつかなかった。で、とぼとぼと帰って行くみちで、ふと、あんな事をいってながら、おせきがどこかへ太一を隠してしまったんじゃないか、という気がした。帰ってそのことを佐蔵にいうと、佐蔵も、「ひょっとすると、そんな事かも知れんな、」と、ため息をつきながらいった。しかし、おせきが隠しているのなら、いずれ、見つかるだろう、と、おみのにしても、佐蔵にしても、いくらか安心な思いをした。

ところが、その翌朝、いつになく、早く、おせきがやって来て、

「太一ちゃん、帰って来て、」とたずねた。そのいかにも心配そうな顔を見ると、どうしても彼女が隠しているようには思えなかった。佐蔵は、女たちをのこしておいて、警察へとどけに行った。そうして、佐蔵が力のない足どりで帰って来たとき、いつもの上がり口のところで、二人の女は、いつになく、親しそうに、膝をよせあって、目に涙をためながら、なにか話していた。

「どうせ、あたし、誰かに取られたんだと思うわ、」とおせきがいった。「あたしだって、そんな気が、しじゅう、したもの。」

「そうでしょうね、」とおみのがいった。「あの子はあんまり人なつっこ過ぎましたものね。」

「そうよ、気味がわるくなる事があるくらいだわ、」とおせきがいった。「そういっちゃァなんだけど、猫でも、犬でも、あんまりなつきやすいのにかぎって、取られるもんですからね。それでいて、そんなのにかぎって、どこか『しん』が薄情なのね。」

「そうよ、そうよ、あの子も、……」と、おみのは、もう、はっきり、目に袖をあてて、泣きながら、いった。

「なんといっても、自分の子でなければ、だめだわね、」とおせきがいった、「おみのさん、ほしいわね、私たちも……」

そうして、おせきも、とうとう、顔に袖をあてて、泣き出した。

そこへ佐蔵が帰って来た。

「だめですか、」と、女たち二人は、声をあわして、聞いた。

「まだわからんよ、」と佐蔵は、いいながら、すごすごと、はいって来た。

そうして、その時分から、順三や、お俊や、その他の商売の子供たちが、ぽつぽつ、親たちに送られて、やって来た。

十二階下のペアトリス

番 伸二

無作法に近いほどに、こちらの眼をじっと凝視《みつめ》る少女であった。その大きな眼で、まじ〳〵と見て、ふと、自分の膝の辺りに視線を落して言うのだ。

「妹の舞台はまだ余程ありましょうか?」

「そうですな、あと二十分くらいかゝるかも知れませんよ」

「それなら……」

と、言って、ちらりと、踊子達の下駄箱に羨望のこもった視線を走らす。

五六段の棚に一杯に並んだ踊子達の赤い靴や、派手な草履――それ等のどの靴、どの草履をとったところで、少女には似合わぬであろう派手なものばかりであった。例えば彼女の妹、末廣マリ子の草履をあてがったにせよ、張柾のちびた下駄をはいている彼女の足には不釣合であるに相違ない。それにしても少女の容子はあまりに暗く、じめ〳〵し過ぎる。おそらく彼女は、「それならこゝで暫く待たして下さい」とでも言おうとしたのであろうが、靴や草履の派手な色彩にけ落されたように、それきり言葉の接穂を忘れているのであった。

「御伝言でもあるなら僕が伺っておきますが」

「いゝえ、よろしいんですの。たゞ、これを渡して戴きたいのです。今夜、総稽古で徹夜なのでしょう?」

「そうです。どうしても明方の四時か五時頃迄はかゝると思うのです。なんでしたら客席へ御案内しますから御覧になって行ったら如何です? 今からならまだ「カルメン」を全部みられますよ」

「ええ、でも、今日は帰りますわ」

と、言う少女の帯の間から亀の子の首のようにのぞいているのはたしか市電の乗換切符である。おそらく乗換の時間の許す限りでこの座に寄ったものであろう。

少女は帰り際に、見ていると呑みこんでしまいそうなその大きな瞳で、もう一度じっと見詰めて妹への品を手渡して行った。

彼女の後姿は肩が痩せていて、浩二等のように踊子達の滑かな肩ばかり見ている眼には、一見不健康な感じを与えるが、その眼と同じように不思議な魅力があった。

その夜、稽古のおり、浩二は彼女から委託された新聞包みを末廣マリ子に渡して、

「これ、さっき姉さんが来て置いて行ったんだ」

「あゝ、稽古着が出来たのね。早速着換えてみようっと」

「稽古着⁉」

「そうよ。貴方方文芸部で、踊りの稽古の時には必ず稽古着に着換る事って、きめたじゃないの」

なるほどマリ子の言う通りである。稽古がしやすいように、又振付するものからは足や手の線がはっきりみえるようにと、稽古着着用の事と数日前に決定したばかりである。

「で、姉さんが、買って来てくれたの？」

「まあ、半分、買って来たようなものよ……」

と、言ってマリ子は妙にてれたような笑いを示すのであった。

「……本当はね、姉さんは鐘紡の女工なの。あそこで、そっと縫って来てくれたのよ。でも、工場では自分の事でミシンを使うのはとてもやかましいんですって。だけど、稽古着なんて布だけ買えばとても安いんですもの、勿体ないわ。ワイシャツの襟の裏返しくらいだったらいつでも姉さんに頼んであげるわ。遠慮なく御出しなさいよ」

ませた口振りで、僕のすり切れたワイシャツをちらり見ながらそう言うのであった。

やがて、稽古に着て来たマリ子の稽古着はM・Sなどと青《ブルー》の地に黄で頭文字の縫いとりがしてあってなか〳〵しゃれたものであった。それをマリ子はいかにも洋品店辺りで買って来たらしく仲間の誰彼に説明しているのである。

その後たえて久しくマリ子の姉をみかける機会に恵まれず、三ヶ月ほどして一度客席にいるのを道具の蔭からみかけたが、その時の彼女はいつかとはうって変ってけばく〳〵しいまでに華麗な恰好をしていたようである。

それから数ヵ月たった秋の事であった。

浩二等文芸部の者五六人が舞台監督の山田につれられて遊んだ帰途、十二階下の新聞縦覧所に入ったのだ。勿論新聞縦覧所とは、俗にいう十二階下なる所で、敷居をまたぐや、いなや、あくどい化粧をほどこした女達がわっとばかり押寄せて、言いもせぬ喰べ物をもって来たり、二階へ引っぱり上げようとする所である。

浩二等の入った「みやこ」という店もそうした中の一軒であった。

店に入るなり、こうした手合にとりかこまれ、そのうちに、浩二の所に来たのはあのマリ子の姉だったのである。

無作法に近いほどじっと見詰める眼、痩せた肩――それ等には何の変化もなかったが、甚しく変ったのは、そのあくどい化粧と、洗いざらしの銘仙に代る安手の錦紗である。

彼女は浩二の手を握ると「いらっしゃい」と言ったものゝ、それは知人としての挨拶でなく、そうした女としての挨拶であった。

そこで浩二も、マリ子の姉として相手を認めず、

「僕はウイスキイだ」

と、酔っぱらいのように怒鳴りながらそっぽを向いた。しかし背筋を走るようなしらじらとした気持は、最早拭いようもない。

その時舞台監督の山田が浩二等の所へ寄って来て、

「おい、素晴しいペアトリスの役を発見したぞ。乃公《おれ》が来月、演《だ》そうという「ボッカチオ」のペアトリスってのはこんな女なのだ」

と、マリ子の姉を指すのであった。

「ときに君の名はなんてんだ？」

よりかゝるようにして言うのを、彼女は両手でさゝえながら、

「先生、あたし、しい坊って言います。どうぞよろしく。この方が古い御馴染よ」

と何故か、そこで浩二の事を馴々しく言うのであった。

「しい坊、つまり静子だな。おい、静子君、君は舞台に立つ気がないか。オペラの舞台に、……そうだ、浩二君を知っているようだから交渉は一切は浩二君にして貰おう」

それは満更監督は酔ったまぎれに言っている言葉でもないらしかった。浩二が考えてみても、この静子が舞台に立ち、素の魅力が再現出来るとしたら素晴しいものに相違ない。

成程「ボッカチオ」のペアトリスはこうした女であるかもしれないし、又そうした役の事を抜きにしても、当のマリ子より魅力は遙かに勝るものがある。

その夜、監督から言われるまゝに静子を店より呼び出して、浩二は瓢箪池の茶店に話をしに行った。茶店から池を越え六区の活動館をみるに、明滅する五彩の電気が水に映り油絵のように美しかった。

しかし浩二は六区の美しさに驚くより女の変り方を驚嘆する心の方が強かった。すると女はそれに気付いたのか、

「なにをしげ〳〵みているのさ」

「いや、驚いているだけだ」

「言うだろうと思っていたわ。あたし、何を言われてもかまわないけど、身の変り方だけは言わないで欲しいの」

「じゃ、止すが、さっき監督の山田さんが言ったように、来月演《だ》す「ボッカチオ」のペアトリスって役は君にうってつけなのだが、どう、舞台に立つ気ない？」

「オペラってズブの素人が演《や》れるものなの」

「素人臭い方が当てはまる役なんだ」

「口を一つもきかない、立ちの三枚目かなにかね」

「どう致しまして、『ペアトリス姐ちゃんまだねんねかい』って、歌にあるほど、大役で、皆に惚れられる役さ。だから通り一片の綺麗さじゃ通用しないんだ」

「ちょいと！」

と、女は口を歪めて微笑《わら》ったが、

「それ、貴方方の手段じゃないの。どこの女の子へもその手段で口説くのじゃない。それとも新手《しんて》をあみだしたのかしら。罪だからお止しなさいよ」

どうしてもこちらの言う事を本気にしない容子なのだ。

それから八方弁解につとめ、口説き、

「こうした生活より妹と共に働いた方が遙かに楽しいではないか」

と、言ったりした。終いには流石に静子は嬉しくなって来たとみえ、いろ〳〵ペアトリスの役柄の事を訊くようにすらなった。だが、ふと顔を曇らして、

「あたしがマリちゃんと一緒に舞台に立つなんて、マリちゃんに迷惑でないかしら」

と、つぶやくのであった。

それから十日程経って月末の二十九日。

監督の山田も浩二等もぎり〳〵の総稽古の日迄「ボッカチオ」の配役中ペアトリスについては口を緘して語らなかった。こちらとすれば、大役を突如無名の人間に振る事だし、随って漏れては他の連中がうるさいと思って黙っていたのだ。ところが、楽屋の連中では、誰が抜擢されるのであろうと考えて、その取沙汰がさまざまであった。

殊にまだ役を貰ってない踊子達は我こそと内心きめている者も多いらしく、そして一般の噂ではマ

リ子がそれに上っていた。

総稽古の夜、浩二によってつれて来られたマリ子の姉静子が舞台に立った折り、勿論大変なセンセーションであった。そしてそれから三日目、初日の舞台が開いた。

「ボッカチオ」二幕目、桶屋の場だ。公園の人気者山川金星の扮する桶屋の親父が、

〝ペアトリス姐ちゃん、まだねんねかい
鼻から提灯出して、歌はトチチリトン〟

と、その歌詞たるや歌にも句にもなってないものだが、金星の味のある歌い振りが、当って、やんやという受けようである。

やがて、ペアトリスの出場《でば》である。

監督の山田から浩二等一同は固唾をのんで横からのぞいていた。

静子の登場は素晴しかった。自分等の意図はまさに当ったとみえ、客はこの静子の魅力に圧倒されたかのように黙りこんでいる。そして静子の動作や科白廻しは実に素直で好感が持てた。

やがて桶屋の場も終ろうとしている。静子の未来は最早保証されたと言ってよい。

その時であった。客席の後の方から、

「いよー、十二階下ッ」

と、声をかけた者があり、続いて、

「おれはゆんべの客だよ」

と言った者がある。

「十二階下ペアトリス」

客はどっと涌いた。

涌いたと言っても一般の客にはこの意味が何であるか解らなかったであろうが、静子が棒立ちになって科白をとばしてしまったのが悪かったのだ。

たちまち哄笑、罵詈、殊にオペラをひどく神聖視しているベラゴロの連中の野次り方ははげしかった。

それでもなんでも、その場は済まして楽屋へ帰り、化粧前に坐ると、静子はつくづく自分の姿が惨めに見えて来た。

「姉さん！」

鏡に向っている後から、妹のマリ子が呼びかけた。

舞台の事を慰めようというのであろう。

静子は返事をせずに顔を落している。教わって描いた藍色の瞼を洗い、眉をおとすと蒼白いけれど真実の己れの顔が浮び出て来た。

「姉さん、舞台って厭な所ね」

「……………」

静子は無言のまゝせっせと帰り支度をするのであった。

「あたし、あんな事を言われているのを聞いているの、自分の事より悲しかった」

妹のマリ子の言う事は一切とり合わぬ風である。やがて来た時のように小さな風呂敷一つ持つと、折りから来合わせた浩二に、

「あたし、帰ります」

「君の気持は察しるけれど、二度とあんな客は入場させやしないから……」

静子は、浩二の顔をいつものように、はげしく見据えたが、その視線をぐるりと脇にいる妹に向け、

「マリちゃん、明日《あす》からペアトリスを監督さんに頼んで演《や》らして貰うといゝわ」

「どうしてそんな事言うの」

「今になって考えると、あたしはマリチャンの稽古着を喜んで作っていたあの頃のあたしがとても懐しいの。あの頃でなくてもいゝ。この間の十二階下の生活だって、今の惨めなあたしよりまだましだわ」

「姉さんの気持は解るけど、浩二さんの言うように、あんな客は見つけ次第摘み出して貰うから……」

「なに、言ってるの。あたし、みんな知っているのよ。貴女が誰に何を指図していたか、聞きたくな

かったのだけれど聞いてしまったの」

と、言われた瞬間、マリ子の顔にさっと血が上り、やがてそれがみる〳〵中《うち》に引き、蒼褪めて行った。

静子はもう振向きもしなかった。夕方から降り出した雨の中に傘も借りずに飛出して行ってしまい、それきり姿はみえなかった。

妹のマリ子が嫉妬のあまり、ファンの一人に、初日の前に姉の素性を語った噂は、その夜の中から誰でも知るところとなった。またその噂は、否定出来ない真実であるらしかった。

浩二はつくづく舞台に立つ者の根生が浅間しく思え、静子が再び舞台に立たなくても、それはそれなりで却って幸福であろうと、今は思うのである。

第二部　生きる

木馬は廻る

江戸川乱歩

「こゝはお国を何百里、離れて遠き満州の……」

ガラガラ、ゴットン、ガラガラ、ゴットン、廻転木馬は廻るのだ。

今年五十幾歳の格二郎は、好きからなったラッパ吹きで、昔はそれでも、郷里の町の活動館の、花形音楽師だったのがやがてはやり出した管弦楽というものに、けおされて、「こゝはお国」や「風と波と」では、一向雇い手がなく、遂には披露目《ひろめ》やの、徒歩楽隊となり下って、十幾年の長の年月を、荒い浮世の波風に洗われながら、日にち毎日、道行く人の嘲笑の的となって、でも、好きなラッパが離されず、仮令《たとい》離そうと思ったところで、外にたつきの道とてはなく、一つは好きの道、一つは仕様事なしの、楽隊暮しを続けているのだった。

それが、去年の末、披露目やから差向けられて、この木馬館へやって来たのが縁となり、今では常《じょう》傭《やと》いの形で、ガラガラ、ゴットン、ガラガラ、ゴットン、廻る木馬の真中の、一段高い台の上で、台には紅白の幔幕を張り廻らし、彼等の頭の上からは、四方に万国旗が延びている、そのけばけばしい装飾台の上で、金モールの制服に、赤ラシャの楽隊帽、朝から晩まで、五分毎に、監督さんの合図の笛がピリピリと鳴り響く毎に、「こゝはお国を何百里、離れて遠き満州の……」と、彼の自慢のラッパをば、声はり上げて吹き鳴らすのだ。

世の中には、妙な商売もあったものだな。一年三百六十五日、手垢で光った十三匹の木馬と、クッションの利かなくなった五台の自動車と、三台の三輪車と、背広服の監督さんと二人の女切符切りと、それが、廻り舞台の様な板の台の上でうまずたゆまず廻っている。すると、嬢っちゃんや坊ちゃんが、お父さんやお母さんの手を引っぱって、大人は自動車、子供は木馬、赤ちゃんは三輪車、そして、五分間のピクニックをば、何とまあ楽し相に乗り廻していることか。藪入りの小僧さん、学校帰りの腕白、中には色気盛りの若い衆までが「こゝはお国を何百里」と、喜び勇んで、お馬の背中で躍るのだ。

すると、それを見ているラッパ吹きも、太鼓叩きも、よくもまあ、あんな仏頂面がしていられたものだと、よそ目には滑稽にさえ見えているのだけれど、彼等としては、そうして思い切り頬をふくらしてラッパを吹きながら、撥を上げて太鼓を叩きながら、いつの間にやら、お客様と一緒になって、木馬の首を振る通りに楽隊を合せ、無我夢中で、メリイ、メリイ、ゴー、ラウンドと、彼等の心も廻るのだ。廻れ廻れ、時計の針の様に、絶えまなく。お前が廻っている間は、貧乏のことも、古い女房のことも、鼻たれ小僧の泣き声も、南京米のお弁当のことも、梅干し一つのお菜のことも、一切がっさい忘れている。この世は楽しい木馬の世界だ。そうして今日も暮れるのだ。明日も、あさっても暮れるのだ。

毎朝六時がうつと、長屋の共同水道で顔を洗って、ポンポンと、よく響く拍手で、今日様を礼拝して、今年十二歳の、学校行きの姉娘が、まだ台所でごて〳〵している時分に、格二郎は、古女房の作ってくれた弁当箱をさげて、いそ〳〵と木馬館へ出勤する。姉娘がお小遣いをねだったり、癇持ちの六歳の弟息子が泣きわめいたり、何ということだ、彼にはその下にまだ三歳の小せがれさえあって、それが古女房の背中で鼻をならしたり、そこへ持って来て、当の古女房までが、頼母子講の月掛けが払えないといっては、ヒステリイを起したり、そういうもので充たされた、裏長屋の九尺二間をのがれて、木馬館の別天地へ出勤することは、彼にはどんなにか楽しいものであったのだ。そして、その上に、あの青いペンキ塗りの、バラック建ての木馬館には、「こゝはお国を何百里」と日ねもす廻る木馬の外に、吹きなれたラッパの外に、もう一つ、彼を慰めるものが、待っていさえしたのである。

木馬館では、入口に切符売場がなくて、お客様は、勝手に木馬に乗ればよいのだ。そして半分程も木馬や自動車がふさがって了うと、監督さんが笛を吹く、ドンガラガッガと木馬が廻る。すると、二人の青い布の洋服みたいなものを着た女達が、肩から車掌の様な鞄をさげて、お客様の間を廻り歩きお金と引換えに、切符を切って渡すのだ。その女車掌の一方は、もう三十を大分過ぎた、彼の仲間の太鼓叩きの女房で、おさんどんが洋服を着た格好なのだが、もう一方のは十八歳の小娘で、無論木馬館へ雇われる程の娘だから、とてもカフェの女給の様に美しくはないけれど、でも女の十八と云えば、やっぱり、どことなく人を惹きつける所があるものだ。青い木綿の洋服が、しっくり身について、それの小皺《こしわ》の一つ一つにさえ、豊な肉体のうねりが、艶かしく現れているのだし、青春の肌の薫りが、木綿を通してムッと男の鼻をくすぐるのだし、そして、きりょうはと云えば、美しくはないけれど、どことなくいといしげで、時々は、大人の客が切符を買いながら、からかって見ることもあり、そんな場合には、娘の方でも、ガクンガクンと首を振る、木馬のたてがみに手をかけていくらか嬉し相に、からかわれてもいたのである。名はお冬といって、それが格二郎の、日毎の出勤を楽しくさせた所の実を云えば、最も主要な原因であったのだ。

年齢《とし》がひどく違っている上に、彼の方にはチャンとした女房もあり、三人の子供まで出来ている。それを思えば、「色恋」の沙汰は余りに恥しく、事実また、その様な感情からではなかったのかも知れないけれど、格二郎は、毎朝、煩わしい家庭をのがれて、木馬館に出勤して、お冬の顔を一目見ると、妙に気持がはれ〴〵しくなり、口を利き合えば、青年の様に胸が躍って、年にも似合わず臆病になって、それ故に一層嬉しく、若し彼女が欠勤でもすれば、どんなに意気込んでラッパを吹いても、何かこう気が抜けた様で、あの賑かな木馬館が、妙にうそ寒く、物淋しく思われるのであった。

どちらかと云えば、みすぼらしい、貧乏娘のお冬を、彼がそんな風に思う様になったのは、一つは己れの年を顧みて、そのみすぼらしい所が、却って、気安く、ふさわしく感じられもしたのであろうが、又一つには、偶然にも、彼とお冬とが同じ方角に家を持っていて、館がはねて帰る時には、いつも道連れになり、口を利き合う機会が多く、お冬の方でも、なついて来れば、彼の方でも、そんな小娘と仲をよくすることを、そう不自然に感じなくても済むという訳であった。

そして、ある四つ辻で別れる時には、お冬は極った様に、少し首をかしげて、多少甘ったるい口調で、この様な挨拶をしたのである。

「じゃあ、またあしたね。」

「あゝ、あしたね。」

すると格二郎も、一寸子供になって、あばよ、しばよ、という様な訳で、弁当箱をガチャ〳〵云わせて、手をふりながら挨拶するのだ。そして、お冬のうしろ姿を、それが決して美しい訳ではないのだが、むしろ余りにみすぼらしくさえあるのだが、眺め眺め、幽かに甘い気持にもなるのであった。

お冬の家の貧乏も、彼の家のと、大差のないことは、彼女が館から帰る時に、例の青木綿の洋服をぬいで、着換えをする着物からでも、充分に想像することが出来るのだし、又彼と道づれになって、露店の前などを通る時、彼女が目を光らせて、さも欲し相に覗いている装身具の類を見ても、「あれ、いゝわねえ。」などゝ、往来の町家の娘達の身なりを羨望する言葉を聞いても、可哀相に彼女のお里は、すぐに知れて了うのであった。

だから、格二郎にとって、彼女の歓心を買うことは、彼の軽い財布を以てしても、ある程度まではさして難しい訳でもないのだ。一本の花かんざし、一杯のおしるこ、そんなものにでも、彼女は充分、彼の為に可憐な笑顔を見せて呉れるのであった。

「これ、駄目でしょ。」彼女はある時、彼女の肩にかゝっている流行おくれのショールを、指の先でもてあそびながら云ったものである。だから、無論それはもう寒くなり始めた頃なのだが「おとゝしのですもの、みっともないわね。あたしあんなのを買うんだわ。ね、あれいゝでしょ。あれが今年のはやりなのよ。」彼女はそう云って、ある洋品店の、ショーウィンドウの中の立派なのではなくて、軒の下に下っている、値の安い方のを指しながら、「あゝあ、早く月給日が来ないかな。」とため息をついたものである。

成る程、これが今年の流行だな。格二郎は始めてそれに気がついて、お冬の身にしては、さぞ欲しいことであろう。若し安いものなら財布をはたいて買ってやってもいゝ、そうすれば彼女はまあどんな顔をして喜ぶだろう。と軒下へ近づいて、正札を見たのだが、金七円何十銭というのに、迚《とて》も彼の手に合わないことを悟ると、同時に、彼自身の十二歳の娘のことなども思い出されて、今更らながら、この世が淋しくなるのであった。

その頃から、彼女は、ショールのことを口にせぬ日がない程に、それを彼女自身のものにするのを、つまり月給を貰う日を待ち兼ねていたものだ。ところが、それにも拘らず、さて月給日が来て、二十幾円かの袋を手にして、帰り途で買うのかと思っていると、そうではなくて、彼女の収入は、一度全部母親に手渡さなければならないらしく、そのまゝ例の四辻で、彼と別れたのだが、それから、今日は新しいショールをして来るか、明日は、かけて来るかと、格二郎にしても、我事《わがこと》の様に待っていたのだけれど、一向その様子がなく、やがて半月程にもなるのに、妙なことには、彼女はその後少しもショールのことを口にしなくなり、あきらめ果てたかの様に、例の流行おくれの品を肩にかけて、でも、しょっちゅう、つゝましやかな笑顔を忘れないで、木馬館への通勤を怠らぬのであった。

その可憐な様子を見ると、格二郎は、彼自身の貧乏については、嘗《か》つて抱いたこともない、ある憤りの如きものを感じぬ訳には行かなかった。僅か七円何十銭のおあしが、そうかと云って、彼にもまゝにならぬことを思うと、一層むしゃくしゃしないではいられなかった。

「やけに、鳴らすね。」

彼の隣の席をしめた、若い太鼓叩きが、ニヤ〳〵しながら彼の顔を見た程も、彼は、滅茶苦茶にラッパを吹いて見た。

「どうにでもなれ。」というやけくそな気持ちだった。いつもは、クラリネットに合せて、それが節を変えるまでは、同じ唱歌を吹いているのだが、その規則を破って、彼のラッパの方からドシ〳〵節を変えて行った。

「金毘羅舟々、……おいてに帆かけて、しゅらしゅしゅしゅら。」

と彼は首をふり〳〵、吹き立てた。

「奴さん、どうかしてるぜ。」

外の三人の楽隊達が、思わず目を見合せて、この老ラッパ手の、狂燥を、いぶかしがった程である。それは、たゞ一枚のショールの問題には止まらなかった。日頃のあらゆる憤懣が、ヒステリイの女房のこと、やくざな子供達のこと、貧乏のこと、老後の不安のこと、も早や帰らぬ青春のこと、それらが、金毘羅舟々の節廻しを以て、やけにラッパを鳴らすのであった。

そして、その晩も亦、公園をさまよう若者達が「木馬館のラッパが、馬鹿によく響くではないか。あのラッパ吹き奴《め》、きっと嬉しいことでもあるんだよ。」と、笑い交す程も、それ故に、格二郎は、彼とお冬との歎きをこめて、いや〳〵、それればかりではないのだ、この世のありとある、歎きの数々を一管《ひとくだ》のラッパに託して、公園の隅から隅まで響けとばかり、吹き鳴らしていたのである。

無神経の木馬共は、相変らず時計の針の様に、格二郎達を心棒にして、絶え間もなく廻っていた。それに乗るお客達も、それを取まく見物達も、彼等も亦、あの胸の底には、数々の苦労を秘めているのであろうか、でも、上辺はさも楽し相に、木馬と一緒に首をふり、楽隊の調子に合せて足を踏み、「風と波とに送られて……」と、しばし浮世の波風を、忘れ果てた様である。

だが、その晩は、この何の変化もない、子供と酔っぱらいのお伽の国に、というよりは、老ラッパ手格二郎の心に、少しばかりの波風《ふうは》を、齎すものがあったのである。

あれは、公園雑沓の最高潮に達する、夜の八時から九時の間であったかしら、その頃は木馬を取りまく見物も、大げさに云えば黒山の様で、そんな時に限って、生酔いの職人などが、木馬の上で妙な格好《かくこう》をして見せて、見物の間に、なだれの様な笑い声が起るのだが、そのどよめきをかき分けて、決して生酔いではない、一人の若者が、丁度止った木馬台の上へヒョイと飛びのったものである。

仮令、その若者の顔が少しばかり青ざめていようと、そぶりがそわ〳〵していようと、雑沓の中で、誰気づく者もなかったが、たゞ一人、装飾台の上の格二郎丈けは、若者の乗った木馬が丁度彼の目の前にあったのと、乗るがいなや、待兼ねた様に、お冬がそこへ駈けつけて、切符を切ったのとで、つまり半ばねたみ心から、若者の一挙一動を、ラッパを吹きながら正面を切った、その限界の及ぶ限り、謂わば見張っていたのである。どうした訳か、切符を切って、もう用事は済んだ筈なのに、お冬は若者の側から立去らず、そのすぐ前の自動車の凭れに手をかけて、思わせぶりに身体をくねらせて、じっとしているのが、彼にしては、一層気に懸りもしたのであろうか。

が、その彼の見張りが、決して無駄でなかったことには、やがて木馬が二廻りもしない間に、木馬の上で、妙な格好で片方の手を懐中に入れていた若者が、その手をスル〳〵と抜き出して、目は何食わぬ顔で外の方を見ながら、前に立っているお冬の洋服の、お尻のポケットへ、何か白いものを、それが格二郎には、確かに封筒だと思われたのだが、手早くおし込んで、元の姿勢に帰ると、ホッと安心のため息を洩した様に見えたのだ。

「附文かな。」

ハッと息を呑んで、ラッパを休んで、格二郎の目は、お冬のお尻へ、そこのポケットから封筒らしいものゝ端が、糸の様に見えているのだが、それに釘づけにされた形であった。若し彼が、以前の様に冷静であったなら、その若者の、顔は綺麗だが、いやに落ちつきのない目の光りだとか、異様にそわ〳〵した様子だとか、それから又、見物の群衆に混って、若者の方を意味ありげに睨んでいる、顔なじみの角袖の姿などに、気づいたでもあろうけれど、彼の心は、もっと外の物で充たされていたものだから、それどころではなく、たゞもうねたましさと、云い知れぬ淋しさで、胸が一杯なのだ。だから、若者のつもりでは、角袖の眼をくらまそうとして、さも平気らしく、そばのお冬に声をかけて見たり、はては、からかったりしているのが、格二郎には一層腹立たしくて、悲しくて、それに又、あのお冬奴、いゝ気になって、いくらか嬉しそうにさえして、からかわれている様子はない。あゝ、俺は、どこに取柄があってあんな恥知らずの貧乏娘と仲よしになったのだろう。馬鹿奴、馬鹿奴、お前は、あのすべた奴に、若し出来れば、七円何十銭のショールを買ってやろうとさえしたではないか。えゝ、どいつもこいつも、くたばってしまえ。

「赤い夕日に照らされて、友は野末の石の下」

そして、彼のラッパは益々威勢よく、益々快活に鳴り渡るのである。

さて、暫くして、ふと見ると、もう若者はどこへ行ったか、影もなく、お冬は、外の客の側に立って、何気なく、彼女の勤めの切符切りにいそしんでいる。そして、そのお尻のポケットには、やっぱり糸の様な封筒の端が見えているのだ。彼女は附文されたことなど少しも知らないでいるらしい。それを見ると、格二郎は又しても、未練がましく、そうなると、やっぱり無邪気に見える彼女の様子がいとしくて、あの綺麗な若者と競争をして、打勝つ自信などは毛頭ないのだけれど出来ることなら、せめて一日でも二日でも、彼女との間柄を、今まで通り混り気のないものにして置きたいと思うのである。

若しお冬が附文を読んだなら、そこには、どうせ歯の浮く様な殺し文句が並べてあるのだろうが、世間知らずの彼女にしては、恐らく生れて始めての恋文でもあろうし、それに相手があの若者であって見れば、（その時分外に若い男のお客なぞはなく、殆ど子供と女ばかりだったので、附文の主は立所《たちどころ》に分る筈だ）どんなにか胸躍らせ、顔をほてらせて、甘い気持になることであろう。それからは、定めし物思い勝ちになって、彼とも以前の様には口を利いても呉れなかろう。あゝ、そうだ、一層のこと、折を見て、彼女があの附文を読まない先に、そっとポケットから引抜いて、破り捨てゝ了おうかしら。無論、その様な姑息な手段で、若い男女の間を裂き得ようとも思わぬけれど、でも、たった今宵一よさでも、これを名残りに、元のまゝの清い彼女と言葉が交して置きたかった。

それから、やがて十時頃でもあったろうか。活動館がひけたかして、一しきり館の前の人通りが賑かになったあとは一時にひっそりとして了って、見物達も、公園生え抜きのチンピラ共の外は、大抵帰って了い、お客様も二三人来たかと思うと、あとが途絶える様になった。そうなると、館員達は帰りを急いで、中には、そっと板囲いの中の洗面所へ、帰支度の手を洗いに入ったりするのである。格二郎も、お客の隙を見て、楽隊台を降りて、別に手を洗う積りはなかったけれど、お冬の姿が見えぬので、若しや洗面所ではないかと、その板囲いの中へ入って見た。すると、偶然にも、丁度お冬が洗面台に向うむきになって、一生懸命顔を洗っている、そのムックリとふくらんだお尻の所に、さい前の附文が、半分ばかりもはみ出して、今にも落ち相に見えるのだ。格二郎は、最初からその気で来たのではなかったけれど、それを見ると、ふと抜取る心になって、

「お冬坊、手廻しがいゝね。」

と云いながら、何気なく彼女の背後《うしろ》に近寄り、手早く封筒を引抜くと、自分のポケットへ落し込んだ。

「アラ、びっくりしたわ。アゝ、おじさんなの、あたしゃ又、誰かと思った。」

するると彼女は、何か彼がいたずらでもしたのではないかと気を廻して、お尻を撫で廻しながら、ぬれた顔をふり向けるのであった。

「まあ、たんと、おめかしをするがいゝ。」

彼はそう云い捨てゝ、板囲いを出ると、その隣の機械場の隅に隠れて、抜取った封筒を開いて見た。と、今それをポケットから出す時に、ふと気がついたのだが、手紙にしては何だか少し重味が違う様に思われるのだ。で、急いで封筒の表を見たが、宛名は、妙なことには、お冬ではなくて、四角な文字で、難しい男名前が記され、裏はと見ると、どうしてこれが恋文なものか、活版刷りで、どこかの

会社の名前が、所番地、電話番号までも、こま〴〵と印刷されてあるのだった。そして、中味は、手の切れる様な十円札が、ふるえる指先で勘定して見ると、丁度十枚。外でもない、それは何人《なんぴと》かの月給袋なのである。

一瞬間、夢でも見ているか、何か飛んでもない間違いを仕出来《しでか》した感じで、ハッとうろたえたけれど、よく〳〵考えて見れば、一途に附文だと思い込んだのが彼の誤りで、さっきの若者は、多分スリででもあったのか、そして、巡査に睨まれて、逃げ場に困り、呑気相に木馬に乗ってごまかそうとしたのだけれど、まだ不安なので、スリ取ったこの月給袋を、丁度前にいたお冬のポケットに、そっと入れて置いたものに相違ない、ということが分って来た。

すると、その次の瞬間には、彼は何か大儲けをした様に気持ちになって来るのであった。名前が書いてあるのだから、スラれた人は分っているけれど、どうせ当人はあきらめているだろうし、スリの方にしても、自分の身体の危いことだから、まさか、あれは俺のだと云って、取返しに来ることもなかろう。若し来た所で、知らぬと云えば、何の証拠もないことだ。それに本人のお冬は実際少しも知らないのだから、結局うやむやに終って了うのは知れている。とすると、この金は俺の自由に使ってもいゝ訳だな。

だが、それでは、今日《こんにち》さまに済むまいぞ。勝手な云い訳をつけて見た所で、結局は盗人の上前をはねることだ。今日さまは見通しだ。どうしてそのまゝ済むものか。だが、お前は、そうしてお人好しにビク〳〵していたばっかりに、今日が日まで、このみじめな有様を続けているのではないか。天から授かったこのお金を、むざ〳〵捨てることがあるものか。済む済まぬは第二として、これだけの金があれば、あの可哀相な、いじらしいお冬の為に、思う存分の買物がしてやれるのだ。いつか見たショーウィンドウの高い方のショールや、あの子の好きな臙脂色の半襟や、ヘヤピンや、それから帯だって、着物だって、倹約をすれば一通りは買い揃えることが出来るのだ。

そうして、お冬の喜ぶ顔を見て、真から感謝をされて、一緒に御飯でもたべたら……あゝ、今俺には、たゞ決心さえすれば、それがなんなく出来るのだ。あゝ、どうしよう、どうしよう。

と、格二郎は、その月給袋を胸のポケット深く納めて、その辺をうろ〳〵と行ったり来たりするのであった。

「アラ、いやなおじさん。こんな所で、何をまご〳〵してるのよ。」

それが仮令安白粉《やすおしろい》にもせよ。のびが悪くて顔がまだらに見えるにもせよ。兎も角、お冬がお化粧をして、洗面所から出て来たのを見ると、そして、彼にしては、胸の奥をくすぐられる様なその声を聞くと、ハッと妙な気になって、夢の様に、彼はとんでもないことを口走ったのである。

「オオ、お冬坊、今日は帰りに、あのショールを買ってやるぞ。俺は、ちゃんと、そのお金を用意して来ているのだ。どうだ。驚いたか。」

だが、それを云って了うと、外の誰にも聞えぬ程の小声ではあったものゝ、思わずハッとして、口を蓋したい気持だった。

「アラ、そうお、どうも有難う。」

ところが、可憐なお冬坊は、外の娘だったら、何とか常談口の一つも利いて、からかい面をしようものを、すぐ真に受けて、真から嬉しそうに、少しはにかんで、小腰をかゞめさえしたものだ。となると、格二郎も今更ら後へは引かれぬ訳である。

「いゝとも、館がはねたら、いつもの店で、お前のすきなのを買ってやるよ。」

でも、格二郎は、さも浮々と、そんなこと受合いながらも、一つには、いゝ年をした爺さんが、こうして、十八の小娘に夢中になっているかと思うと、消えて了い度い程恥しく、一こと物を云ったあとでは、何とも形容の出来ぬ、胸の悪くなる様な、はかない様な、寂しい様な、変な気持に襲われるのと、もう一つは、その恥しい快楽を、自分の金でもあることか、泥棒のうわ前をはねた、不正の金によって、得ようとしている浅間しさ、みじめさが、じっとしていられぬ程に心を責め、お冬のいとしい姿の向うには、古女房のヒステリイ面、十二を頭に三人の子供達のおもかげ、そんなものが、頭の中を卍巴とかけ巡って、最早物事を判断する気力もなく、まゝよ。なる様になれとばかり、彼は突如として大声に叫び出すのであった。

「機械場のお父つあん、一つ景気よく馬を廻しておくんなさい。俺あ一度こいつに乗って見たくなった。お冬坊、手がすいているなら、お前も乗んな。そっちのおばさん、いや失敬失敬、お梅さんも、乗んなさい。ヤア、楽隊屋さん。一つラッパ抜きで、やっつけて貰うかね。」

「馬鹿々々しい。お止しよ。それよか、もう早く片づけて、帰ることにしようじゃないか。」

お梅という年増の切符切りが、仏頂面をして応じた。

「イヤ、なに、今日はちっとばかり、心嬉しいことがあるんだよ。ヤア、皆さん、あとで一杯ずつおごりますよ。どうです。一つ廻してくれませんか。」

「ヒャ〳〵、よかろう。お父つあん、一廻し廻してやんな。監督さん、合図の笛を願いますぜ。」

太鼓叩きが、お調子にのって怒鳴った。

「ラッパさん、今日はどうかしているね。だが余り騒がない様に頼みますぜ。」

監督さんが苦笑いをした。

で結局、木馬は廻り出したものだ。

「サア、一廻り、それから、今日は俺がおごりだよ。お冬坊も、お梅さんも、監督さんも、木馬に乗った、木馬に乗った。」

酔っぱらいの様になった格二郎の前を、背景の、山や川や海や、木立や、洋館の遠見なぞが、丁度汽車の窓から見る様に、うしろへ、うしろへと走り過ぎた。

「バンザーイ。」

たまらなくなって、格二郎は、木馬の上で両手を広げると、万歳を連呼した。ラッパ抜きの、変妙な楽隊が、それに和して鳴り響いた。

「こゝはお国を何百里、離れて遠き満州の……。」

そして、ガラガラ、ゴットン、ガラガラ、ゴットン、廻転木馬は廻るのだ。


作者申す、探偵小説にする積りのが、中途からそうならなくなって、変なものが出来上り、申訳ありません。夏の予定があるので、止むなくこのまゝ入れて貰います。

日本三文オペラ

武田麟太郎

白い雲。ぽっかり広告軽気球が二つ三つ空中に浮いている。——東京の高層な石造建築の角度のうちに見られて、これらが陽の工合でキラキラと銀鼠色に光っている有様は、近代的な都市風景だと人は云っている。よろしい。我々はその「天勝大奇術」又は「何々カフェー何日開店」とならべられた四角い白の広告文字をたどって下りて行こう。歩いている人々には見えないが、その下には一本の綱が垂れさがっていて、風に大様に揺れている。これが我々を導いてくれるだろう。すると、我々は思いがけない——もちろん、広告軽気球がどこから昇っているかなぞと考えて見たりする暇は誰にもないが——それでも、ハイカラな球とは似つかない、汚い雨ざらしの物干台に到着する。

浅草公園の裏口、田原町の交番の前を西へ折れて少しばかり行くと、廃寺になったまま、空き地として取り残された場所がある。数多くの墓石は倒れて土に埋まってい、その間に青い雑草がのぞいているのが、古い卒塔婆を利用して作った垣の隙間から見られる。更に眼を転じると、この荒れた墓地にひどく傾斜した三階建ての家屋に気がつくだろう。——軽気球の繋がれているのは、この三階の物干台で、朝と夕方には、縞銘仙の筒つぽの着物を着たここの主人が、蒼白い顔を現して操作を行う。即ち、彼は、萎んだ軽気球が水素ガスを吹き込まれると満足げに脹れあがって、大きな影を落しながら、ゆるゆると昇って行くのを眺めたり、太綱を巻いて引くと、屋根一ぱいにひっかかりそうになって下りて来るのを、たぐり寄せたりするのである。

云うまでもなく、これがこの四十すぎの本職ではない。東京空中宣伝会社から、こちらの地域の代理人として幾ばくかの手当は受取り、それも彼の重要な収入になっているのだろうが、表向きの商売は別にあるし、その他多くの副業も営んでいるのである。――

墓地から我々の見た彼の三階建ての家は裏側に当っているので、表の方へ廻って彼の店を見るならば、彼が日に二合ずつの牛乳を呑むに拘らず、乾燥した皮膚をして、兎のように赤い眼の玉をキョロキョロさせ、身体中から垢の臭いを発散させている理由も、何だか了解できるような気がするだろう。それ程、彼の店は陰気で埃っぽく不衛生である。動いたことのない古物が――鍋釜、麦稈帽子、靴、琴、鏡、ボンボン時計、火鉢、玩具、ソロバン、弓、油絵、雑誌その他が古ぼけて、黄色く脂じみて、黴びに腐っている。唯、これらの雑然とした道具と道具との狭い間を生き生きと動いているのは、主人の子供たちだけである。――細君はやはり赤茶けた栄養の悪い髪の毛を束ね、雀斑だらけの疲労した表情をしているが、恐ろしく多産で、年子に困っている。かつて、あるテキヤの桜に口説かれたことがあったが、そして、もう少しのところで誘惑されて了うところであったが、彼女は思いとゞまって次のように云い訳けをした程である。――自分は関係するとテキメンに子供を産む性質だから、後になってこのことが露顕するかも知れない、その時には足腰の立たぬ位ぶん撲られて、追い出され食べ物にも困り、しかし、あなたは浮気な色事師だから世話なんぞ見てはくれまい、そんな結末を思うと、どうしてもできない、と断ったのであった。

――主人は他に周旋業、日歩貸し等もやっている。この後者のために、新聞の朝刊案内欄に「手軽金融　あづま商会」の広告を出しているが、これは貸出しの回収不能なんかで手間取るよりもと、簡単に「調査料」詐取の方法を採っている。即ち申込者から、普通一円、市外二円の割で、信用担保等の調査料を取立てるのであって、その調査の結果は、御融通できないと云うことになるのである。それは貸さない口実を見附け出すための調査料のような観を呈している。――たとえば、担保の有無、保証人の信用工合、細君が入籍してあるか、子供があるかなぞの中にその口実は幾らでもころがっていたし、条件が揃っていても、現住所にどれ程いますかとの問いに、哀れな申込者が六ヶ月と答えれば、商会では一年以上同一場所に居住している人でないと貸出さないと云い、よしんば一年以上であっても、いや二ヶ年以下の御家庭は困るのですと――何とでも理由はつけて、調査料を捲きあげ得られるのである。

以上の二つの副業が、この主人の全体としては陰鬱な表情のうちで、眼だけを生き生きとしたものにしている。赤い瞳であるが、これを上眼使いに、しょっちゅう動かす時に、白眼がチラチラと冷く光るのである。調査に出かける場合にはどんな遠いところでも自転車に乗って行き、脂じみた朴歯の下駄で鈍重に動作し、ぼつりぼつりともの云って口数も少ない。ところが、家に帰って来ると、実にキビキビとして、一階から三階の間を駆け廻り、部屋部屋の様子をうかがって、逢う人ごとに如才なく弁舌を振うのである。——これは、彼のもう一つの副業がしからしめているのであってすでに想像できるように、彼の三階建ての家屋は、アパートとして経営されているのである。

三階は、細君がお神楽三階は縁起が悪いと反対したのを押し切って、あとから建て増されたものだ。このことは主人の金の貯って来たのを語ると共に、我々が墓地側から望む時、この家が傾いているように見え、また、土の焜炉や瀬戸引きの洗面器、時には枯れた鉢植えの置かれてある部屋部屋の窓が規則正しく配列されてなくて、大小三つある物干台と一しょに雑然と乱暴に積み重ねたような印象を与えられる原因をなしている。

アパートと云っても——いや、そんな何となく小奇麗で、設備のよくとゝのった西洋くさい貸し部屋を意味する言葉を使ってはいけないだろう。何故かと云えば、卒塔婆の破れ垣の横を通ってその入口に達すると「あづまアバ〻ート〻」と書いた木札がかゝっていて、ちゃんと、アパートではないとことわっている。

そこで、このアパートが普通の下宿屋乃至木賃宿とそんなにちがったものでないと云っても、あやしむことなく理解されるだろう。それでも、下の入口の下駄箱の側にはスリッパが——アパートの主人はこれをスレッパと呼んでいる――乱雑にぬぎすてられてあるし、廊下の両側の部屋には、褐色のワニス塗りのドアがついてい、中からも外からも鍵がかけられるようになっていて、幾分西洋くさいアパートに近づこうとはしている。けれども一日部屋にはいると、部屋の境目がどう云うわけか、襖やガラス障子でくぎられているので――もちろん、これらは釘で打ちつけられてあけ立てできぬようにはしてあるが、お互いの生活は半ば丸出しと云ってよいのである。畳も壁も、それから乾からびてしょっちゅう割れる音のしている柱も、人間の色んな液汁が染みこんでいて汚く悪臭を発散している。表通りに自動車が警笛をならして走るたびに部屋の振動するのは云うまでもなく、べとべとしていて足裏に埃のいやにくっつく廊下や階段を誰かゞ歩いただけで、部屋全体が響けるのである。

油虫の多い炊事場は、二階階段の上り鼻に、便所と隣りあってあるが、流しもとは狭くて、水道栓は一つ、ガス焜炉は二つしかないので、支度時には混雑して、立って空くのを待っていなければならない。

こんなに不潔で不便でも、貸し賃が安く、交通に都合がよいので、大抵の部屋はふさがっているようだ。六畳が十円で、ガス、水道、電灯料が一円五十銭――合計十一円五十銭の前家賃になっている。多くは浅草公園に職を持っているのであるが、彼らの借室人としての性質はどんなものであるか。

彼らはその家賃が部屋の設備からして高いと考えている。できれば値下げすべきであり、殊に最近の不景気で以前と同じ金を取るのはひどいと考える。そして、そのことは一人一人で交渉するよりも、全体としてアパートの主人に談合すべきであると考える。――ある夜、多くの者たちは十二時すぎまで仕事があるので、一時頃から三時前までもかかって、協議して一円の値下を要求することに決めた。そして翌日は晦日になっているのだが、誰も払わずに、交渉を引き受けた小肥りの映画説明者の返答を待つことになった。ところが、翌朝早く、主人は部屋部屋を起して廻って部屋代を取立てた。誰か昨夜のことを彼に告げたものがあったのだろうが、皆も申合せを忘れたように、主人の見幕に恐れをなして払うのであった。そのくせ、お互いには、そんなことをしたとは顔色にも出さず、知らぬ顔でいた。――朝寝坊の説明者は次から次へとひっきりなしに電話に呼び出されるので出て見ると、決定を裏切ったものたちが、実は昨夜あの仲間にはいると云ったが、あの時はすでに家賃は払ってあったんで、と云った風な見え透いた云いわけを出先きからするのであった。そこで説明者も独りでは、力もないし、主人に憎まれても仕方がないと、彼も亦、定額を支払ったのである。

――そんな彼らであるので、共同生活の訓練は少しもない。掃除番が順次に廻ってくるのであるが、炊事場でも、それから夏を除いては隔日に立てられる風呂でも、出来るだけ汚くしようとしているようにさえ見える。野菜の切れはしや、魚の骨や塵芥はそこいらにちらばっているし、風呂なんかは二三人はいると、白い垢が皮膚にくっつく程浮いて小便臭くなって了う。他の部屋に要事があって入る時も、ノックなしにドアを突然あけるし、鍵のこわれている便所なぞも平気で扉を押し開いて、先きに入ってうずくまっているものを狼狽させたりする。

そのうちでも、最もうるさいのは、暇のある女たちだろう。その中心には、吉原遊廓の牛太郎の女房が二人いて、彼女たちは昼は亭主がいるので部屋に閉じこもっているが、夜はお互いの部屋を菓子鉢を提げて行き来し、女たちを集めて晩くまで噂ばなしに時をすごすのである。部屋の前には女のスリッパや草履が重なりあって、彼女たちの高い笑い声はどこの部屋にあっても聞くことができる。

最近の彼女たちの話題は、六十すぎの爺さんと婆さんとの恋愛はどんな風に行われ得るかと云うことであるらしい。――その婆さんはずっと以前から、三階の一号室に住んでいるが、そこへ近頃、同年配の老人が亭主として入って来たのである。彼はよほど遠慮深い性質で、婆さんのところへ婿入りしたと云うことが、強く頭にあると見えて、いつも帰って来る時には「今日は」とか「今晩は」とか云ってから、部屋にはいる。すると婆さんはやさしい声で、

「何ですか、自分の家へもどってくるのに、今晩は、と云う人がどこの世界にありますか。唯今、とか今帰ったよ、とかおっしゃい」と云って叱っているのが、部屋の外まで洩れてくる。それに対して爺さんは、

「うん」と幸福そうに答えて、女の子のために土産に買って来た食べ物なり、遊び道具をそこへ置くのである。――七つになってこの四月から小学校にあがっているその子供は、婆さんの妹の私生児で、養育を託されているのである。

それでも次の日はやっぱり爺さんは、

「今晩は」とそっと部屋に入って来、婆さんは同じ苦情を繰りかえす。随分永い間、この対話は二人の間に飽かず続けられているのが、女たちの噂ばなしで笑いの種になっているが、何もおかしがることはないのである。

彼らは義太夫の寄席で知合になった。婆さんはそこで仲売りの女として働いているので、爺さんは駒若と云う義太夫語りが好きで毎晩聴きに出かけているうち、お互いに馴染みあって了った。

そこで、爺さんはそれまでいた息子の家を中学生のような昂奮と決心とで、少しばかりの小遣銭を持って、飛び出して、婆さんのところへやって来たわけである。

息子の家にいるのが彼の苦痛であったのは、何も息子夫婦が彼を虐待したからでもなく、物質的に苦労させたからでもない。それどころか、彼らは老人をいたわり、豊富に着せ、食わせていた。何故ならば、息子は仲買人であって長距離のも含めて、電話を三本も持っているような物持ちであったからだ。だけれど、爺さんには何か物足りないものがあった。嫁は亭主の父親としてつくしてくれるだけではないか。それにはムシロ利己的なものがある。息子は仕事にかまけて、金に追われている。老人が生活のうちに欲しいものは誰も考えてくれず、与えてもくれない。それは愛情であった。

その親身な愛情を彼は今、最近の知り合の他人のうちに見つけ出している。彼はその中に浸り、気持の結ぼれを揉みほぐしている。

婆さんも彼を得たことを悦んでいる。そこで、つらいことではあろうが、爺さんがあんなにも好きな義太夫の亭席へも、ひょっとして息子の家から探しに来ないものでもないと、断然行くことを禁じて了った。そして、日本物の活動写真か、布ぎれ一枚だけが舞台装置である安歌舞伎を見ることを彼にすすめるのであるが、爺さんも、そのことをもっともと思って、子供の遊び友だちになってやったり、それが寝て了うと、公園をぶらりと歩いて日本酒を一本だけ飲んで帰ると云う風である。そして、横びんからつづいて銀色のヒゲのはえている顔を、首すじまでも真赤にして、今晩は、とおとなしく部屋に入って来るのである。

女の子が学校へ行くようになってから、朝早く起きる必要があるので、彼は考えて眼ざまし時計を買って来た。それは、指定の時刻が来ると、「煙も見えず雲もなく」をうたい出す小型のものである。——それを、七時のところに眼ざましの針を廻していると、茶を入れてのんでいた婆さんは云った。

その言葉は若い女が情夫に対して云うような意味合のもので、どんなことがあっても、自分たちから離れないでくれ、しかし、息子さんは探偵を使って私たちのところにあなたがいることを嗅ぎつけることができるかも知れぬ、それが私は心配だ、と云ったのである。

「家から迎えに来ても帰らない？　爺さん、本当に帰っちゃダメですよ」と、艶のある声で云ったのである。

すると、爺さんは、自分が今どんなに居心地よくいるかと云うことを語って、決して帰宅はしない、死水はこちらでとって貰う決心でいると云ってきかせた。そして、近頃は新聞を見ても広告欄には全然眼を触れないように努めている。何故かと云えば、そこに「父居所を知らせ」とかその他の巧い文句で彼を探す広告が出ていたら、魔がさして、こちらを離れて了わないものでもないからである、と附け加えるのであった。

これらの対話は、聞き耳を立てていたヒステリーの牛太郎の女房が、次の爺さんの述懐と婆さんの同情と共に、みんなに披露して、哄笑したのであるが、何もおかしがることはないのである。

婆さんは爺さんの今までの女との交渉なぞを質問したりした。爺さんは淡白に答えて、三十の時に女房に死に別れてからは、余り接触がないと云って、婆さんを安心させた。その女房は「早発性何とか云う気違いになってね、狂い死にしましたがね。医者はあまり気苦労がすぎたからだと云ってたが。――当時、わたしたちの貧乏は随分はげしかったので、貧乏があいつを殺したんでしょう、きっと」

この言葉が終るか終らぬうちに、爺さんは驚かされて了った。隣りの部屋できいていた牛太郎の女房も驚いた、と云った。それは、突然、婆さんが泣き出したからであった。婆さんは泣きながら云った。

「わかりますよ、わかりますよ」それから嗚咽で声を震わせて――「貧乏がすぎて気が狂って、それで若死にして――お神さんの気持も、その時のあなたの気持も、わたしにはよく分りますよ」

それから二人とも黙って了った。爺さんは階下にわざわざ下りて行くのが大変なので、蒲団の裾の方に尿瓶が置いてあるが、そこで小便をした。それから、褐色の斑点の出来ている太い腕を拱いて横になったが、――そのまま、永い間眠れなかった。

爺さんは眼ざといので、いつも六時前にはさめるのであった。だから、本当を云えば、眼ざまし時計なぞは要らないのである。しかし、彼は窓際から射して来る白々とした朝の光のうちに、枕もとの時計の針が廻って七時になるのを待っていた。もう追つけうたい出すぞ、と考えていると、チクタクの音を消して、突然、時計は陽気に「煙も見えず、雲もなく」と音楽を奏しはじめた。爺さんは安心したような表情で、横に枕を外して寝ている女の子を揺り動かした。「さア、チイ坊や、時計がうたってるから起きるんだよ、チイ坊、お起きよ、学校だよ」と、朝で痰がのどにたまっているので、皺嗄れた声を出して、爺さんは云った。

ちょうど、この時刻に隣り部屋の女房は寝つく習慣なのであるが、毎朝、眼ざまし時計に眠りを妨げられることになって了った。もちろん、今までにだって、彼女の昼寝をかき乱すものがあったのである。それは四号室の蓄音器である。

そこにはカフェーの女給が情夫と一しょに住んでいるのだが、男はしょっちゅう家をあけて他処に寝泊りしている。それは他に女をこしらえるからである。

女は店に出る前にきっと数枚のレコードをかけてきく。よほどの音楽好きと見えるが、それもゆっくり聴き楽しむと云う風には見えない。一枚を半分ばかりでよすと、次には騒々しいのをかけて見、それも途中でよして、他のとかえると云った有様である。彼女はイライラするので音楽を聴き、そのために一層イライラし出すようである。だから、暇のある女房たちが——ほら、ヒスがはじまったよ、と云うのも、当っていないこともない。

男は、呉服物のせり売りの桜をやっている。色事師で——ニキビが少し眼立つが、色白の好い男である。アパートの主人の細君に云い寄ったのはこの男だ。あの場合は、奇妙な理由から失敗したが、そんなことは今までに殆んどなかったと云ってよい。しかし、如何して女と云うものはこんなに脆いかと云うことを知ることは人生の上で大きな損をしたことだと彼は考えている。そして、このことは彼を憂鬱にするが、惰勢として女漁りに耽るより仕方がない。だから、彼の場合は、女に選び好みの感情は失われている。どの女も一様に見えるとすれば、勢いそうなるではないか。——この人生の損は、益々彼にあって、拡がって行くものと見られる。何故ならば、女は定評のある色魔に対しては、一種の親愛な情を持つし、好んで接近して来るからである。それは、主として快楽が一切無責任だと予め分っていることと、女同志の競争意識が掻き立てられるに係らず容易にその男が摑得できると云う安心からであろう。——

このことは、アパートの暇のある女房たちの間にも起っている。彼女たちは彼に誘惑されることを待ち、しかし、口では、アパート一番の好い男であるが、誰でも構わず関係するなんて嫌なこった、それが玉に瑕なぞと云っている。

そして、四号室の女給を嫉妬するわけだが、それは全然意識しないで、彼女の悪口を盛に云うのである。女給の女房れんに評判の悪い原因は主としてこの点にある。

――こうした人生の損をしている彼はも一つ悲劇を背負っている。それは、かれが女給である情婦を心から愛して了ったことである。女を全体として信用できない男が、一人の女を愛するとは！

彼は他の女との交渉中に、烈しく情婦の女給に対して嫉妬を感じることがある。この脆い女と同性である情婦も亦、このような姿態を他の男に示すのではないか、と云う考えが突然彼を苦しめるのである。自分の好色漢的な行為が却って、嫉妬をひき起す動因になるなぞは救われないことだ。

更にこの悲劇が単なる悲劇として終っているのであるが、それはこの顚倒した嫉妬に当るだけの行為が、情婦に少しもないことである。彼が接した数千の女性のうちで最も物堅いのが自分の情婦であったことは、彼を救わないばかりか、益々疑い心の迷路に彼をひきずりこんでいる。

かつて、暴力団狩りのあった時、彼の仲間も挙げられたのであるが、彼はその男の情婦で四号室の女と同じカフェーに働いているのに電話をかけて呼びよせた。女は少しく自棄気味なところもあったが、泥酔して彼の誘惑に辷りこんで来た。彼は深夜、この女を見るのに堪えられなくなって、あづまアパートに帰って来た。彼は情婦が外泊しているか何かの裏切行為があるかと、恐れながら、実は期待していたが、女は四号室に平穏に眠って居り、彼を見ると寝場所を作ってくれるのであった。――彼は張りつめて来た気持が折れると、自分に腹が立って来て、急に女に対して怒り出した。そして、手前は、俺がサツへあげられたりなんぞしたら、安心して浮気しやがるだろう、と罵り言葉を繰りかえして撲るのであった。撲りながら、自分が情なくなったのも事実であるが、このような彼の倒錯した気持は、この後もずっと続いている。

最近のことだが、彼はバクチ場で負けたので、情婦を抵当として、彼女に気を寄せている某に金を借りたことがある。その時は、すぐ回収し得たので何の変化も二人の関係に起らなかったわけだが、彼は徹夜のバクチから帰ると、また例の癖が出て、手前は、某に好意を持ってるんだろう、そうにちがいない、そうでなければ、やつがあんなに手前をカタに金を貸すはずがないんだ、と難じはじめ、遂には流血の騒ぎを起しかねない始末であった。

そして、これらの憂鬱を流し込むところは彼には結局女色より他になく、彼の放埓な日日の行為はやはり続けられているのである。四月になってから、金沢の博覧会にテキヤの一行と稼ぎに行っているが、毎日のように情婦のところへ手紙を送って来る。それは半ば脅迫じみた文句に充たされていて、その地方で浪費されているにちがいない彼の愛慾の顛倒した姿を映し出している。――

そして、このことを充分に知っている四号室の情婦は、焦燥に駆られた表情で、店に出る支度をすると、あれやこれやのレコードを手あたり次第にかけている。彼女の音楽好きは益々嵩じて来た様子であるが、云うまでもなく、彼女自身はその理由をつきとめてはいないのである。

この呉服物せり売りの桜である色男に反して、一人の女のために――それも生れてはじめて知った女のために背負投げを食わされて、すっかり鬱《ふさ》ぎ込んで、女嫌いになって了ったコックが二階の便所の横、七号室にいる。

見るから気の弱そうな顔つきで、眼は近眼鏡のために神経質に瞬いている。彼の部屋から外出するためには炊事場の前を通らねばならないが、そこに女房れんが塊っている時なぞは、少しうつむき加減に、眼を伏せて、人に眺められるのを恐れるように、そゝくさと出て行く。――暇のある女房たちも、奇妙に彼を問題にしない。その白い料理服を着た猫背のうしろ姿をちらと見送る時は、律儀な男だ、もう郵便貯金が随分できたことだろうとか、何て風采のあがらない男だろう、とか云った短い感想が彼女たちの頭をかすめるだけなのである。独身のくせに、男として少しも話の種にならなかったのを見ると、所謂性的魅力と云うものに欠けているのだろう。

だから、浅草公園の安酒場の司厨場で働いていながら、女とのいざこざが少しもなかったのである。誰も相手にしない萎びた男――この男のところへ、性の悪い女ではあるが、事件屋と一しょに吸鳴り込んで来ると云うような出来ごとがあったので、少からず驚いて、アパートの人たちは珍しげに、眼を見はるのであった。

――三十すぎまで、女を知らずにいた彼の永い間の平穏な生活。毎月八日は、彼の勤め先である安酒場――お銚子一本通しものつき十銭、鍋物十銭の、実に喧騒を極めた――女たちの客を呼び込む声、泥酔した客たちの議論、演説、浪花節、からかいと嬌声、酒のこぼれ流れている長い木の食卓、奥の料理場から、何々上り！　と知らせる声なぞの雑然とした――安酒場の給料日であるが――夜更けて、四辺は静かになり。料理場の電灯も消されて、仲間のものが打ち揃って風呂に行き、それから遊びに出かける時、彼だけは一人になって、夜更けの公園を出て、アパートにもどって来るのである。給料の三十円はそこで、鉛筆を握った彼の前に色々と分割される。彼は、諸支払の合計を新聞に入って来た呉服屋大売出しの広告紙の裏に記して見る。そして残りのうちから、一ヶ月の小遣い銭幾ら、貯金幾らと予定を作る。そして、この予定は決して破ろうとはしなかった――だから、何かのことがあって、早く使い果して了った場合は、残りの日数中、煙草銭もなしで、すごすのが常である。

郵便貯金の通帳の記入高はもう二百円を越えていたのである。いつか、身をかためて独立する場合には、これが必要になって来る、それまでに、せめて五百円にしたいと、念願して、どんなことがあっても、これだけは手をつけまいと決めていたのである。

皆はこの堅い男を変人だと呼んで、特別扱いをしていて、それは彼を益々孤独にし、人づきあいを下手にさせて行くのに役に立ったのであるが――彼とても、気のあった相手があれば大に談ずるだけの熱情は持っている。かつて一人の板場が病気になったので、助《すけ》に来た若い男があったが、お互いに久保田万太郎の愛読者であることを発見して、二人して大に彼の芸術を論じたことがある。彼は自分がなかなか饒舌であることを知って驚いた程であった。そして、知らず知らずに昂奮して来、声も上わずって眼がしらにも涙をためて、如何に料理すると云うことも芸術であるか、これを客に提出するための配合を考えるのも芸術的な悦びを味わさせるものかと力説したのである。そして、相手の遠慮するにも係らず、ビールをおごらねば気がすまなかった。彼自身は一滴も口にせず、飲めよ、とすすめるのであった。

しかし、自分も時にはそのように快く昂奮できるのだと知った悦びは、翌日冷静になった時、今月分の小遣い銭をすでに費消して了った後悔のために相殺されていた。そして、暫くの間、そのことをクヨクヨと、つまらないことをしたものだと思っていた。

その彼がはじめて女を知ったのであるが、それは、同じ店に働いている女中であった。揃いのケバケバしい新モスの着物に、赤い前掛をかけた彼女たちは、客の給仕に一日動き廻っている。喧しい店のことであるから、料理場にものを通したり、表を通る客に声をかけるに大きな声を張りあげるので、彼女たちの咽喉はつぶれて、それが店内に濛々としている煙草の煙のために一層荒れて了っている。だから、冗談を云いかける客には、思いもつかぬ嗄れて太くなった声で応酬して驚かすのである。――そして、終日銚子を指でつかんだり、料理皿を掌にのせて、日和下駄で湿っぽい店の土間を絶間なく、お互いにぶつかりそうになりながら、忙しく動いている。食事はかわるがわる裏の炊事場に出てする。たすきもかけて立ったまま、棚に菜皿をのっつけて、冷い飯を搔き込むのである。大急ぎで済ますと、彼女たちはきまって小楊子で歯をせゝり、それを投げ棄てて、便所にはいって用を足す。それから、再び店へ戻って客の注文を聞き、高い声で、料理場に叫びかけるのである。――

彼の知った女はその中に雑って立ち働いていた小娘だ。多くの女性に対して彼は好意は持っていたが、彼女たちの方では彼を無視しているので、いつか、誰を特別に好くと云うような気持は失って、漫然とどの女も自分とは関係のないものとして、同一に眺める習慣がついて了っている。ところが、その小娘が、彼に馴々しく近寄って来たので、彼は少しく狼狽したのである。そして、女に対してずっと持って来た冷淡な気持は、勝手なことには、すっかり消え失せて、熱心にすべての女を親愛の情を以て見はじめた程であった。

女は彼に相談したいことがあると云った。彼は落ちつきを失って、どんなことを持ちかけられても、すぐに応じて了うほど、心構えをなくしていた。そして、また何でもしてやりたいと云う、甘い気持になっていたのも事実である。

彼は女の話を聞いて、おかしい程、すっかり昂奮して了った。一人の女が自分の前にいて、それが田舎の達磨茶屋に売られて行くと云う、自分はそれを救おうと思えば、できないこともない、一人の女をむごたらしい運命から防いでやれる、大きなことだ、――なぞと、頭の中で繰りかえした。彼はとっさに、女をそうした逆境に突き落す金がいくらであるかを聞いた、その時は、すぐにそれを出してやりたいと云う気持に駆られた。

女は泣いて答えた。――彼は、たった二百円で女の一生が傷けられなくて済むのかと、詠嘆したのである。そして、それ位の金ならば、自分が如何かしよう、と云ってから、だが、それは、決してへんな野心からではない、唯見るに忍びないからだ、と気障っぽいことを附け加えるのであった。もちろん、彼は今まで余り接したことのない女の媚態が彼をそうした激情に追い込んだのだとは気がつかなかったのである。

この云いわけが嘘であったことは、彼が貯金を引き出した時に、彼の頭に、浮んだ三つちがった考えをここに記せば分るだろう。――永い間の苦心であるこの金を一度に使用して了うのが実に惜しく思われるのと同時に、それを打ち消すような、浮雲みたいな人道主義的な昂奮――これで、一人の女を泥沼から救えるのだと云う強い気持、そして、この二つの考えの間に、ちょいと頭をのぞけている、これ程にしてやるんだから、あの女はどれ位、自分に感謝するだろうか、と云う甘い期待。――これらが交互に、熱病に冒された時のように、とりとめもなく、脳の中を行ったり来たりしたわけである。

女に金を渡してやると彼は急に疲れを覚えて、誰も自分がこんな大金を惜しげもなく投げ出してやったことを知らないのは、少し残念にも思われた。

果して、女は彼の親切に酬いて来たのである。だが、彼には、珍しさが先に立って了って、唯、浮ついた気持に終止していた。しかし、夢があって、彼は家庭を営むことを描き出していた。

――結果は恐ろしいものとして終った。何と云う性悪の女だったのだろう。その情夫と一しょにやって来て、彼を脅迫するのであった。彼は泣き出しそうな顔で下を向き、姦通とか誘拐とか貞操とか云う言葉をきいていた。それから、震え声で、自分は決して悪いつもりでやったのでないことを弁護しはじめたのであるが、顚倒して了って、充分云い現すこともできなかった。相手は彼の生命を脅かすから、そのつもりでいろ、と断言した。そうなると、彼は自分の正しさを主張するすべも失って、唯悪かったと謝るより仕方がなくなって来た。彼は繰りかえして、赦しを乞うた。実にみじめな態度であったので、彼らの去った後は、アパートの人たちの聞き耳を立てているのにもはっきり分る位、悲しくなって泣いたのである。

情夫は幾度もやって来て、手切金を請求した。百円とふっかけて来たのだが、金のことになると、彼は死物狂いになって交渉するだけの勇気が出て来る。そして、遂に五十円、毎月五円ずつ支払うと云うことに決着して、情夫の持って来た紫の収入印紙の貼ってある妙な証書に、署名を強いられたのである。

このために、毎夜晩くまでかゝり、眠れぬ夜が続いて、眼がねの下の骨は出ばって来た。余計陰欝な、元気のない顔になっている。

面白くもなく、毎日猫背の身体を料理場に運んで行く。女たちの声が喧しく店の中に響き渡っているが、もうあの恐ろしい奴はどこかへ行って了った。――

毎月八日の給料日になると、あの女の父親が鶴見の方から、彼のところへ月掛けの五円を受取りに来る。百姓をしていた爺さんだが、彼は何か娘が料理人に金を立てかえてやったので、その取り立てを自分がしているのだと信じているらしい。性悪の女はそのように云って、父親に月々五円の権利を与えたのだろう。

料理人はこの不愉快な訪問者と少しでも一しょに話しているのに堪えられない。しかし、鈍感な老爺はゆるゆると煙草を吸い、茶を所望して、休み込んで色々と世間話をはじめるのである。そして、娘のことをこう語った。

「どうせ、もう堅気の女じゃねえんですから、誰か莫迦な男で、金のあるやつをだまかして、絞って少し仕送りしてくれるといいんですがね——今のところ、取っても自分だけでぱっぱと使って、ちっとも廻してくれないんでね」

料理人は苦りきっている。彼は酸っぱい気持で、もう女なんか相手にすまいと決めて、すっかり女嫌いになっているが、こう云う人のいい男はまた誰かに好意を示されると、有頂天になるかも知れないのである。

この隣の八号室にいる映画説明者も、実に人がよさそうに見える。背は低い方で、よく肥えているのでまるまっちく指なんかも太く短く、美しいヒゲをのばしている。そして、いつも白足袋、羽織姿で、身綺麗にしている。そこで、暇のある女房たちも騒ぐし、人当りがよく、如才もなく、世話好きに見えるので、いつか部屋代値下げ要求運動の時には代表者に選ばれた位である。もちろん、説明者だから口が巧く交渉なぞも円滑に行くだろうと、みんなが考えたためでもある。

ところが、この男は見かけによらず人が悪くて、小才を弄するのである。

たとえば、今度、彼は自分の細君の臨月が近づいて来たので、実家へ産みに帰らせた。

アパートの主人がいつも、ここで一しょになられた方はきっとすぐおめでたがありますよ、と云っているが、説明者の場合もその通りで、それはかの多産の雀斑細君の影響かも知れぬ。もちろん、説明者は以前からここにいて、細君の方から押しかけて来たのである。そして、実を云えば、その時、すでに三ヶ月の腹をしていたのだが、これは誰も知らないことである。

ちょうどこの時、説明者のつとめている映画常設館で争議が起っていた。それはトーキーになったため、説明者、伴奏音楽師なぞの馘首の問題、解雇手当等の問題から、技師、表方、テケツをも含めた争議にまでなって了ったのである。――そして、このよく肥えた説明者は幹部級なので、勢い争議団でも指導的な部分にはいっていたが、彼は争議団員に激励演説をした。

「諸君、私は昨日、妻を実家の茨城県に帰して了った。私は独りの軽い身になって勇敢に戦うためにはそうせざるを得なかったのである。諸君も、我々の生命線を守るため、あくまでも戦う決意をかためていただきたいのである！」

このように、あらゆるものを、自分のために利用しようとするのが、彼の特徴である。

こんどの争議にしても、そうであった。彼は決して、他の多くの説明者や音楽師たちのように死にもの狂いに戦う必要はなかったのである。――彼は解雇の後は、その常設館の事務員として使われることになっていたからである。

しかし、彼には全従業員とはちがった意味で争議に参加する必要があった。それは、どんなことがあっても、この問題では従業員が闘争を始める。そして会社としてはできるだけ争議団の敗北に導かねばならないが、それには内部のダラ幹の力に待つところが多いのである。闘争が激化しないように安全弁の役目をつとめることが一つ、それからもう一つの必要は、全然、彼の個人的な問題だが、その常設館の営業主任がどうも彼とは合わないので、争議をここから始めるならば、主任はその責任上解職又は他の館へ転任させられるだろう。それを彼は目的としたのである。

そして、闘争はダラ幹の表面的な煽動をまつまでもなく起った。けれども、肥えた白足袋の説明者なぞは、そうした大衆の蹶起は、自分たちの指一本でなされたものと、自分たちの力を誇張して考えている。

争議団は楽屋を占領して、そこにこもった。館では楽屋と舞台との通路をふさいで、閉場後は観客席に暴力団を入れて対峙させた。

一方、七人の交渉委員は会社重役と会見する。三人の委員がそこで――「我々は」と口を開いた瞬間に検束される。と、他の四人は重役と待合に出かけて行く。重役は早く解決してくれれば、争議費用として諸君にもお礼しよう云う。そして、アメリカでは、トオキーも行きづまって来たから、今度の争議も意味のないことになるだろう、解雇手当を二年分も要求してるが六ヶ月もすれば、もとのようにサイレント映画になって、説明者、音楽師も復業できると思う、と云う。白足袋の指導者は尤もと考えて、この意見を大衆化しなければと決心する。

そして、次の夜の従業員大会で、彼は重役の意見をそのままにのべるのであった。するど、誰かゞ、莫迦云うな、トオキーは必然なんだ、しかし、我々の闘っているのは、今まで我々を搾取して今になって我々をわずかの涙金で追っぱらおうとする資本家なんだ、と叫んだ。

彼はすっかり憂欝になった。しかし、持ち前の愛想よい態度で、その野次も受取って、「そうだ、とにかくこの戦いは、我々にとって、廟行鎮の戦いと同じく、我々の死活を司るものである。最後まで頑張ろう！」

と訳の分らぬことを言って降壇したのである。

彼らはできるだけ要求を縮めなければ、この不況時代には会社もきき入れることはできまいと、主張するのであったが、ちょうどその時、江東の常設館が四つも一度に同情ストライキに入ったと報じて来た。そこで従業員の元気は盛り返えして、どんなことがあっても今の要求のまま闘え、と云う声が支配的になって来た。

白足袋の指導者のところへ使が来る。彼が争議団本部を脱け出して行って見ると、それは会社の支配人だった。

この調子だと、浅草中のゼネストになるかも知れない、その前にゼヒ解決するように骨折って貰いたいと云う話なのである。

指導者はニコニコ愛想よくしながら、そのためには、楽屋を占領していることを家屋侵入として主謀者をひっぱり、他を追い出す必要がある、それは警察の力を借りてもいいし、暴力団の撲り込みの噂を流布して、表方、女給の連中には恐怖心を起させ、主だった連中は保護検束して貰って、それから突然、襲撃するのがよろしかろう、と説明するのである。

支配人は腕を組んで考えていたが、ふん、と云った。「じゃ、何分よろしく尽力をお願いする。今日はこれで失敬しよう、君も忙しいだろうから」と、何かまだ云いたそうにしている白足袋の指導者を残して、ひっこんで了った。

指導者は、支配人の顔色の随分悪かったことを考える。矢張り、このように争議が大きくなって来ると眠れないのだろう、と思う。そして、自分たちの力が足りないからこんな結末になるので、支配人は機嫌を害していたのではないかと心配になって来るのである。もし、そうならば、事務員の職をくれると云う約束も危くなってくるわけである。

――そこへ持って来て、また二つの常設館が動揺しはじめたと報知がある。指導者はうろたえるのである。

暴力団との衝突の噂がひろがって、警察で保護検束と、籠城解散を命じた。そのドサクサに、ダラ幹だけが残っている交渉委員は解決へと急いで了った。

云うまでも争議は惨敗に終っている。解雇手当は出さず、争議費用として金一封、勤続手当を一ヶ年について二ヶ月以上一ヶ年毎に一ヶ月、と云う有様であった。

ダラ幹たちは悲壮な演説をした。

白袋の指導者は、深く意を決するところがあると云って、平常の態度に似ず、蒼白の顔をして腰を下している。

——その夜、指導者は日頃飲み友だちの新聞記者と会った。そして、彼は冗談のように云うのである。

「俺が自殺したら、何段抜きで取扱うかね」

それから、彼は実は自分は、争議惨敗の責任を団員に感じて、睡眠薬を飲もうと思っていると語った。

新聞記者は相手の眼をじっと見ていたが、その眼の光がニヤリと動いたように思われた。そこで彼も亦ニヤリとして、

「いつやるんだ」

「あす昼、解団式の直後にでも決行する」

「そりゃ、まずい」と新聞記者は云った。

「それじゃ、俺んとこの特種にならん。夜の二時すぎは如何だ。みんな朝刊の締切りがすぎてからの方が都合がいいね。君のアパートでやるんだね、——と、こう云う記事でいいだろう、トオキー争議の指導者責任感から自殺を計る、か。つまり何だな、某氏は今暁、ベロナールを飲下して自殺をはかったが、幸少量であったため苦悶中発見され、手当を受けた、と。生命は取とめられる見込である。

原因については、争議団にあてた遺書が発見され、それに依れば、今日のトオキー争議が惨敗に終って、従業員を路頭に迷わすに到った責任を、指導者として痛感した結果であると見られている。尚最近、不眠不休の活動のため、少しく神経衰弱の気味もあった、と親近者は語っている、か。このあとは附け加えない方がいいかな。――この原稿を君がベロナールを飲む前に送って置くぜ、ありがとう、これで、特種料で一ぱいのめるわけだ」

白足袋の指導者は、それから二通の遺書を書いた。一つは、新聞記者がすでに記事としたように争議団にあてたもの、他は郵送した。それは、会社の支配人始め重役にあてたものである。後者に於ても、責任を痛感した結果、死を以て御詫びするとなっているのだが、それは争議を永びかし、又、あちらこちらに飛火させたことについての責任である。

これで、二つの側に、彼の愛嬌ある顔は立つことになる。そこで、今度は自分の番だが、ベロナールの致死量をよく調べて、たとい手当てがおくれても、大丈夫、死なぬように計って置かねばならない、と彼は考えている。

それから、彼はあの飲み友だちの新聞記者にだけ特種としてやるのは惜しくなったのである。すべての新聞に大きく載りたいのだ。そこで、まさか死ぬとは云えないが、争議団の最後の記事をとりに来た記者たちに、自分は重大な決意をした、と云ったりした。そして夕刊の記事になるように、やはり昼頃がよかろうと考えた。

彼の前の五号室には、安来節の女が弟子二人と住んでいたが、家賃の払いが悪いので、赤い眼玉の主人は出て行ってくれるように云った。弟子の二人は仲が悪くて、しょっちゅう口喧嘩をしているのであるが、その日も引越しだと云うのに、お前さんは舞台でツンとしてるから人気がないんですよと か、へっ、お前さんのように、淫売みたいにニヤニヤできるもんか、私は安来節だけで、御客さんの御機嫌を取ってるんだからね、なぞと云い争いながら、道具類を階下へ運んでいた。――

そのあとには、越後からやって来た毒消し売りの少女たちが入ることになり、わざわざ送って来た炊事道具やら商売道具を運び入れていた。彼女たちは全部で十人なので、白足袋の指導者の隣り部屋、九号室にも分宿することになっている。

この日焼けした少女たちは――彼女たちが、ここの風呂に入ったあとは、湯が陽なた臭く、塩っぽくなるのである――大体、去年と同じ顔触れだが三人ばかり馴染みなのがいない。それらは、すでに嫁入りをしたのであろう。その代り、小学校を出た許りの少女が新しく加っている。

彼女たちは、暖すぎるほどの日なので、襦袢と腰巻だけになり、その上にメリンスの帯を結んで、この二三ヶ月住む場所に道具の整理をしていた。その時、誰かゞ、苦しそうに唸っているのが聞こえてきたが、彼女たちの陽気な人もなげな饒舌と物音のために掻き消されたようである。

夕方、主人は広告軽気球を下すために物干台に昇って来る。物干台は雨風に腐って黒くなり、彼の歩くたびに、ギシギシと音を立てる。彼は一度、東の方に風で吹寄せられている軽気球の方へ眼をやってから、昨日まで争議のあった映画常設館を眺める。そして下の荒れた墓地へ唾を吐いた。――物干台の下は指導者の部屋にあたっているが、彼は昼前から眠ったまま、まださめない。夕刊の締切は云うまでもなく、とっくにすぎ、もう配達もされている。しかし、珍らしい記事もなかったようである。――結局、白足袋の愛嬌ある指導者は、もう誰にも起されずに、眠りつづけるのだろう。

五月十一日、朝。

浅草の天使

佐伯孝夫

ハル子は、数日来またしてもぼんやりとしている自分を発見しておどろいた。もっと陽気にハシャイでやろうと思った。それで、今日も、セカンド・ヴァイオリンを弾いている黒川の顔を、粉白粉を一杯にふくませたパフで、たたいてやった。けれど、そのことは、結局ハル子の悲しみを重くしたに過ぎなかった。もっといけなかったことは、ハシャイだ後で、ふと「黒川にしようか」と思ったことだった。ハル子は、そのとき音楽部の壁の小さな鏡の前で、化粧くずれをなおしていた。黒川が、通りがかりにそのワンピースの胴をしめたバンドをひっぱったのだ。

「お嬢さん、ひどく強く締めてるんだナ」

「いいわヨ」

けれどその時、ふと鏡の中の自分の顔に出合って、ハル子は、ちょっとくらくら〳〵っとしてしまった。黒川は、感付いているのかしら、と、とっさに思ったのだった。黒川が、

「大きなお尻をより大きく見せるのが、モダーンなんでしょうかネ、お嬢さん」と、いったので、ハ

ル子は救われた。ハル子は急に大げさに黒川をおっかけた。しかし、そうした動作の中にも、結局、ハル子は「妊娠なんかしてるんじゃないぞ」と、誰彼の差別なく相手に、無意識のうちに、誇示している自分を、認めないではいられなかった。

妊娠していることがバレたら、せっかくつきかけたハル子の人気もおちてしまうし、ハル子は、誰の子ともわからない子供を宿して、どんな悲惨な目にぶつかるか、想像がつかなかった。ハル子は、陽気で気軽な小鳥のように暮して来た。こんな、責任もない、相手も傷付けない生活をつづけていたかった。

ハル子は、毎夜のように恋をし、毎朝のように別れた。そして、歌って踊った。

ハル子は、今までのことを考えて「こんな筈じゃなかった――」と思った。しかし医者は、決定的に、妊娠四ヶ月だと、宣告したのだった。

「狂うほど踊れば、ケシ飛んでしまう……」

ハル子は、悲しく考えることに馴れなかった。

現実は、またしても余りにも皮肉すぎる現実である場合がある。ハル子の場合も、その一つだった。一九三〇年の浅草は、秋にかけて、益々エロティックなレヴューの全盛を見せている。ある封切館では、時代劇のスターにまで海水着を着せて、舞台で小唄をうたわせ、急場仕込みのチャールストンを躍らした。

どこも、エロティックを、第一の呼び物にした。エロダンス、それからグロテスクとナンセンスの交錯——裸であればいい、という興行振りだ。カジノ・フォーリーが、誕生したのが、二十九年の秋。そして、三十年の秋は、安来節の浴衣と赤い湯巻きを、完全にノック・アウトしてしまった。

ハル子も、そんな気運に乗って、名ばかりの私立音楽学校を一年で退学、オペラ時代の残当党に加って田舎《どさ》を廻ったり、神田裏の喫茶店にいたり、市内館でカゲ歌を歌ったりしているうちに、浅草へ——一生出られるなんて思わなかった彼女たちの檜舞台である浅草へ出られるようになったのだった。そして、組になって、アトラクションのあやし気な舞踊に出演したり、映画の主題歌の独唱をやったり、とにかく、四月ごろから、浅草公園的なモダーンなタイプでくらして来たのだ。

妊娠さえしなかったら、ハル子は、こんな楽しい日を、過去に持たなかった。妊娠をハル子は、ブルジョア的な道徳観念から、勿論悲しんだのではなかった。人たちが、それを持っているのが、ハル子には困ったことなのだ。ハル子は、狂燥的なダンスを、警察から注意されるまで大胆な裸に近い姿で、踊った。クララ・バウがやったフラダンスなんかを選んだ。思いきり跳ね廻り、脚を上げ、腰を揺すり、走り廻った。そして、気が遠くなりそうになって、舞台から姿を消すと、大きなタオルにくるまって、例えば、腕につけた鈴をとる勇気もなく、グッタリと海月のように、椅子に凭れかかった。激しい呼吸が、いつまでも静まらなかった。

赤と黄と群青の色彩で、招き集められる大部分の観客たちは、ハル子のこの舞台にすっかり魅惑された。ハル子の人気は、急激に上昇した。競争者たちは、「あんなインチキな踊りってありやしないヮ」と、方々の楽屋裏で誹謗しているだけでは済まされなくなった。

事務所へ、「顔をかしてくれ」と呼ばれて、支配人から、ニヤ〳〵と「どうですネ、浅草キネマのハル子が、今週はバカに受けてるようだが、あんたも一つあんなにやってみてくれませんか」――そんな風に持ちかけられたりした。

本能のままに生きて来て、その本能のために滅びようとしている踊子ハル子にとって、これは、あまりにも皮肉だった。その上、一週間が終って、ハル子が、クタ〳〵になっても、ハル子より胎児の方が健康だった。ハル子は、自信を失いかけて来た。

ハル子は、相談する相手を持たなかった。うっかり口外することは、破滅を速めること以外のなにものでもなかった。公園内ぐらい一家のうちのように、噂などがすぐひろまるところはない。ハル子は、それを知り、何よりもそれをおそれているのだった。

ハル子は、新聞の広告欄に出ていた薬屋を訪ねた。市外のごみ〳〵した路をさん〴〵歩いて、その小さな薬屋を捜しあてて、高価な一週間分を購めた。生っ白い顔の若い男が、妙にしかつめらしい表情をして、くど〳〵と容体をたずねてから、むしろ売ってくれた。最後に、「これで希望通りにいかなかった節は、またお出掛け下さい。決して御失望させませんから……本当にいろんな方が見え、感謝状も沢山に来ています。昨夜は、ある有名なスターが見えました。」

ハル子は、その「有名なスター」という言葉に、自分への侮辱を感じるより、かえって安易さをうけとった。

一週間経って、ハル子がゆくと、そんなのでは手術に依らねば駄目だ、聯絡のあるいい医者を紹介する、というのだった。

手術料の二百円、というのが、ハル子を困憊におちいらした。十八歳やそこらの踊子が、子供を育てるなんていうことは不可能だ。それと同時に、パトロンを持つほどでないハル子に、二百円、なんてまとまった金を得ることは、不可能なことだった。けれど、ハル子は、失望はしなかった。すべての生活が、明日になれば、どうにかなる、といった調子で、今日まで続けられて来ていたのだ。浅草へ帰ってくると、いつもと同じように、浮きたつ気持ちだった。

水族館、カジノ・フォリーレヴュー舞踊団三十回公演九月四日よりのプログラムは、

一、新興浮気派（島村龍三作）

二、ヴァラエティ十種

三、得恋狂燥曲（中澤清太郎作）

ハル子は、川端康成氏作「浅草紅団」の弓子のように、だが、お下髪ではなく、断髪にアメリカン・ローズのワンピース、ポプラの葉のようにグリーンな帽子を眼深に被って、昨夜、黒川といった喫茶店「蜂の巣」で出逢い、とっさに、大入袋の裏へ、

「明日、七時ごろ水族館のカジノの三階で――」

と書いて渡しておいた山崎を待っていた。

山崎が、市内館の事務員をしていて、浅草は一月ほど前に来て、今度が初めてなのが、先ず気易かった。ハル子は一年も前に一度、彼の勤めている常設館でカゲ歌を歌ったことがあった。ハル子は、それきりの山崎をすぐそうと思い出したのが、不思議でならなかった。

ハル子は、たしかに、誰かを求めていた。けれど、何のためだか、ハル子には、もう一つはっきりしなかった。雨空の朧ろな月を仰ぐように、その実体がつかめなかった。

舞台では――

「新興浮気派」の最後の幕「踊る浅草」があいて、梅園龍子や山路照子の人気者を始め、総員出場で、朗らかに歌い踊っていた。

つらいかなしい日が続いても
恋を想えば晴れる胸

恋が命か、命が恋か
訣れもたのしい赤い恋。
　モダーン・ウルトラ・モターン・ラヴ
　　テンポの速いがお好みヨ

「新興浮気派の唄」の最後の一連だ。その唄が終って、幕がおりかけたとき、山崎が最後列の席にいたハル子の肩をたたいた。

「昨夜は、失敬。」

二人は、席から離れて、後の方の喫煙室へいった。山崎は、八時の「割引き」までは、身体があいているといった。ハル子は、山崎を誘って外へ出ると、目立たないように池の畔をぬけて、馬道の十字路のところから、言問行の乗合自動車に乗った。水の隅田公園へいった。

もう暗かった。少し歩いてから、隅田川に面したベンチへ、肩をならべて腰をおろした。満潮の隅田川を越えて地下鉄ビルの尖塔の灯が思ったより遠く見えた。少し寒い。

山崎は、こうしたことに、そう馴れていないらしかった。ハル子は、山崎の口から奪った煙草を深く一吸い吸って、それを返しながらいった。

「あたし、本当に好きになっちゃったの。オバカサンネ、惚れ込んじゃったんだワ、あたしなんにも交換条件を持ち出さないワヨ、あんたの館で雇って頂戴っていうつもじゃないの、きっとよ、ネ、だから……」

「カブってから何処で逢おう。」

「松葉町の若竹屋で待っているワ。」

「そこ、君の定宿なんかい。」

「そんなンじゃないワヨ、CさんやRさんじゃあるまいし……」

ハル子には、山崎の浅草を知りきっているような口吻が、お可笑かった。ハル子は、山崎の手帖へ地図を描いて渡した。山崎はそれを、よくも見ないで、ポケットへ容れた。そのことは、館へ帰ってから、暗記するほど見るであろうことを、ハル子に予約した。ハル子は、たのしかった。


山崎がキョロ〳〵しながら、奥まったハル子の室へ来た。彼が帽子をぬいで手に持っているのを、ハル子は、微笑みながら、見やった。「初めてなんだわ、こうしたところ。」ハル子は、蚊帳の中で、シュミーズ一枚になっていた。

山崎は、やさしかった。けれど、ハル子は、どうしてこう自分が今夜は、こんなにやさしい女なのか、不思議でならなかった。真実に惚れ込んだのかしらと思った。惚れ込んだのなら、それでもよかった。ハル子には、そんな経験は、いつの昔あったたか、眼を閉じても思い出せなかった。山崎が黙り勝ちなのが、気になってならなかった。山崎は、ちっとも自分を愛していないのじゃないかしら、ハル子は、思いきり、山崎の頭の髪や、頬や、襟首や、そして、からだ全体の匂いをかいだ。

山崎にとっては、思いがけない幸福な一夜だった。文学青年だった彼は、いつかは発表しようと思っているシネマ界に蠢く人たちを題材にした作品に、ハル子の白痴美の底の純情を、こまかに書こう、彼女へのせめてもの心遣りに……と思った。執拗な愛撫に疲れて、子供のように寝入っているハル子に、山崎はふと活動屋らしくベティ・アマンをダブラせてみた。

その天使のような寝顔が、妊娠しているなんて、……そのことを山崎が知ったら、どんなに驚くだろう。

明朝、山崎が起きても、ハル子は眼を覚さなかった。山崎は十時のウチ込みまでには、是非とも行かねばならなかった。彼は出しなに、番頭から新聞を借りて来て、蚊帳の中へ入れていった。

ハル子が脹れぼったい眼を覚したのは、十一時近かった。館へは十二時ころまでにゆけばいい。ハル子は、新聞をとりあげて、社会面の題目だけを拾い読んだ。ハル子は、間もなく大変なことをしてしまったと思った。ハル子は、はじめから山崎を求め、それを告げる気でいたのだった。それを遂に云い忘れていた。ハル子が、山崎に白羽の矢をたて、ここへまで誘った主因もそこにあらねばならなかったのだ。

併し、ハル子は、窓から小さな秋の空を燦《まぶ》しそうに仰ぎながら、陽気にあきらめてしまった。彼女が、山崎にいおうとしていた言葉は「結婚してくれ」ということだった。

彼女は、利己的にそのことを望んでいた。けれど、いまこうして新聞でその言葉にぶつかるまで、そのあまりに常識的な言葉の存在さえ、いつの間にか、忘却しきっていたのだった。

ハル子は、別に笑いもしなかった。

不良少女《ズベコウ》カルメンおマチ

野一色幹夫

浅草の街は種々雑多の人生が、ちょうど下水のゴミがウズを巻いて吸いこまれるように寄り集まってくる。

いまは無くなったヒョウタン池ほとりに、目下立退きを迫られながら尚、頑強に営業を続けている名物露店の一軒、牛ニコミ屋の親父、信ちゃんは次ぎのような話をした。

一

バクチでとられた翌る朝は、一本の煙草にも困ることがある。

一晩中、ツボ振りの手元に神経を集め、カラカラ、ポンと伏せたツボを、さッと開けるたびに、氷柱を呑みこんだように、胸がヒヤリとする。そうしたスリルの最中《さなか》には、どのくらい煙草を喫ったのか、わからない。

やがて、厚ぼったいカアテンの隙間から射しこむ、にぶい朝陽が、古ぼけた火鉢の木目をなぜながら灰の中へ流れると、その中へ突きささッている吸殻を浮き立たせる。それを見ると、一晩で三十本はラクに喫っていることに気がつく。

だが、ボクはニコチン中毒なので、たとえ十分間でも煙草なしでは居られない。指がふるえて神経がイラ立ってくる。

灰の中から吸殻を拾い出し、長キセルへ詰めて吸ッていると、胴元である片眼の親父が、ポンと百円札を一枚ボクの膝にのせて、

「これは、朝メシ代」と、くれるのである。

さんざん、とられた揚句なので、テラ銭の何十分の一かの金にそれ程ありがたがる訳はない。ボクは毎度の如く黙ってそれを無雑作に丸め軍服のポケットへネジこみ、やッこらしょ、と腰を上げる。眼をこすりながら、ごろごろ寝て居る仲間たちに人さし指を額にあてて「あばよ」と挨拶をして部屋を出て行こうとすると、片眼の親父がボクを呼び止め、

「信さん」と、ボクの耳に酒臭い息をはずませながら、

「マチ公の居所、知らねえか?」と、ひどく気兼ねそうに訊ねる。

ボクは、早く外の空気を吸いたいところへ、マチ子のことなぞ聞かれたので、ムカムカして、

「俺が? 知ッてるわけ、ねえよ」

「じゃア、あれっきり?」

「会わねえよ」

プイと飛び出して、アヤセ川の土手へ駈け上ると、眼下の岸には、一昨年の水害の時、上流から流されてきたまま、へバリついている、こわれかかった土砂船がある。それを見ると、ボクは思うまいとしても水害のあと、船の上で一晩中、星を見ながら語り合ったマチ子のことを思い出す。

その頃、ボクは一年間のフウテン暮しから足を洗って、この土手下にあるセルロイド工場で働いていた。当時、水害の直後で、この辺一帯は毎日ひるまは停電つづきで仕事にならず、夜も一晩に二、三回は必ず停電。ひどいときには一晩中消えていることがある。だが、ボクたちは日給なので仕事にならなくても工場へ出ていなければならない。毎日夜勤であるが、仕事にかかったトタンにパッと消えてモータァが停まると、五、六人の工員たちは蚊に喰われながら宿直部屋にゴロ寝をしたりして電気のくるのを待つ。ボクはやっぱり青天井の下が恋しい。一年も浅草公園で外食券のブロオカアをやったり、昔道楽で覚えた写真が役立って、エロ写真の現像などを引き受けたり、そうして搔き集めた金は一晩にバクチでとられてしまう。だが、一日中、太陽を浴びて巷をうろついていたボクには、まる一日もせまい工場の中で蒸されるような暑さとセルロイドを溶かすアミノ酸の臭いも、若い生命をしぼませるようで、たまらない気持になる。

その夜も暗がりを手さぐりで外へ出ると、土手へ上り手を伸ばせば届きそうな星明りを頼りに岸へ下りた。そうして土砂船の上へ寝そべり、足へ集るしつこい蚊を払いながら思い出にふける。

軍隊に居たころは、伍長ドノで新兵のビンタをとるのが上手だったボクが、敗戦後は逆に世の中からヒッパたかれつづけた。復員してみれば、たったひとりのお阿母《ふくろ》は戦災で死に、家はなし、おまけにボクの女房はズラかってしまった。飛行機工場の技手であったボクはお定まりの失業。（えイ、どうともなれ）と、それからは生れ故郷の浅草で、クラゲのように巷を漂い、明日は明日の風が吹く暮しをしてきた。

そのうちにヤクザの仲間に入り、せめて入墨ぐらいしなくちゃ……と、そのころ名うての刺青師で、昔根岸の彫金の弟子だという男の手で、左の腕に大黒様を彫ってもらいに通った。ツブシをかけると熱が出るくらい痛むので途中で止め、ついに大黒様の顔だけを筋彫りしただけだったが、ズブリ、ズブリと這うように刺してゆく針の先きから血の吹き出る感じが辛いので、「ウウッ！」とウメキ声を出す。と、傍に居た女が「フン」と、せせら笑って、

「なにさ、意気地がないわネ、男のくせに……」

赤い唇から飛び出す威勢のいい言葉に、こっちも釣りこまれて、

「なにを云やがる！　女にゃ……」

「わからないッて云いたいンだろうけど、おあいにくさま。ほら……」と、まくり上げた女の太腿……ちょうど附け根のあたりから二、三寸下ったところ、そこには少くともボクのよりは見事な入墨

があった。

髪の毛を大きくカァルした女の顔が見事な筋彫りで、女の喰わえたバラの花一輪が朱の色も鮮かに白い肌に咲いている。カルメンのつもりであろう。尚もよく見ようとすると、女はパッとかくして、

「あンたの入墨は、そりゃ何だい！　ホホホ、人間がお目出たいと見えて、大黒様かい。チャンチャラお可笑しいワァ」と、毒づいては笑いこける。ボクは完全に毒気を抜かれた形だった。

それからまもなく、偶然にも鉄火場で顔を合わせたとき、その女がマチ子という名前で、もう一つ〝カルメンのおマチ〟の名を持つ凄い不良少女であることを知ったのである。が、その夜、マチ子はボクを台所の蔭に呼んで、

「あンたに、頼みがあンのよ」と囁く。

熱っぽく、ふるえる白い指をボクの首にかけ、片手でボクの手のひらへ握らせたサイコロ二つ……イカサマをやるから手を貸してくれ、という相談である。勿論、ボクは断った。

もしもバレたときには決して誇張ではなく、胴ッ腹に風穴をあけられちまうから、簡単に引き受けるわけにはゆかないのだ。

しばらく押問答していると、いきなりマチ子はボクの手をとり、はだけた胸の中へ入れる。あたたかい丸味でふくれた乳首が指に触れると顔が火照り、ぼうっとなって、「うンうン」と引き受けてしまった。

　ボクの役目は、その鉄火場には定まったツボ振りが居なく、各自が順番にツボを振る習慣であったから、つまり、ボクの次ぎにマチ子がツボを振るので、ボクの手でイカサマ賽にスリかえてくれと云うのである。

　マチ子の呉れた賽は、片側へ鉛の重りが入れてあるから、どう転がしても四と六ばかり出る。だからマチ子は、丁と張れば一勝負のカケを全部ブッたくれるわけ、だがボクは虎視たんたンと光る眼をかすめる手品であるから冷汗をかいた。幸い誰にも見破られずに、マチ子はその一勝負で数万円を稼ぐことが出来た。

　それからボクとマチ子は、その金でしばらく会津若松へ行き、東山温泉にゆっくり浸りながら、切れない仲になってしまった。マチ子の肉体に就いてボクは、とやかく説明することはしない。唯、十六の年から女の躰を知ってきたボクを、すっかり有頂天にさせてくれた。なにしろ抜けるように肌が白くて、肉付きが良く、キリッとした、新しい魚にザックリ鉋丁を入れると、白い身が笑みわれる——そうした感じで、鍵穴に鍵が合い、トビラを開けば桃色の香りがするとでも云おうか。その上、夢中になると切れ長い眼が妖しく燃えて、（これは男を殺す眼だ）と、ボクも怖くなった程である。

　ところが、歓楽のあとは苦しみがくるものだ。さんざん遊びつくして、マチ子と上野で別れ御無沙汰していた四ッ木の鉄火場へ顔を出すと、大へんなことになっていた。

　胴元である片眼の虎政が、もう中年を過ぎているドス黒い額に筋を立て、

「おい、ちょッと……」

顔を貸してくれ、と、土手下へボクをうながし、

「お楽しみのあとには、お苦しみがまってるぜ。実はおめえの来るのを待ってたンだ」

（さては………）と逃げ腰になるボクの周囲にいつのまにか、二、三人の若者が眼を光らせていた。

「若えくせに、乙なマネをするじゃねえか。ひとの情婦《いろ》に、よッ」

（イカサマがバレたンじゃなかった）と、ボクはひとまず安心した。が、それは無駄であることがわかった。

「あの晩だって……」

けだるい光を浴びせている常夜灯に、白毛まじりの角刈り頭を、手にしたドスと共に光らせながら、

「俺ア、ちゃんと見通しなンだぜ。おめえの手品ぐらい読めねえ虎政だと思ってンのか？　フフフ……だけど、よ、俺が一件をバラしちまったら、可愛いいおマチまでも顔にヤキを入れなきゃなるめえ、だから見逃したンだぜ。俺のトボケも解らねえで、てめえは俺の情婦と……」

ボクは、ゴクリと呑み込む自分の唾の音にもふるえ上るくらいだった。

（無事じゃ済まない。どうしても指の一本ぐらいは詰められる）

どうせ殺されても惜しくない浮世だが、もう一度バクチをやり、せめて少しは目を出してタラフク呑んだり喰ったりしてから死にたい未練がある。だから、ふるえた。

「おい！」

虎政が眼くばせをすると、囲んだ若者がボクの躰をガッシリと押えた。

そのとき、土手の上に人影が現われて、

「虎さん、あたしが、いつ、あンたの情婦になった？ ちょいと」

昔、サーカスにいたという身軽さで、兎のようにピョン、ピョン土手を下りて眼の前に突っ立ったのは、たった今しがた上野で別れたマチ子だったのでボクが驚く。と、それよりも虎政と若者たちがギョッとして後ずさりをした。

マチ子の手には小型拳銃が握られてあったからである。

「云っとくけどネ、情婦ってのは、たとえ一晩でもチョネチョネした女のことを云うンだヨ、おまえなンかこれさえ知るまい」

ワンピースのスソを片手で捲り上げると、そこには例の入墨が、まるでマチ子の顔のようにエンゼンと笑っている。

虎政は、ドスを川にポンと投げ、中腰になり、

「お見それしました。そンな姐さんとは知らねえで……」

からきしダラシなくなった。

それから解決《おとしまえ》がついて、虎政の鉄火場で呑めや歌えのドンチャンさわぎ、その時、いきなりボクの

横ッ面を殴って、

「ポンツクだよ、あンたは」

と、それだけしか云わず、あとは太腿も露わに狂っていたマチ子が、ふッと一座が白けかかったころ、しみじみと「会津バンタイ山は……」と唄いはじめた。

一緒に東山温泉へ浸っても、何一つ云わなかったが、そのとき初じめてマチ子の故郷が会津であることを知った。

それきりマチ子と会う機会がなかったが、マチ子は恐ろしい女だと思いながらも、マチ子に救われた感謝の気持が、いつしかマチ子恋しさになってゆくのをどうすることも出来ない。うわべが猫みたいな女は、肚の中で絶えず男の気をうかがうもので、一旦、男の弱点を摑んだが最後、しっこく喰い下がるか、あッさり別れてしまうことが出来る。うわべが怖ろしい女ほど芯に優しいものが含まれているのではないか、ボクは今まで相手にしてきた女が詰まらなく思え、マチ子ひとりがこの世で唯一の女だ、と、ひとりよがりな理屈をつけて、慕う気持ばかりが募った。

だが、危い橋はもうコリゴリ。ここら辺でフウテン暮しに見切りをつけよう、堅気になろうとセルロイド工場へ入ると間もなく水害、それから停電さわぎでろくに給料も貰えない始末になった。或る日またぞろフウテン暮しの青天井が恋しくなってぼンやりと、土砂船の上で寝そべり星を仰いでいるボクの頭上で、ヒタヒタと草履の音が桟橋を渡り、ピタリと止った。

「ちょッと、煙草の火を……」

聞き覚えのある女の声。

（もしや？）とマッチを擦ると、闇の中に浮かび上った顔は……

「あらッ。あンた……」

マチ子であった。が、その姿はずいぶん変ったものだった。よれよれの浴衣に伊達巻をしめ、ワラジのようにケバ立ったフエルト草履を履いた姿は、闇の女？かと思うばかり。

「なあンだ。あンた、まだ生きてたの？」

「ごあいさつだネ。今じゃ堅気さんサ」

「ふうン。あたしも……」

そこで、マチ子は煙草をくわえたまま、ボクの隣りへゴロリと横になり、星を見ながら、

「堅気になりたい……」

と、つぶやいた。

あれから、さんざん浅草をうろつき、盗品バラシをやったり、パンスケからカスリを取ったりしたけど、あたしはどうしてもアレを売らないから細かい稼ぎばかりなのサ。こンなことなら、いっそのこと堅気になって――。

「あンたの工場へ世話してくンない？女工になって出直すワ」と、頼む。

マチ子の頼みはコリていたから、

「つまンねえよ。工場なンか……」

わざと素ッ気なく云うと、

「あンたは、恩知らずじゃないでしょ」

と、煙草の煙をいきなり口うつしにボクの咽喉へ吹き込み、むせて、涙で眼が見えなくなった時、足を上げてボクの躰へのしかかり、くすぐるような声で、

「イヤ？　あたしを助けてくれないの？」

そこでボクは、マチ子と再び桃色のあわただしい夢を結び、遂にマチ子を工場へ世話することを約束してしまった。

あとでわかったことだが、このときマチ子は強盗の手引きしたとかで警察から狙われ、カクまって貰いたさにボクの工場を嗅ぎつけて来たわけだった。

――が、名前も変え、お化粧もあまりせず、モンぺまがいのズボンを穿くと、見かけは温和しい女工さんの一人になって真面目に働いた。そして、工場の裏に間借りしているボクと一緒に暮すようになり、夫婦気取りの共稼ぎというところだった。

ボクたちは停電になると、申し合わせたように川岸へ下り土砂船の上でフザケ合った。くたくたに疲れるまで束の間の夢を暖める。

ボクはもう、マチ子なしでは居られなくなった。仕事の合間にセルロイドで櫛を造り、色とりどりのセルロイドをアミノ酸で溶かして、バラの花模様などをつけてマチ子の髪に飾ってやったりする。マチ子は曽て虎政をピストルでおどかした女とは思えぬくらい、小娘みたいにあどけなく悦んでボクの唇を吸うのだった。

しかし、それも永く続かなかった。

秋も終りに近づいた或る日、女工の仲間が、

「亭主に甘いわア」なぞと冷やかしたので、

「亭主に甘いのが悪いか！」

セルロイド玩具のバリ取りに使う小刀で、その女工の顔を傷つけ、その夜のうちに工場からも、ボクのところからも姿を消してしまった。

ボクも責任上、工場をヤメて以前のフウテン暮しにかえり、マチ子恋しさに浅草をさまよい歩いた。

或るときはカツギ屋になり「米は要りませンか？」「サツマイモは、いかがです」と、喰うためとマチ子を探すために歩くのだった。

が、遂に会えず、ぼんやりと元昭和座跡のサーカスの看板を見上げていると、そこには大きな桶のようなものが表にあり、オートバイの曲乗りが客を呼んでいた。

桶の内部をグルグル、オートバイで廻る曲芸が終ると、〝玉乗り宮川〟と背中に書いた黒シャツの

男と腕を組んでサッソウと出て来たミドリ色のスーッに真ッ赤なスカートの女。ボクは一眼見るなり、（あッ）と驚いた。まさしくマチ子である。マチ子もボクに気がついて近寄ってきたが、わざとよそよそしく、

「これ、あたしのハズ。宮川ですワ」と、その男を紹介した。ボクはグラリと眼まいがする思いで、その男の逞しい躰を見ながら無言で挨拶をするとすぐ別れた。脂汗が流れる程、ネタましい気持である。

その夜、四ツ木のボクの部屋へマチ子が訪ねてきた。

あれからサーカスの一座へ入って旅をしていたと語り、実は、あれは亭主でもなんでもない。ちょっと思うところがあって……。

「あたしのハズは、あンただけヨ」

そう云いながら、太腿の入墨をボクの毛脛にこすりつけて……その夜の寝物語に、又してもボクに頼んだことがある。

二

ボクとマチ子は、千葉に隠してある軍需物資の払下げ品である毛糸を下調べに出掛けた。

マチ子は売り先きも決め、すでに半金を貰った。品物は深夜、宮川のオートバイで取りに行って貰う手筈になっていた。ボクはその金の分け前をマチ子から貰って別れた。

その夜、宮川はその場所へオートバイを飛ばしたが、勿論、毛糸なんか有りゃしない。

その場所さえもデタラメでマチ子の打った芝居が図に当ったわけである。

肚立ちまぎれに飛ばしたオートバイが橋の上から転落、宮川は即死した。そうした新聞記事を読むと、さすがにボクはイヤな気持になり、マチ子を責めようと、待てど暮せどマチ子は姿を見せなかった。

三

虎政は、いまだにマチ子を想っているのか、しきりにボクに訊ねる。

ボクは、あいかわらず巷をフラつき、夜ともなれば虎政の鉄火場でキレイにトラれてしまうそんなことを繰り返していた。

虎政は、イカサマのイの字も今では云わない。一つ眼の虎政は根性も一本気で、いまだにマチ子に敬服している。

ボクはゆっくりと土手を歩き、京成電車に乗って浅草へ行く。

浅草は、いちばんボクには落着ける所であり、ひょっとしてマチ子に会えるかもしれない……そうした期待もあった。ボクはまず、田原町の食堂で腹をこさえ、K劇場の地下へ入る。そこにあるパチンコゲームをやって煙草を稼ぐつもり、玉を六個稼ぐとピース一本引替えてくれる。煙草欲しさにパチン、パチンと、これもまた小型バクチみたいなものなので、勝負事好きな因果を嘆きながらあつくなっていると、いきなり背後から肩を叩いた者がある。振り向くとボクの眼の前に、どこの令嬢かと思われる毛皮の女が立って笑っていた。

姿は変っているが、まぎれもなくマチ子である。

ボクが驚いて顔を見詰めていると、マチ子は鼻の先きを「ふン」と鳴らし、傍へ寄って来て、「あいかわらずネ」と、ボクの姿をジロジロ見まわす。それは（あいかわらず勝負事が好きなのネ）という意味か、（あいかわらず貧乏ネ）と云う意味かわからないが、ボクは懐しく手を差しのばそうとするのを不意に、さえぎられたような気持になり、二人の間には以前みたいにしっくりこない溝があるのを直感した。

ボクがなにも訊ねないのに、

「あたしは今、銀座でバアをやっているのヨ」

パトロンは新興財閥の青年紳士で、あたしが欲しがるものは金に糸目をつけずになんでも買ってくれる、と、得々と語る。

その言葉の裏には、

（あんたみたいなのと大違いさ）と嘲笑う匂いがこもっているのを感じないわけにはゆかぬ。貧乏すれば卑しくなるのが当り前で、それにヒガミが加わっているからたまらない。

ボクは芯から怒りがこみ上げて躰中がふるえてくる。が、表面は哀願するように、

「もう一度、俺と暮してくれないか？」

生活はコツコツと築いてゆくときが一番楽しいものなのだ。ささやかながら楽しい生活をしてみないか？ セルロイド工場の当時みたいに……俺を助けてくれ。

ボクは初めてマチ子に頭を下げて頼ンだ。

ところがマチ子は、鼻先きを鳴らしただけで何も云わずに笑っている。そうして汚ならしそうに唾を吐き、

「冗談じゃないワ」

元のあたしと違うのヨ、あんたと暮したのは、警察の眼をくらますためのシカケなのさ、あんたとあたしは住む世界が違ってきたのヨ。あたしは貧乏とシツコイ男は大キライよ。と、突ッ放すように云うと赤いシガレットケースから高級煙草を出してスパリと喫う。

「住む世界が違う？ なにを云やがる。ズベ公のくせに……」

（しまッた！）云っていけないと押えていた言葉だった。ところがマチ子は（どうでもいい）と云う

ようにフテブテしくセセラ笑い、

「バカにしないでちょうだい。あたしに会いたかったら銀座のバア〝アパッシュ〟へ、お金をタンマリ持っていらっしゃい。昔のよしみで一晩ぐらいは……」

おひゃらかすように笑いつづける。

ボクは、かッとなり、ポケットからジャックナイフを取り出すが早いか、マチ子の顔に斬りつけた。耳のうしろから頤のあたりをかすめただけだったが、白い絹のマフラアに花ビラのような血がたれると、マチ子は顔を押え、少しも大声を出さず肚の中から憎悪をこめて、

「色気狂い奴！」うめき声にも似た罵声。

ボクはグッと咽喉が詰まった。

足元に落ちたハンドバックの口が開いて水晶の首飾がこぼれ出る。そうして、いつかボクがこしらえたセルロイドの櫛がほの暗い電灯の光を浴びて水たまりの中へ転げている。

それを見るとボクは、血だらけのマチ子の顔に飛びついて、涙をポロポロこぼした。

四

ボクは傷害罪の刑期を無事に終えて、現在では元浅草ひょうたん池のほとりで小さな屋台店を出し

て、牛煮込み屋をはじめている。

お客の少い時など、ぼんやりと埃っぽい六区の空を見上げ、（マチ子はどうしているか）と考える。

ボクの一件で取調べられたときに旧悪がバレて、刑務所に居るのではないか？　いや、あの女はそんなドヂな真似はしないだろう。太腿の入墨のカルメンの如く、都会の片隅を放浪しているのではないか、そうならば又、ひょっくりとボクの前へ現れるかもしれない。と、ボクは儚ない夢を描く。だがそうした時が一番楽しい時なのである。

雪あかり

一瀬直行

この風呂屋は国際通りを、ちょっと右に曲った合羽橋通りにあった。二階が風呂場になっている。小太郎は入口の下駄箱にすりへった下駄を入れると、正面の階段を上がっていった。

ここは町中の風呂屋と違って、近所の人達ばかりとは限らない。客と云えば、いずれも浅草で働く連中である。キャバレーや酒場に勤める女達が、店に出る前に、ひと風呂浴びてゆく。店のゆきがけに板前や下足番が入ってゆく。この頃の寒さだと、体が冷えていけないと、仕事の合間にあたたまりに来る。夏場は夏場で、まだ夜の仕事がひかえているのに、僅かの間をみて、汗を流しに来る。

小太郎は流し場で洗っていたが、目の前の鏡にうつった自分の体をみて、おれもふけたなと思い、ここで又痩せたなと思った。尻のまわりの肉がおち、肋骨がとび出した。が、どことい って調子の悪いわけではない。自分から老い込んではいけないと思っていたら、鏡の中に向う側の隅で体を洗っているおかまに気づいた。小太郎は湯気でけぶった鏡面をタオルで拭き、うしろ姿を見ていた。

ここへはそうした連中が、よく昼間のうち連れだって、入りに来る。床を抜け出すと、先ず風呂屋へかけつけるのであろう。流しに尻をつけ、片膝立てて、熱心に歯ブラシをつかっている。髪の毛が散らないように、赤いリボンで鉢巻のように結わいている。襟首には昨夜の白粉が残っている。これを商売とみるならば、妙な商売だし、人間としてみるならば、妙な人間であるとみていたが、どうやら当人は女になりきったつもりらしい。しとやかに、内輪にしているが、小忙しなく、落着きを失ったしぐさである。化けそこなっているのだ。それでも時によると、すんなりして上背があり、目鼻だちのととのったおかまが入って来る。これで夜にでもなって、お化粧したら、到底そこらの女は追いつけない程、美しく化けるであろう。

かつて小太郎とて一座にいる頃、馬鹿騒ぎの喜劇のほかに、鏡花ものの芸者を大真面目で演じたことがある。ただ女形をつとめるというだけでなく、女にさえもてない色香を出そうと、工夫したものだ。ところが、この連中ときたら、男ともいえない、女ともつかない、変な化け物揃いである。

今日の小太郎は、粗末なバラック建の二階にくすぶっていたが、隙間風に寒くてやりきれず、ひと風呂浴びにやって来た。あたたまるのが目的で、ゆっくり入っていた。

朝からどんよりと重く曇り、雪にでもなりそうな空模様である。お湯屋の玄関を出た彼は、国際通りの交差点にさしかかり、さて迷った。せっかくあったまったのに、この儘バラックの二階へ帰りたくはない。といって、キャバレーの娘をたずねたくも、あれからまだ一週間とはたっていない。あの時娘のきみ江から、

「ねえ、お父さん、頼むからそうちょいちょい来ないでよ。第一朋輩の手前まずいのよ。この頃は客あしがへって、わたしとしても辛いわ。お金が無ければあげるけど、お酒ばかりのんで、体でも悪くしたら本当に困るじゃないの！」と、たしなめられたばかりである。

きみ江がそういうのも無理がない。酒がのみたいのだ。遊んで暮している父には、娘のところへねだりにゆくより道がない。ゆけばしぶしぶでも、二百円、五百円と、娘は小遣をくれた。せめて月二三度にしておけばよいが、時には三日にあげず、キャバレーの裏口をたずねる。酒が欲しくなると、一日が待てないのだ。娘に対しては気不味い思いをしている。こんな見苦しい身なりで、たびたびたずねては、朋輩の手前工合が悪いであろう。酒のことを心配してくれるのも、金を出ししぶっていうのではなく、本当に親の体を思ってのことであろう。よくわかっているが、のみたいとなると、辛抱が出来なかった。

交叉点を渡ってゆけば、自分の家に出るが、それとは反対に電車通りに向って歩き出した。きみ江のキャバレーをたずねるつもりである。曇っているためか、既にあたりは薄暗い。やがて映画館は夜の部にうつって、一段と舗道は雑踏をきわめるであろう。それでなくとも、電灯が一せいにつく頃、ひと際ひと出を増して賑う。小太郎は背をかがめ、人目につくのをおそれているかのように、軒下を歩いていた。

きみ江の出ているキャバレーは仲見世よりも手前にあった。大きくはないが、女の子が七八十人い

るという。電柱の横から狭い路地口を入っていった。丁度汚ない裏口にボーイがごみを捨てていたので、腰を低くして、

「すみませんが、うちのきみ江を呼んで下さいませんか？」と、頼んだ。もみ上げを長くのばし、髪の毛を油でなでつけた若いボーイは、ちらっと蔑む目を投げ、暗い奥へ入っていった。それっきりなかなか出て来ない。

　こんなところへたずねてくる俺が悪いのだ。馬鹿にされても仕方がない。大抵裏口から女にあいに来る者は、性が知れている。用向きの見当もつく。どうせろくな話ではないのだ。鼻であしらわれてもやむを得ない。小太郎は羽目際に身をよせて、路地から暮れかかった空を見上げていた。向い側の屋上の物干台には洗濯物が風になびいている。突然店の中から、けたたましくジャズの音が響いて来た。と、そこへ往来からけばけばしく装った女が路地に入って来たので、彼ははじへ身をよせた。と、最後の女が、ちょっと振返って、

「きみ江さんでしょ？　今呼んであげるわ」といい残し、中へ入っていった。

　尚暫く待たされていたが、この寒いのに肩まで出したきみ江が、顔だけ覗かせ、

「今客があるのよ。あとからゆくから、つた屋で待っていてくれない」と、いいおいて消えたが、もう一度顔を出し、

「お父さんの好きな物を食べていて頂戴」と、大きな声を出した。一段とジャズの音はたかまり、気

違いじみて響いて来た。

つた屋はもっと電車道に近く、狭い横町に赤い暖簾をさげた小店であった。この分だと手間どると思った小太郎は、少し近所を歩いてから、たてつけの悪い硝子戸をあけ、店に入った。土間にはテーブルが三つ並び、細長く、狭い。一番奥のテーブルがあいていたので、かけた。

天井の低い店内には女の香がこもっている。土間の隅には暖をとるために七輪に練炭がおき、小さな薬罐がかかっている。一方の壁には、カレーライス、ラーメン、おでん、稲荷寿司、くずもち、あんみつ等と紙に書いてはり出してある。高くて五十円、大抵は三十円どまりの値段がついていて一番はじに焼酎と電気ブランのはり紙が出ていた。この店は、土地の定連でもっている。それもキャバレーの女や料理屋の女中が多い。彼女達は店の合間をみて、息抜きにやって来る。たまさかあう肉身と、こそこそ話をかわしている。時には好きな男と、嬉しそうに語っている。安いがまずくはなく、ちょくな店であり、おかみさんが如才なく、打解けて長居が出来た。

小太郎はなにか食べたいと思ったが、きみ江が来てからにしようと、あつい茶をすすっていた。直ぐ前のテーブルでは小粋な女二人が、くずもちを食べながら、朋輩の悪口に夢中になっていた。入口のテーブルには若い男女が、むっつりとしてカレーライスを食べていた。すっかり往来は暗くなり、一段と人通りがはげしい。はす向いの酒場のネオンサインが赤く路上に映じていた。彼は見るともなく外を見ていたら、あつぼったい外套にくるまったきみ江が入ってきた。

いきなり調理場へ入っていったきみ江は、いっぱいついだ焼酎のコップを持って来、父の前におくと、向き合ってかけた。酒を前にした小太郎は俄に目を細めて、子供のようにお世辞笑いを浮かべている。彼にすれば一ぱいの焼酎は手を合わせたい程、有難い。そっと口のほうからもっていって、冷たい舌ざわりをのみほした。

父とすれば酒でものむよりほかに楽しみがないのであろう。酒に酔っている間は俺の天下だ。こんな味気無い生活をしていたら、酒でものんで憂さをはらさなければ、到底やってゆけないと、父は口癖のようにいう。だが、ただ好きで、いっときものまずにはいられないのだ。酒の力をかりて、日頃のやりきれなさをまぎらわしているとは、虫のよい父の弁解に思える。

きみ江としても、それ程好きなものなら、心ゆくまでのましてあげたいが、そうなれば、際限がなさそうである。今のきみ江には父の酒代位それ程重荷とは思わない。が、父のいうなりになっていたら、どこまでもよりかかって来る。店でもきみ江は古株となり、よい客もつき、よい稼ぎをしている。けれど彼女としても、この世に頼る者がないとすれば、自分のことは自分でやってゆかなければならないし、将来のことも考えなければならない。二十五にもなってキャバレーで働いていれば、先がみえている。いっそ金持ちの妾にでもおさまるつもりなら、こんな苦労はしない。家庭に入って、かたく平凡に暮らしてゆきたいのだ。となると、一度こんな水商売に身をおとした者は、容易なことが容易でなくなる。それにしても、少しはまとまった金をつかんでいたいのだ。それには今のうちで、この世界から一歩外へ出たら、とてもかないそうもない。きみ江はなにかにつけ、あせっていた。

ひと口のんでは、嬉しそうに微笑む父の姿を見ていれば、いたいたしい程、だらしがない。この手をつかって、相手に取入ろうとするような狡智さがない。もしそれがみえ透いていたら、きみ江としても、意地悪く出ることが出来る。又、父の顔をきかせて、高飛車にでも出るなら、逆にはね返してやることが出来る。ところが、目の前の父は卑屈ともみえるし、子供同様邪気がないともうけとれるのだ。

子供心にも母が、「おまえのお父さんは人はよいが、甲斐性がないんだよ」と、口癖のようにいっていたことが思い出される。母の若い頃は、父と共に浅草の舞台にたっていた。父にも人気を得て、全盛時代があったのだ。その頃が頂点で、あとはくだり坂に向い、今日ではバラックの二階にくすぶり、娘のところへ酒代をねだりに来る程までになった。

又、母は、「おまえのお父さんは、人にだまされることがあっても、人をだますことが出来ないんだよ。なにも人の裏をかけというわけじゃないけれど、そんな馬鹿正直なことばかりいっていたんでは、この世を渡ってゆくことが出来やしない!」ともいっていた。その母も戦災の時に死んでしまった。

後妻を迎えてからは、折合いがつかず、きみ江は同じ浅草の中に暮らしていても、家を出たも同じことである。やがて後妻のいうなりになって、父は現在の裏通りにのみ屋を始めた。ところが、客とくっついて、これも家をとび出してしまった。後妻というのは年も若く、尻も軽い。そこでこれまでの狭い階下の店を、現在ののり子に借し、父は二階に引込み、月々の家賃で暮らすようになった。父一人とはいえ、階下のあがりだけでは食べてゆくだけがやっとで、酒代まではまわって来なかった。

父は自分からふけ込み、それによりかかっている。急に白髪こそふえたが、まだ六十を越したばかりではないか。足腰が立たないわけではない。自分に働く気さえあれば、なんだって出来る筈だ。ところが、若い頃の全盛時代が忘れられず、見えや外聞にとらわれている。こんな変り果てた見窄らしい姿で、浅草の中をさまよっているのこそ、うすみっともないことではないかと、きみ江は思う。

こっちが甘い顔をしていれば、どこまでも甘えかかって来、際限がない。当人はそれにも気づかないから、悪いことと思っていない。誰しもほどほどにしてもらいたく、さもなければつっぱねて振向かなくなるだろう。別に親に対して冷たくするつもりはない。が、きみ江には自分の生活が、なによりた切なのだ。それとこれとは別の事柄に思える。将来を台無しにしたくはない。ひとり身の女が二十五にもなって尚働いていなければならないとすれば、将来を考えないわけにはいかない。父の時代とは世の中が変ったのだ。それに目をふさいで、父は若い頃の考えでいる。父にひきずられていたのでは、いつまでたっても浮かぶ瀬がない。そこに距離をおいて、改めて嬉しそうにのんでいる父の姿を、きみ江は見直していた。

「お父さん、店に客が待っていますから、わたし先に帰りますよ」

そういってからきみ江は、五百円札を小さくたたんで、父の手に握らせた。当り前のような顔をした父を見ると、ちょっと反感がおきたが、いつものことである。いくら水商売みたいなことをしていても、たやすく入る金高ではない。

あたふたと出てゆくきみ江のうしろ姿を、小太郎は、暫く見送っていた。と、店の前に若い男が逃げて来たかと思ったら、二人の警官が追いかけて来、直ぐつかまった。おそらく掏摸であろう。こんなことはよくあることで、別に弥次馬もたからなかった。

小太郎は残り少なくなったコップを前にして、今更のように娘の面影を思い浮かべていた。戦災で死んだ母にそっくりである。殊に急ぎ足で出てゆくうしろ姿は、若い頃の母を思いおこさせた。あの頃は小太郎の生涯のうちでも一番はなやかな時代であった。浅草のレビュー小屋に出て、人気のまとであり、一座にとっては、なくてはならぬ存在であった。当時舞台の人気に溺れ、好き勝手な生活をしていた。世間からはちやほやもてはやされ、金に不自由することなく、贅沢な生活にうつつを抜かしていた。女道楽も一人前なら、好きな酒にも溺れていられた。

当時きみ江の母も同じ舞台に立ち、踊り子をつとめていた。一座の者は二人の結婚をうらやんでいた。きみ江が生れてからの母は、楽屋で乳房をふくませながら、舞台をふんでいた。その頃のきみ江は、赤ん坊めずらしさに、同じ踊り子達の間で、ひどく可愛がられた。だから、母は子持ちでありながら、どうやら舞台をつとめることが出来たといえる。

元来母は舞台人に似合わぬ温順な女で、いつも夫のかげに隠れ、小太郎の人気の引立て役にまわっていた。鏡台の前で半裸になって舞台化粧をすませ、きみ江に乳房をふくませている妻の姿が、遂昨日のことのように目に浮かんで来る。そのうち一座には若い溌剌とした踊り子がふえてゆき、彼女は追い抜かれてゆくもの悲しさと共に、自分の年を考えた。彼女にも家庭の人となるか、家庭を捨てても舞台に生きるべきか、悩みがあった。が、いさぎよく舞台を捨て、妻として、母として新しい喜びをかち得た。今更のように、よくやってくれたと、死んだ女房のことが懐しく思い出される。それにしても店を捨ててまでも、若い客ととび出していった後妻が、面憎い。

小太郎はコップの底に残った一滴をなめるようにしてのみほし、店を出た。家とは反対に、明るい六区の方をさして歩き出した。片方の酒場のドアのところでは、店の女が通行人を呼びとめている。その前の酒場からは酔った客が出て来、そのあとを追って店の女も出て来た。その儘二人は腕を組んでいった。かなり大きなキャバレーの前まで来たら、プラカードを振り上げ、カーボーイ姿の男が、「さあ、いらっしゃい！」と、宣伝していた。その恰好を見て、思わず小太郎の太いうた声が、喉をついて出た。当時舞台の横手からカーボーイ姿であらわれれば、観客はわいた。そこに三十年の年月が過ぎ去ったが、自分のはなやかな舞台姿が彷彿と浮かんで来る。うたのひと節を、小太郎は口の中だけでうたいながら、雑踏にもまれていった。

日本館の前まで来たら、「おじさんッ！」と、うしろから呼びとめられた。

「なんだい勝坊じゃないか！　これからお母さんのところへゆくのかい？」

「ううん、これから池袋へ帰るんだよ」

「だって、一人で大丈夫かい！」

勝夫はくりくりとした目を向け、笑っている。たしか母ののり子から小学三年とか、四年とか、きいている。そんな子供が一人で池袋まで帰れるのかと、あやぶんだ。

「なんか、食べるかい？」

「いいんだよ」

勝夫はみるからに寒そうな様子をしている。色のさめたジャケツに膝の抜けたズボンをはき両手をポケットに突込んでいる。あったかいものでも食べさせてやりたいと思ったが、子供らしくもなく、遠慮している。明るい食堂のドアに手をかけると、うしろから、「お腹がいっぱいで、食べられないんだよ」と、勝夫は引きとめていた。

これも女親の腕一つで育てられているためであろう。一人で帰れるかいといえば、大丈夫だよといい、寒くはないかときけば、寒くはないといい、食べようといえば、食べたくないといいはっている。ききようによっては、相手に突掛り、さからってばかりいる。やたらに反抗するというよりは、変にすねたり、いじけたりしているようにとれた。

「バスの停留所まで、一諸に送っていってあげよう」

今度は素直に頷いていた。池袋行きのバスは雷門の銀行の前から出た。途中菓子屋の前を通りかかったので、彼は持たしてやるつもりで板チョコを買っていたら、側から勝夫が、

「同じもの二つ買ってね」と、甘えていた。

「同じものを二つ？」

「だってね。この頃は妹の奴がうるさくて、なんでも同じようにしなければ、おこるんだよ」

勝夫に妹があることは初耳である。日頃階下ののり子は勝夫一人のようなことをいっていた。あの子がいるために張合いがあり、育ってゆくのをみているのが楽しみであるといっていたが、二人の子持ちとは気がつかなかった。なにも一緒に暮らしているのも同様な小太郎に、そんな嘘をつかなくてもよさそうに思える。どうものり子の奴は、別に年よりの僻みでいうわけではないが、この小太郎を毛嫌いしている。上と下と一軒の家に暮らしているのではないか。もっと気さくに、あけぱっなしであって欲しい。そういえば彼女の身辺は秘密でうずまっているかのように思えて来る。妻子を捨てて、女のもとへ走った夫に、今更未練はないという。そのくせ階下の店へ時たま夫はあらわれているのではないか。男につくづくこりたという。だが、どんな男関係が背後にあるのかわかったものではない。金銭上のことにしても同じことがいえる。今月も赤字になった。先月より一段と悪いという。これとて一緒にみているわけではないので、どこまで信用してよいかわからない。どうやら秘密の中にとざされている。疑えばきりがなく、嘘でかためてあるかのように思われて来る。

それならのり子という女は、出鱈目でいい加減な人柄であろうか。ところが、正直の上に馬鹿という二字がつく位、好人物なところがある。そう思って、われながらあまり人のことはいえないと、彼は苦笑していた。が、だからこそ、相手から嫌われても、親しみがもてるのだ。ちょっとしたことでも悲しんで、大粒の涙をこぼす。嘘では泣けないのだ。かと思えば、つまらぬことに感激して、子供のように喜んでいる。心が濁っていては、あんな芸当は出来ない。というのも、二人の子供を抱え、女の細腕で一本立ちでやってゆくことが、どんなに困難であるかということをいいあらわしているのではないか。こんな人込みを臆する色もなく、池袋まで一人で帰る勝夫がいとしくなった。

池袋行きのバスは雷門が終点になっていた。逸速く乗った勝夫はうしろの席に腰かけ、窓から手を振っている。人道から見えなくなるまで見送った小太郎は、仲見世から六区の方へ戻っていった。と、国際通りの四つ辻まで来ると、黒山の人だかりがしていた。又、はでな喧嘩でもしているのであろう。浅草に暮らしていれば、殊更珍しいことでもなく、弥次馬根性もおきない。が、その騒ぎを知った両側のキャバレーや酒場から店の若い女達がとび出してゆく。遂つられて、小太郎も近寄ってみた。一台の車を幾重にも取り囲み、わいわい騒いでいる。小太郎は、人垣のうしろから、暫くあきれた顔で見ていた。わけても若い女達が、黄色い声で、「こっちを見てよ」とか、「そこで笑って頂戴」と、熱狂していた。車の中は見えないが、今人気の絶頂にある映画俳優であることを知った。おそらく舞台から挨拶をすませて、帰るところであろう。

小太郎にもこれ程の歓迎はうけなかったが、若い頃の思い出がある。いわばレビュー界の人気を一人でさらっていた。人に騒がれるのがてれ臭く、又わずらわしいので、黒い眼鏡をかけ、口に白いマスクをあてて、こっそりと楽屋口を出た。それでもどうかすると、すれ違った時、「あれはレビューの山口小太郎よ」と、ささやくのが耳に入った。悪い気持はしなかった。おれの人気も相当なものであると、うぬぼれていた。二十代の若さであり、女にはもてるし、金は入った。道楽もかさねるし、金使いも荒かった。酔って、溺れて、その日その日が夢のように楽しく過ぎていたのだ。

あれから既に三十年の月日がたつ。今日ではこうしていても、誰一人かっての山口小太郎であると気づくものはいない。第一そんな奴がいたのかと、おれの名前さえ忘れている。あれ程の人気の焦点も、今日ではあとかたもなく消え去ってしまった。

うそ寒い気持で歩いていたら、冷たい北風が吹きつけた。焼酎の酔いもさめ、もういっぱいあついところをひっかけたいと、のみ屋の縄暖簾に手をかけたが、いっそ二階の行火にもぐり、窓の雪を眺めながらにしようと、家路を急いだ。

のり子がやっている店の庇には赤提灯がぶらさがっている。その横路地から身をちぢめて裏口へ出た。たてつけの悪い三尺の硝子戸を両手にもち、音のしないように静かにあけた。店の中は暗く、狭い。のり子は若い男の客を相手にしていたが、彼は見て見ぬふりをしながら、二階の梯子段をあがっていった。そこに下駄をぬぎ捨てておいては、店の邪魔になるので、片手にもってあがった。

かっては上と下を自分でつかっていたが、階下の店をのり子にかし、ひとり身の小太郎は二階のひと部屋にもぐった。二階といっても天井が低く、窓に庇もついていないほんのバラック建で、隣家との境はベニヤ板でかこってあるにすぎない。

行火の炭団をほじくり、窓際によせて、両足を入れた。思い出したように粉雪が窓硝子に吹きつけ、まだつもる程ではない。窓によりかかりながら往来を見ていた。往来といっても六区の裏通りで道幅が狭く、暗い。直ぐ前はコンクリートの映画館の裏側にあたり、それでも酒場やふぐ鍋とか、さくら鍋専門ののみ屋や自転車預り所が店をひらいている。ここを抜けてゆく人は土地の者ばかりである。顔見知りの夜の女が、黒い外套にくるまり、男と腕を組んで、縄暖簾のふぐ料理屋へ入っていった。暫く足音がたえていたが、急に賑やかな笑い声がおきたかと思ったら、角のストリップの楽屋口から四五人の踊り子がとび出して来、小走りにすぎ去った。きっと楽屋が寒いので、表通りの喫茶店へあたたまりにゆくのであろう。映画館の裏にある大きなゴミ箱を覗き込むようにして、懐中電灯片手にバタ屋があさっている。同じ仲間が二三人集って、電柱の横では小雪の降る中で盛んに焚火をしている。向う角で暫くおでん屋が鈴を鳴らしていたが、やがて屋台車を引いていった。この裏通りには、よく掏摸が逃げ込んで来る。かと思うと、暗がりで愚連隊仲間が荒っぽい喧嘩をしている。

かつてこの浅草は小太郎にはなやかな人気を提供し、歓待してくれた。が、それも長く続かず、しぼんでしまうと土地から見捨てられた。彼とすればそんなに土地に未練があろう筈もなく、腹を立てたあげくとび出すか、逃げ出すべきであるのに、今日も尚便々として暮らしている。それは好きだとか、嫌いだとかいうよりもっと他になにかありそうだ。今日の浅草のあり方を喜んではいない。むしろ古い戦前の姿を懐かしがっている。ともあれ、うらぶれた身にとって、住みよいとだけはいえそうだ。

そんな思いにふけっていたら、階下ののり子が階段の下から覗くようにして、

「お客さんがみえましたよ」と、声をかけてくれた。

日頃小太郎のところへたずねて来る人は一人もいない。今どきこれという用件もないのに、人をたずねるようなひま人はいない。世の中が世智辛いのだ。又、彼にしても人に接することを避けている。なんとなく人と話をかわすことさえ億劫な気がする。こんな穴ぐらにとじこもって、世捨て人同様の暮らしをしているのだ。なまじっか世間からかまってもらいたくなく、放っておいてくれた方が有難い。だが、時によると、無性に人と会いたくなる。それもお互いに気心を知り合った仲で、若い頃の思い出話をかわしたくなる。よしんばそうした相手があったとしても、こんな薄汚い二階までたずねては来ないであろう。

誰が来たのかと思いながら、小太郎は階段の途中までおり、そっと階下を覗いたら、石井が立っている。一瞬いやな奴が来たなと思った。別にこの男と貸し借りこそなかったが、昔から肌が合わない。若い頃は一緒にレビューの舞台に立っていた。それが戦前あっさり見切りをつけ、酒屋の養子に入っ

た。なにも舞台を捨てて、商人になることもないではないかと、皆かげ口をきいていた。ところが、戦後闇で儲け、あげくは水増しやレッテルのはり替えで悪どく儲け、ひと財産残してしまった。臭い飯も喰って来ている。

なんのためにたずねて来たのかと思ったが、石井はお手のものの一本をさげている。それをみた小太郎は、俄に顔をほころばせ、あがって来いと手真似で示した。と、慌てて制した彼は、ぬいだ靴を手に持って来いと、これも手ぶりで教えていた。

日頃小太郎は階下の店に、ひどく気をかねていた。二階には誰もすんでいない。もしそれが誰かいるようでは、せっかくの客の酒の気分を散らしてしまう。小太郎にも経験のあることだ。だから、咳払い一つにも注意している。もしかして店の邪魔になりはしないかと気をくばっていた。便所といえば、階下にしかなく、おりてゆけば客の目ざわりになる。我慢に我慢して、たえられなくなると、夜は部屋の隅の尿瓶ですませていた。というのも、のり子の手前気をつかっているものの、内心ではこんなおちぶれた姿を人の前にさらしたくないという気持もあった。

石井は部屋の隅に自分の靴を置くと、外套や襟巻をした儘、行火の前にどっかりあぐらをかき、薄暗い部屋の中の貧乏たらしさを、あきれ顔で見まわしていた。その間に小太郎は石油焜炉に火をつけ、石井がさげて来た一升瓶をあけ、燗をしていた。

「この前にあったのは、いつだったかな。暫くあわなかったが、一年位になるかしらん。でも、変りがなく結構だ！」

石井の横柄な口っぷりである。小太郎は口の中だけで返事をし、ただ頷いていた。下の店へ聞えることをおそれている。

「やっぱり来てみれば浅草は懐かしい。若い頃のことが思い出されてね。然し暫く来ないうちに随分変ったね」

彼にすれば今夜小太郎をたずねたのは、別に用件があるわけではない。公園裏の親戚まで来たら、鍵がかかって留守であった。その儘六区まで足をのばし、ふと小太郎のことが思い出され、よってみた。

「では、御馳走になりましょう」

そういって、石井の盃に酒をつぎ、小太郎も口をつけた。行火を挾んで向き合っているが、二人の様子は対照的にみえた。石井はでっぷりと太って、顔の色つやがよい。それにくらべて小太郎はげっそりと痩せて、顔色がどす黒く、白髪が目立つ。たしか年は五つか六つ年下であったが、どうみても十以上のひらきがあった。太い指輪をはめた石井が成上がりにみえるなら、小太郎は痼疾に悩まされているかのように貧相である。一緒に舞台に立っていた頃は、これが逆であった。石井にはこれという特長も才能もなく、ただどんな舞台にも向く調法な喜劇役者であった。人気の絶頂にある小太郎は、顎でつかっていた。それが今日では逆転したかたちである。石井は先きを見越すと、舞台をしりぞき、商人に転向した。見方によっては、その方が利巧であるかもしれない。が、舞台で生きる者は、舞台で死ぬのが本当ではないか。

「この間きいたばかりの話だがね。一座にいた波子ねえ。気の毒な死に方をしたそうだ。あの頃は大変な勢いで、お面はいいいし、声はいいいし、レビュー界の女王だと騒がれていたものだ。それが晩年は間借り生活で誰も面倒をみる者もなく、淋しく死んでいったとよ。余程暮らしがつまっていたらしい。死んだ時なんか、誰も気がつかなかったというぜ。あったらレビュー界の女王も、末路はみじめであったらしい」

当時の波子といえば、レビュー界の人気を一人でさらっていた。高慢ちきで、うぬぼれが強く、我儘な女であった。うしろだてには貿易会社の社長や深川の木場の旦那がついていて、金を出していた。自分でも女王気どりで、贅沢三昧に暮らしていた。若くて器量はいいいし、おどれて、うたえて、ちょっとした芝居はこなせる。仲間うちでは嫌われていたが、彼女の人気の前にはかなわなく、皆黙っていた。当人はつけ上がるばかりである。男との噂はたえない。これではいつかは躓く。誰しも内心ではそれを待っているかのようであったが、それにしても、死水もとる者がいなかったとは、気の毒な話である。

石井は盃をあけては、小皿の南京豆をぼりぼり嚙んでいた。波子の話を告げながらも、人ごとのように関心がなさそうである。ふと小太郎の胸中には、これはうっかりきいていたが、おれを皮肉っているのではないかという気がおきた。相手は馬鹿にしきっている。おれとて、常に死後憂いを残さぬように、又ながわずらいをして苦しむことのないようにと、願っている。それにしても、余計なお節介ではないか。それともおれの僻みかなと、思っていたら、

「この頃は忙しいのでしょうね」と、全然思いもしないことが、小太郎の口をついて出た。それこそつまらぬお世辞である。

「忙しいといえば、毎日追いまわされているよ。それも銭にならぬことにね。やれ民生委員だとかPTAの役員だとか、商売そっちのけで、こき使われている。でもね、人のためにつくしておけば、いつかは自分にかえって来ると思ってね。それで出来るんだよ」

石井らしい理屈であり、至極満足そうである。それでなくとも、色つやのよい顔は、酔いがまわって、赤くほてり、油ぎって来た。この男にはこの世がひどく楽しいらしい。だが、小太郎にはそうはとれない。石井とは逆に酔いがこじれ、のむ程にしらけた気持になり、口が重くなった。

外は場所柄とも思えぬ程、静かであった。窓硝子の桟に雪がつもり、電柱の北側だけ白く染まった。さらさらという音を立てて、粉雪が窓硝子に吹きつけていた。

「あんまりつもらないうちに帰るとしよう。なに店は駅の前だから、歩くところはないんだけれどね。そのうちに一度出て来ないか！」

石井は行火から立ち上った。帰りがけに子供の自慢話をひとくさり喋って、危ない梯子をおりて

いった。なんのことはない。石井の奴、この小太郎をからかいに来たのかと思うと、くやしい。残った酒をのんだが、こんな時はにがくなるばかりであった。と、その時、「わたしはいやです。そんなこと出来ると思っているの。少しは考えてみたらどう？　どうせ馬鹿な女だ！」甲走ったのり子の声が、階下から聞えて来た。なにか客といい争っているのかもしれない。それにしても今夜ののり子は、だいぶ酔っている。彼女は客からすすめられれば、商売柄のむが、自分から酔って乱れるようなことはなかった。それでもどうかすると、鬱積した気持を爆発させるように酔っ払うことがあった。

いつもなら流しの新内の三味線やギタァの音が、窓下に聞えて来る時刻であるが、今夜は雪のために、その気配もない。と、どこからとなく、ラジオからだみ声でうたうのが、ちぎれちぎれに聞えて来た。ひと頃はその鼻にかかったうた声をきいただけで、ラジオをぶちこわしてやりたくなる程、癪にさわった。勿論そいつに往年の人気はない。が、かっては後輩ながら、同じ舞台にたったことがあった。その頃から世渡りの達者な奴であった。ともあれ、ラジオに、テレビに生き残った現役はこの男位である。今日では腹立てる気力さえ彼は失っていた。

ベニヤ板一枚の隣りの二階から、男と女の寝物語がもれて来る。いつも女の声は同じでも、相手の男の声は違っていた。どこからか、男をくらい込んで来たのであろう。嬌声もやみ、静かになったものの、床の中の二人の気配が目にうつるようである。

とうに六区の小屋ははねていた。窓下をゆく人影もない。時たま屋根につもった雪が、北風に舞っていた。行火に入っているうちに、いつかねむ気を催して来た。裏手のほうからしめっぽく三味線の音が、とぎれがちに聞こえて来た。きくともなくきいているうちに、死んだ女房が思い出されて来た。あいつが生きていたら、おれの生活も、今日よりましであろう。三味線が好きで、腕も達者であった。今更にあいつの情味が懐かしく思い出されて仕方がない。いつかうとうととねむ気に誘われていった。ただならぬ気配に、小太郎は身をおこした。階下から土間にコップをたたきつけて割れる音が響いて来、続けざまに皿小鉢の割れる音が響いて来た。なにごとであろうと、慌てた彼は急ぎ階段を中程までおりてゆき、店の様子を覗いた。と、客はなく、ただ一人のり子が一つしかない隅のテーブルにうっぷしてい、足もとにはかけらが散っていた。

「のり子さんにも似合わない。いったいこれはどうしたのです」

顔を上げたのり子は、じっと小太郎をみつめている。髪は乱れ、頰は涙に濡れ、目は血走っている。

「三田を追いかえしてやったのです。だって、そうでしょう。自分に都合のよいことばかしいって……。わたしくやしいッ！」

又もテーブルにうっぷし、肩をふるわしていた。三田とはわかれた夫のことである。のり子と子供をおいて、他の女と失踪した話は、小太郎もうすうす知っていた。その三田がひょっこりあらわれたという。

「まあ、そう昂奮しないで、気をしずめて下さい」

のり子はどんな場合にも、自分の感情を抑え、とり乱すようなことがなかった。よくよく切羽つまったのであろう。静かに頭をもたげると、小太郎にきいてもらいたいというよりは、もう一度いきさつを振返るように、のり子は呟いた。

「三田のいうことは、なにもかも曖昧で、自分勝手なのです。もとからそうであった。筋の通ったことや相手の気持を察するようなことが出来ない。女とはわかれたという。そんなことは信じられない。あのひとがいなくなってから子供を抱えて、どれ程生活のためばかりでなく、片親のないために子供が肩身の狭い思いをしやしないかと、心をくだいたことか。そうしたことは全然察しもしない。虫がよすぎる。自分のしたことに反省することが出来ない。だから、職にもありつけないのだ。これまでのことは水に流して、もとの鞘におさまってくれ。よくそんなことがいえたものだ。わたしには出来っこないじゃないですか！」

そういったのり子はひと息つくと、自分の唇をかんでいたが、

「わたしは三田を信じ、愛していました。今でもその気持に変りはありません」といいきって、又も泣きじゃくっていた。

この場合、正直のところ小太郎にはどうしてよいかわからず、慰めようがなかった。表口の硝子戸に小雪が、さあーと吹雪いた。暗い店の中は、往来につもった雪あかりでほの明るい。のり子の白い襟あし、いたいたしい肩さき、それをしっかり抱いて、気を取直し、元気づけたい。が、思うだけで、

小太郎にはその勇気がなかった。

「ともかく、時間もおそいし、この雪の中では帰ることも出来ない。今夜わたしの二階へとまっていらっしゃい。！」

「いいえ、帰ります。うちには子供が待っています」

「そんな強情をはったって……」

「年のいかない子供を放っておくことは出来ません。すみませんが、車を呼んでくれません」

国際通りまで出て、小太郎は車を呼びとめた。傘もささず、のり子は、あとを追って来た。ドアがしまると、車は滑り出した。向い側がみえない程、雪は舞い、両足はもぐってしまった。この分だと、明日は余程つもるであろうと、小太郎は店に戻った。入口の鍵をしめ、土間に散ったコップや皿小鉢のかけらを掃きよせていた。あの女は弱そうで、気が強いと思いながら、階下のスイッチをきったら、煤けた天井まで、窓外の雪あかりで、明るく浮き出した。

祭りのあと

半村 良

三社祭のあいだは、どの店もめいっぱいたてこんでいて、きのうきょう浅草に住みついた私などは、生っ粋の浅草っ子たちの隙き間に割りこんで、小さくなっているより仕方なかった。

〈石松〉のおやじなどはひどい嗄れ声で、

「いらっしゃい」

と、古顔たちの隙き間へ割りこむ私に挨拶してくれた。宮入りする神輿をかついで、そんな声になるまで威勢よくやりすぎたのだ。

「いい歳をして、いいかげんにしろよ」

と常連の誰かれに苦笑されても、

「近ごろの若い奴らは。神輿のかつぎかたもろくに知りやがらねえ」

などと、祭りの昂りをたっぷり残した顔で突っぱらがっていた。

柳通りの枝も、気がつけばもう今年の葉が一丁前《いっちょまえ》になりかかっていて、三社の神輿が通るのを見たあとは、急におとなびた風情で揺れている。

その柳通りを、組踊りの衣裳をつけた芸者衆の一群が、常よりはぐんと早い足どりで横切って行く。

俥屋が珍しく和服姿の男客を乗せて、早めに〈石松〉を出た私を追い抜いて行った。

いつもより通行人の多いその柳通りの〈鳥幸〉の角で、私を待つようにこっちを向いてたたずんでいる男女がいる。

「ほら、やっぱり半さんだよ」

近づくと男が女にそう言ってから、

「やあ、どうも」

と陽気な声で挨拶した。〈粋壺園〉の若旦那だ。

「よう、仲がいいって評判だよ」

「評判だなんて、そんな」

若旦那は照れてみせるが、

「でもうまく行ってます。おかげさまで」

と、頭をさげる。そばにいるのは衿子さんで、この秋単衣が袷にかわるころ、〈粋壺園〉のお嫁さんになることがきまっている。

「やっぱり降りましたね。どうしても三社さまってえと、一日は降らなきゃすまないんですかねえ」

「降りやすい季節なんだよ。それより立ちばなしもなんじゃないか」

私は頭の上の〈鳥幸〉の看板をみあげて言った。心の中ではいい相手がみつかったとよろこんでいる。

「ええ、あたしらもこれから行くところなんです。どうです、よかったらご一緒に……冗談ぬきで」

「どこへ……」

「やだなあ、〈傘屋〉にきまってるでしょ」

「もう、ふぐでもないだろう」

そう答えながら、私のほうから先に〈傘屋〉へ向かって歩きはじめた。

「おかしなもんですね」

「何が……」

「三社さまがおわると、みんなひと仕事すませたようにさっぱりした顔になっちゃってる」

「そうだね。〈石松〉のおやじなんか、声をガラガラにしてた」

「見ましたよ、あの人がお神輿をかついでるとこを。若い者《もん》の芯になって、こわい顔して大声はりあげてた。いい体してますね。それに、こわい顔だけど愛嬌があって」

「どんな顔だ、こわいけど愛嬌のある顔って」

私は〈石松〉のおやじを思い出して笑った。

「あの顔はそばにおかみさんがいると、よけいに引きたつんですよね」

「どうして」

「あのおかみさんは、めちゃめちゃ優しい顔してるもん」

「そうだな。おかみさんにはずいぶんわがまま言ってるみたいだ」

お好み焼の看板の先に〈傘屋〉が見えてきた。

「お互い惚れ合って、ひと波乱あったってとこだろうが、いい夫婦だよ。ああいう夫婦におなり」

私は冗談で、わざと納まった言い方をしたが、若旦那は首をすくめるような恰好で、

「はい、ありがとうございます」

と神妙だ。衿子さんのほうは私を見ていたずらっぽく笑っている。衿子さんのほうが、よほど物が判っているところがある。

入口の引き戸の右に、照明の入った奥行きの浅い飾窓がついていて、そこに黒と赤の蛇の目傘が斜めに二本。傘の下に古びた一升徳利がひとつ。

〈傘屋〉が〈傘屋〉であるしるしは、その飾窓だけで、ほかに看板も何もない。

店の中は竹と網代を多用した、ばかに粋な造りになっている。出しますものは普通の小料理屋風プラス鍋料理。ふぐが好きで寒いうちよく通うが、陽気がよくなるとつい足は遠のく。

それは私に限らず他の客も同じことらしくて、だから若旦那と衿子さんは、どの店もこみあう祭りのあとの宵、この〈傘屋〉へ足を向けていたらしい。

若旦那の読みは正解で、テーブルが二つあいている。

「いらっしゃいませ」

「ちょっとごぶさた。この席、いい……」

「はいどうぞ」

私たち三人がカウンターを横に見るテーブルについたとき、また戸があいて男が一人入って来た。

顔見知りの客だ。名前は黒川で美容院の経営者。

「いらっしゃい」

「すいてるな。よそはどこもいそがしいのに」

「うちはふぐだけが頼りだもんで」

おかみさんは笑っているが、〈粋壺園〉の若旦那は妙な目つきで私をみつめた。

「有名なおたんこなすだよ。本人、悪気はないんだけどね」

鉤の手になったカウンターの向こう端《はじ》へ坐った客の様子をうかがいながら、若旦那はゆっくり頷いた。

「三社さまがおわると、またすぐに植木市ですね」

衿子さんはそんな話題から私たちを遠ざける気らしく、楽しそうに言った。

「お酒ですか……」

おかみさんがそばへ来て尋ねる。

「うん、俺はいつもの」

若旦那は清酒を頼み、衿子さんはビールを注文した。この店は特に断らない限り、黙っていると二合の燗徳利《かんどっくり》が来る。

それぞれ軽い肴も注文して喋っていると、私に電話がかかった。

「よく判ったな、ここにいるのが」

首を傾げてカウンターの隅で受話器をとると、

「先生、ダメじゃない。入れ違いだよ」

とピータンの声だ。私の飲み友達で、〈石松〉にいるらしい。

「こっちへおいでよ」

「みんなと一緒なんだもん」

「わがまま言うんじゃないの。いま高清水を注文したところだ。それに〈粋壺園〉の若旦那たちもいるし」

「つまんねえの。じゃ、そこの次はどこ行くか教えといて」

「多分〈つる伊〉かな」

「祭りのあとだから〈つる伊〉はきっと満員だよ」

「じゃあ〈太郎〉か〈よし岡〉だ」

「判った。そいじゃあとで」

で、電話が切れる。ピータンはだいぶご機嫌のようだ。

席へ戻る若旦那が待っていたように、来たばかりの燗徳利を持ちあげて、私に酌をしてくれる。

「電話はどなた……」

「ピータンだった。〈石松〉へ着いたところらしい。戻ってこいって言いやがんの」

私はグイ呑みを口につけた。

「あれは気のきくいい子ですよ」

若旦那は衿子さんに注いでもらい、ビール瓶を取って衿子さんに注ぎかえす。

「戻ってこいなんて、甘えたわがまま言ってるように見えて、その実、半さんが一人ぼっちにならないよう気を配ってるんだと思うな」

言われてみれば、ピータンのそんな心づかいが感じられる。

「気くばりなんてのは、相手に覚らしちゃおしまいですよ。ピータンなんかには、そういうセンスが生まれつき身にそなわってる。だから半さんも気に入ってるんだろうし、あたしたちにも人気がある」

「そうなんだな、きっと」

「ところがね、ときどき気くばりのしっ放しをやると、損したみたいに思う奴がいるんで困るんですよ」

「気くばりのしっ放しか」

私は軽く笑った。

「そう、えてしてそういうのは女に多いんだけど、本当は気くばりなんて、しっ放しは最高なんですよ」

「面白そうだな。たとえばどんな風に……」

「そう言われても困っちゃうけどさ。お茶の心なんてみんなそういうもんだよな」

若旦那は許嫁の顔を見た。衿子さんはあいまいに微笑して答えない。理屈っぽいことを言うのが嫌いなタチなのだろう。その点、下町の標準タイプだ。

それでその話はうやむや。そういう話を順序だてて言うと理屈になり、下町気質の分析や評論になってしまう。若旦那もそういうのは好きなほうじゃない。

「衿子さんはこのごろよく〈粋壺園〉へ出入りしてるそうだね」

「はい、おかげさまで」

若旦那はうれしそうだ。

「あの頑固おやじが、すっかり気に入ってくれましてね。夕方まで顔を見せないと、今日は衿子さんは来ないのかい、なんて俺に訊きやがんの」

銘茶と茶道具を扱う老舗で、若旦那はその〈粋壺園〉の一人っ子。両親は衿子さんのようないい女《ひと》を嫁に入れたくてウズウズしていたのだが、若旦那が見当外れの相手ばかりに惚れて、なかなか家の中がまとまらなかった。衿子さんが現われなければ、〈粋壺園〉の当主はいまだに頑固おやじのままだったろう。

「お母さんともうまく行きそうかね……」

私は衿子さんに尋ねた。

「ええ。今度温泉へ連れて行ってくださるそうです」

「お母さんが……」

「お父さんも一緒に」

衿子さんは若旦那を見て笑いながら答えた。

「それなんですよ。二泊三日だって」

「どこへ……」

「草津温泉。俺、そのあいだ留守番でやがんの。両親とうまく行きすぎる嫁ってのも考えもんだな、冗談ぬきに」

若旦那はそう言ってやけ酒風に呷ってみせたが、満足し切っている様子が、その目に正直にあらわれていた。

〈粋壺園〉の稲田さんと、私は一度だけ会っている。息子にないしょで私の仕事場へ訪ねてきた。

玲子さんとのことをもっと積極的に進めるようにけしかけてくれと、私に頼みに来たのだった。

それが正月そうそうのことで、今は五月のなかば。婚礼の日どりもきまっているから、私が中間で働いたケースとしては、珍しくとんとん拍子に事が運んでいる。

〈傘屋〉を出てもう一軒行こう、と言いだす若旦那に、

「今日は早めに帰すよう言われていますから」

と玲子さんがかわって私に断った。

「なに言ってやんでえ。祭りを無事におえさせて、今日は御神所の骨休め……」

「うちは根津じゃないの」

爛徳利三本の気勢をあげる若旦那を、玲子さんがからかうようにたしなめた。

「みんなあっちこっちにウヨウヨ出てるのになあ」

若旦那は浅草の飲友達のことを言っている。しかしもう、そのそばについているのは生涯の伴侶で、どっちが重いかとなれば当然伴侶だ。

「じゃあ〈よし岡〉の前まで半さんを送ってって、それからタクシーを拾おう」

「ついでに〈よし岡〉で一杯、なんてことにはなりませんからね」

玲子さんは笑いながら釘をさしている。婚礼はこの秋でも、もう雰囲気はすっかりおかみさんだ。

早めに帰さないとお父さんに叱られる、などと、親の権威をちらつかせないところもいい。

「でもなんで〈傘屋〉の次は〈よし岡〉ときまっちゃったんだ」

歩きながら私はぼやいてみせた。

「だってさっき、ピータンから電話があったでしょ」

「道順から言えば〈つる伊〉が先だぜ」

「でもタクシーは〈よし岡〉のほうがとめやすい」

「なんだ、そっちの都合か」

「な……俺、ちゃんと帰る気になってるだろ」

若旦那に言われて衿子さんが笑う。

「そうね。いい子いい子」

「そういうのは二人きりのとこでやってくれないかな」

「大変失礼いたしました」

衿子さんは照れずにふざけ返す。そのへんは若旦那よりずっと大人だ。

「お前、なんだよ、その言いかた」

「結婚前はお前って呼ばないきまりでしょ」

「いけねえまた言っちゃった。ごめん」

空車の赤い灯を見て、私は柳通りで咄嗟に手をあげた。

「ほら、これに乗って帰んな」

タクシーがとまり、若旦那はと衿子さんが乗る。

「ご馳走さまでした」

今夜は私の奢りだった。

「お父さんによろしくね」

衿子さんが頷き、若旦那が素っ頓狂な声で言う。

「あれ、半さんなんでおやじを知ってんの……」

その声を残してタクシーは走り去る。若旦那が今度はどんな人に惚れたのか心配して、お父さんが衿子さんの身辺を調査させたのだ。衿子さんはとっくにお父さんからその調査のことを、打明けられたり詫びられたりしているはずで、若旦那だけがそれを知らないでいる。

いっとき若旦那は、親に反対されるものと思いこんで、衿子さんを両親に引き合わせずにいた。それを早く引き合わさせるようにと、お父さんが私に頼みに来たという経緯《いきさつ》だ。

タクシーを見送って気がつくと、見番がいつもよりにぎやかだ。祭りのあとでお座敷の数が多いらしい。

「あら先生《せんせ》」

富士通りのほうへ歩いて行くと、お座敷着姿のこう子ちゃんに出くわした。私が陰でこっそりつけた綽名がヒラメちゃん。じゃりン子チエのクラスメートに似ているからだ。

「あとで……ね」

地元の芸者さんとのそういう場面は、あっさりしていていい。クラブの洗面所などで、その店のホステスとすれ違うようなさりげなさがある。

あとで……というのは、遅くにどこかで出くわしたら、という程の意味で、ね、と強く言うのは、今夜のめぐり会いを期待していますわという程度の儀礼だ。

柘植と八つ手と矢竹の植込みがあって、厚いガラスをはめこんだ、細かい桟の戸をあけると、小さな鈴がチリリン……と忍びやかに鳴る。

その音に応え、カタカタといつもの日和下駄の音。

「宮下は禄さんが占領してるの。合い席でいい……」

〈よし岡〉のおかみが私の顔を見るなりそう言った。

「禄さんがよければ」

「はあい、宮下ご案内」

チビのおかみは陽気な声で言いながら、カタカタと日和下駄を鳴らして奥へ行く。その奥からは客たちの、気を揃えた笑い声。

「にぎやかだね」

「お祭りのあとはいつもこうよ。禄さん、合い席お願い」

「おう、おいでおいで」

壁を背に、大神宮さまの真下で、つるっ禿げの禄さんが私に笑顔を向ける。

みんなは禄さんと気安く呼ぶが、七十をとうに超えた履物会社の会長さんだ。若いころから花川戸の禄さんで通り、今でも地元ではそう呼ばれないと承知しない古株だ。

その禄さんと向き合って坐ったとたん、右の肩をかなりの力で叩かれた。思わず振り返ると、坐った私の目の前にブルージンのファスナーあたりが見えている
あおむくとこの家の一人娘の顔が、下を向いて笑っている。

「とりあえず、これ飲んでてね」

母親に負けない陽気さで、手にした盆の上から銚子を一本つまみ上げ、私の前へ置いた。

「そうか、手伝いに来てるのか」

「三社さまのときはいつもなの。お祭りがおわるとこんな年寄りが飲んで歩くから、どこも混むのよ」

「喜和子、それは俺のことか」

禄さんがのっぽの一人娘を睨んだ。おかみは一四七センチで三十数キロのチビ。それに引きかえ一人娘は一六八センチもあるのっぽだ。銀座のばか高いクラブに勤めていて、日本人ばなれのした美貌の持主。母親は一年中和服で通す和風美女。似ていないと言ったら、これほど似ていない母子《おやこ》も珍しい。

土地の古老はみんなその似ていないわけを知っているが、ピータンくらいの若手になると、そんな昔の秘話とも縁遠くなっているらしい。つまり今では時効というわけである。

「はいどうぞ」

猪口と箸、それに突き出しの入った器を、チビのおかみがカタカタと日和下駄を鳴らして届けてくれる。

「おい、それ、こっちへ来る酒じゃなかったのか」

小間の客が喜和子に呼びかけている。

「そうよ」

喜和子が銚子を並べた盆を持ってそっちへ去る。

「とりあえず拝借しただけ」

「忘れんなよ」

「ケチくさいわね。浅草っ子でしょ」

おかみが私に注いでくれている。

「あそこにいるの、喜和子と同い年の連中なのよ。あの子がお祭りのあいだ手伝うのを知ってて、毎年集まっちゃうの」

「それでか。おたくにしちゃ若い客だと思った」

「俺はことし七十六になる」

禄さんが私とおかみを半々に睨んだ。

「まだボケるには早いわよ。六十六じゃないの」

「おだてようったってダメだ」

「まあ一献」

私は禄さんに一杯注いでから、

「やっぱりでかいね、喜和ちゃんは」

と、あらためて喜和子を眺めた。ジーパンの上にシルクのブラウスを着て、襟に喜和子と自分の名前を染めた祭袢纏を羽織っている。

「変な恰好してるでしょ。でもあの子、今じゃああいうブラウスしか持ってないみたい」

「銀座勤めじゃ、しまいにゃそうならあな」

禄さんがわけ知りめいた顔で言う。

「銀座じゃ、キャシーって呼ばれてんだって……」

「嫌《や》あねえ、歌の文句みたい」

チビのおかみはそう言って禄さんの肩を叩き、カウンターのほうへ移動する。

「正直言うとな」

禄さんは声をひそめて私に言った。

「地元じゃこうやってでかい面してるけど、本当は俺、昔っからよその土地へ行くと、カラ意気地がねえんだよ。浅草って土地が、土地っ子に甘すぎんのかねえ。ほら、地元だとわがまま言って通るだろ。その癖がついちゃってんのかな。よそじゃそのわがままを、どうやって通したらいいか、いまだによく判んねえのさ。だから知ってる連中は、俺のことを内弁慶だなんて言いやがる。でもよ、わがままって、本音でやったらあんなにきったねえもん、ねえだろ。ここんとこでわがまま言ったら面白えかなって、それが判ってりゃやりいいんだけどな。だから銀座なんかが苦手なんだよ。一遍あの子が働いてるとこへ、飲みに行ってみてえな、なんて思うんだけどよ」

「へえ、こりゃ意外だな。だって禄さんは会長なんだし、会社のつき合いってもんもあるでしょうに」

「会社ったって、そもそもは草履や下駄の商売だよ。それが売れなくなって、かわりに靴、サンダル、運動靴なんて商売になっちめえやがった。外のつき合いは苦手だし、そういうのは若い者《もん》にまかせといたら、奴らが早いとこ俺を会長だなんてことにしちまったのさ。まあそれはそれでいいんだけどさ」

「あ、そうか。俺が禄さんを連れて行こうかな」

「よっ」

禄さんはパチンと手を打った。

「案外勘は悪くねえほうだね、あんた」

「変な褒めかただ」

「割り勘でどうだ。一度銀座へ連れていけよ」

「いいですよ、いつでも言ってください」

「小説書きって、みんな銀座で飲むんだってね」

「みんなそうだとは限らないけど」

「綺麗だろうなあ、あの子が着飾ると。死ぬまでに一遍、どうしても見とかなきゃ」

私はその徹底的に似てない母子を、昔から見守ってきた暖い目がそこにあるのを感じた。

禄さんはそこでふっと醒めたような顔になり、店の中をぐるりと見まわした。

「でも喜和子じゃこの店はダメだな。似合わねえよ。やっぱりあのおチビじゃなきゃ」

そのおチビのおかみの名は吉岡佐知子。歳はもう五十だそうだが、禄さんから見れば二十幾つも下の若い女に思えるのかも知れない。人生なんて、行けば行ったで見る景色が違ってくるものなのだろう。

チリリン……と入口の鈴が鳴っている。その音が消えて行くのを追いかけるような、おかみの日和下駄の音。

「坐るとこがねえったって、そんなこたあこっちはかまわねえ」

太くてサビのきいた声がする。

「禄さんが宮下でがんばってるのは判ってんだ」

とたんに禄さんが舌打ちする。

「あいつまたわがままましてやがる」

「しょうがないわねえ」

肥った爺さんの体にへばりつくような恰好で、おかみがそう言いながら現れた。

「お前《めえ》の坐る場所なんぞ、もうねえよ」

禄さんが言う。だが肥った爺さんは平気で私のそばへ来て、

「ここへ割り込ましてもらってもよござんすかね、客人」

と、四角いテーブルの一遍を指さした。

「ええ」

私はちょっと戸惑った。

「サユリちゃん。中の丸椅子を出しとくれ」

肥った爺さんはカウンターの中の女性にそう言い、黒ずんだ丸い椅子が出てくるとそれに腰をおろした。

「なんの因果か小百合だなんて、似合わねえ名前だったらありゃしねえ」

「この人は見番の裏で小説なんか書いてる先生だよ」

そのやりとりの間に、おかみが手早くテーブルの上を整理して、なんとか一人前の隙き間を作っている。

「よろしく」

「こいつは田辺っていう箪笥屋で、浅草小学校からの腐れ縁」

「指物師って言ってもれえてえな。……そう、まだ浅草にも小説家が残ってたのか」

「いいえ、去年越して来たんです」

「どこから……」

「苫小牧」

指物師の田辺さんが大声で笑う。

「そりゃ遠いや」

「生まれはこっちだそうだ。三中を出てなさる」

「錦糸堀の……そりゃ大変だ」

何が大変なのかよく判らない。おかみはこのみを心得切っているらしく、コップに銚子にいかの塩辛が入った器を手早く客の前に並べた。

「遠州屋さん。ここがあきますよ」

そばのテーブルからそんな声がかかる。肥った田辺さんの屋号は遠州屋らしい。

「いいよ。俺は禄さんとじゃなきゃ飲まねえんだから。仲を裂かねえでくれ」

「なに言ってやがんだ。じゃあ今まで俺と別っこになぜ飲んでた」

「お前をあっちこっち探しまわってるうちに、つい酔っぱらっちゃったんだ」

「仲がいいんですね」

「そう、子供んときからお神酒徳利。学校だって俺が総代でこいつがビリっかす。てっぺんと尻《し》っぽでくっついてやがんの」

遠州屋はまた高笑いする。

「また言ってやがる。こいつん家《ち》は指物をするくらいだから算術ができるんだよ。小説書くのって、算術はどうなの……」

「俺はからっきしですよ。国語はまあまあだったけど」

「ばかなこと訊くな。字が書けねえで小説が書けっかよ。ねえ客人」

私もその老人たちの気分に巻きこまれはじめていた。幾つになっても、幼馴染と遊べば子供の気分に戻ってしまうのだろう。

土地の人たちが祭りに熱中するわけが判ってきたような気がする。祭りの準備やあと始末にこと寄せて、そんな相手と力をあわせながら、昔ながらの関係を保っているのだ。

「おい佐知ちゃん」

盆を手にして通りがかったチビのおかみを、禄さんが呼びとめた。

「なあに」

おかみも禄さんや遠州屋相手だと、なんとなくあどけないような顔になるからおかしい。

「この客人今度銀座へ連れてってもらうことにした。喜和子見物だ。一遍働いてるとこ見とかなきゃな」

「あら、それはどうもご迷惑をおかけしますわねえ」

おかみが私に頭をさげる。

「遠慮は要らねえよ。客人だって飲むんだからさ」

「ほんとにわがままばっかり言って、すみませんねえ」

すると遠州屋が肥った体を左右にゆすった。丸椅子がガタガタと音をたてる。

「嫌《や》だ嫌《や》だ、俺も連れてけぇ」

その恰好はまるで子供だ。

「客人、いいかね、こいつもお願いして」

遠州屋が来てから、私のことを彼と同じように客人と呼びはじめた禄さんが言う。

「銀座なんかでわがままはしねえからさ、連れてってよ、一緒に」

「ああいいですよ」

遠州屋は手を打ってよろこんでいる。酔って赤みがさしたその顔は、ちょっと福禄寿に似ていた。

「しめた」

で、そのあと、だいぶはしゃいだ気分で〈つる伊〉へ寄った。

「ピータンから電話なかった……」

入るなりそう訊くと、新ちゃんがカウンターの中で忙しそうに手を動かしながら、

「ありましたよ。吉原へ行ってっからよろしくって、おだやかじゃないこと言ってたけど」

と教えてくれた。

「ああそう」

「よかったら追っかけてくれって……先生、いい年してそんなとこへ追っかけて行く気……」

「〈国木屋〉だよ。やきにく・くにきや」

「なんだそうか。びっくりしちゃった、石鹸屋かと思って」

こう子ちゃんが料亭の玄関口のほうから現れて、

「バア……」

と私に笑いかけ、ポーズを作った。

「どう、芸者姿っていいでしょう」

「そう言ったって、あんた芸者さんだもの」

「そうよ。チエちゃんの友達じゃないんだから」

ヒラメちゃんという綽名がもう耳に入っているらしい。

「一杯どう……」

「ダーメ。いまっ勤務中」

こう子ちゃんは二階を指さしてみせ、すぐ座敷へ戻って行った。

「こうやって、俺もだんだん地元の人間になって行くのかなあ」

酔った私は、そんなことをつぶやきながら、新ちゃんや若おかみを相手にまたふざけはじめた。

祭りのあとに、地元の芯になる人たちの祭りがあるようだ。その人たちがそれぞれに、地元ならではのわがままを通させて楽しんでいる。だがそのわがままには節度があり、節度があるから許されもする。

祭りのあとの充実感を、私もそんな風に楽しみたいと思ったが、それにはまず地元の者になることだ。来年もこの浅草で祭りのあとを楽しむことができるだろうか。

なんとかしないと生涯根無し草でおわってしまいそうだ。浅草よ、私をこのままつかまえておいておくれ。私はお前が好きなのだ。

解説

福島泰樹

池畔には楊柳が風に漂い屋台が軒を連ねていた。継母の背中から眺めた浅草六区の最初の記憶である。終戦ほどない昭和二十一、二年であろう。

幼年時代の浅草の記憶はあわく切ない。「池畔」とは、かつては十二階（凌雲閣）の雄姿を水面に浮かべていた瓢箪池である。昭和三十四年、浅草寺五重塔再建のため池は埋め立てられ、浅草の歴史は終わりを告げた。

ところで私が生まれ育った台東区入谷は、上野、浅草まで徒歩十数分の距離。昭和通りを渡り、金美館通りをすこし行くと国際通り。通りを渡れば千束、そして旧吉原である。池の周りには見世物小屋がかかったりしていた。中学校の級友と連れ立って吉原を歩いた。ズボンのポケットに百円札を何枚かしっかりと握ってである。坊主頭の子供に、和服姿のお姐さんたちは、愛想よく声をかけてくれた。しかし、百円札は使わずに帰ってきてしまった。使っていたら、私の人生はまったく別の様相を呈していたであろう。

吉原の灯が消えたのはそれから何日かが経った、昭和三十三年の春であった。

1

東に隅田川、西は上野台に続く浅草の歴史は古く古墳時代にさかのぼる。江戸に入ると「米蔵」の建造、吉原遊郭、江戸三座（中村座、市村座、河原崎座）の移転等、浅草は聖俗あいまみれながら発展をとげてゆく。わけても庶民信仰の霊場浅草寺周辺は、元禄の頃から盛場として栄え、水茶屋が小屋掛し、本堂裏手は「奥山」と呼ばれ、見世物興行、大道芸などが江戸庶民の人気を呼んだ。

明治四（一八七一）年、新政府は浅草寺境内地を没収、公園地に指定。浅草寺の敷地の多くは「浅草公園」と呼ばれるようになる。明治十五年、浅草寺西方の田圃を掘って大池を造成。公園地は一区から七区に分けられた。すなわち一区は、浅草寺本堂周辺。二区は、仲見世一帯。三区は伝法院、四区は浅草寺庭園。五区は、奥山。七区は商業街（後に消滅）。

大池の土で街衢を造成、「六区」興行街が開業したのは、明治十七年十一月のことであった。当初は、浅草寺裏「奥山」の見世物小屋が移転興行。高さ三十二メートルもの人造富士が出現したのは、明治二十年になって。頂上にのぼれば、東は隅田川の向こうに国府台を眺め、西は箱根連山富岳を望み、南は東京府下を一望、北は吉原遊郭、千住、戸田近郊を見下ろした。しかし、二十三年には取り壊され、跡地に日本パノラマ館が開館。凌雲閣が開業するのは、十一月になってからであった。

凌雲閣、通称「十二階」は、パリのエッフェル塔を摸して設計、工費は五万五千円。八階までが八角型総煉瓦造り、十一階、十二階は木製。高さは六十七メートル、東洋一の高層である。関東大震災で倒壊するまでの三十三年間を、浅草の象徴・東京の一大名所として人気を博した。

しかし、凌雲閣(旧千束二丁目)周辺、いわゆる十二階下は一歩路地を踏み込むと、畦道さながらに入り組み、整然と区画された浅草公園六区と好対照をなしていた。

2

北海道流浪の日々は、石川啄木に現実への目を開かせた。自らの「文学的運命を極度まで試験」すべく、釧路から再度上京を図ったのは明治四十一年、二十二歳の春であった。本郷区菊坂町に金田一京助と同宿し、小説を書きまくるが売り込みに失敗。失意と焦燥の中で、忘れていたはずの短歌と邂逅、一夜に百首以上をなした。

啄木が始めて浅草に遊んだのは、上京四ヶ月後の八月二十一日。「夜、金田一君と共に浅草に遊ぶ。蓋し同君嘗て凌雲閣に登り、閣下の伏魔殿の在る所を知りしを以てなり。」「キネオラマなるものを見る。ナイヤガラの大瀑布、水勢鞺鞳《とうとう》として涼気起る」。「キネオラマ」は、キネマとパノラマを合成した語で、色光線によってパノラマを変化させて見せる装置。

凌雲閣の北、細路紛糾、広大なる迷宮あり、此処に住むものは皆女なり、若き女なり、家々御神燈を掲げ、行人を見て、頻に挑む。或は簾の中より鼠泣するあり、声をかくるあり、最も甚だしきに至つては、路上に客を擁して無理無体に屋内に拉し去る。(……)〝チョイト、チョイト、学生さん〟〝寄つてらつしやいな〟

啄木は、十二階下を「塔下苑」と名付け、この日、二人は上がらずに浅草を去った。盛岡中学校の先輩で、後のアイヌ語研究の創始者・金田一京助二十六歳。翌四十二年二月、朝日新聞社に校正係として採用決定。歓喜した啄木は、北原白秋のもとへ駆け付け黒ビールで祝杯をあげた。

四月三日より、日誌は、家族の上京を意識してか「ローマ字日記」に移行してゆく。人に読まれない安心ゆえか、日記は自在な流れとなって奔流してゆく。収入を得た啄木は、浪費を繰り返し、絶望的焦燥に苛まれながら浅草に繰り出し、遊蕩に束の間の夢を結ぼうとする。四月十日の日記を引く。

「いくらか金のある時、予は何のためろうことなく、かの、みだらな声に満ちた、狭い、きなたい町に行つた。予は去年の秋から今までに、およそ十三─四回も行つた、そして十人ばかりの淫売婦を買つた。ミツ、マサ、キヨ、ミネ、ツユ、ハナ、アキ……名を忘れたのもある。予の求めたのは暖かい、柔らかい、真白な身体だ。身体も心もとろけるような楽しみだ。しかしそれらの女は、やや年のいつたのも、まだ十六ぐらいのほんの子供なのも、どれだつて何百人、何千人の男と寝たのばかりだ。顔につやがなく、肌は冷たく荒れて、男というものには慣れきつている、なんの刺激も感じない。」「何千人にかきまわされたその陰部には、もう筋肉の収縮作用がなくなつている、弛《ゆる》んでいる。」と記し……。

たつた一坪の狭い部屋の中に灯《あか》りもなく、異様な肉の臭いがムウッとするほどこもつていた。女は間もなく眠つた。予の心はたまらなくイライラして、どうしても眠れない。予は女の股に手を入れて、手荒くその陰部をかきまわした。しまいには五本の指を入れてできるだけ強く押した。女はそれでも眼を覚まさぬ。おそらくもう陰部については何の感覚もないくらい、男に慣れてしまつているのだ。何千人の男と寝た女！　予はますますイライラしてきた。そして一層強く手を入れた。ついに手は手くびまで入つた。「ウ——ウ、」と言つて女はその時眼を覚した。そしていきなり予に抱きついた。「ア——ア——ア、うれしい！　もつと、もつと——、もつと、ア——ア！」十八にしてすでに普通の刺激ではなんの面白味も感じなくなつている女！　予はその手を女の顔にぬたくつてやつた。そして、両手なり足なりを入れてその陰部を裂いてやりたく思つた。裂いて、そして女の死骸の血だらけになつて闇の中に横だわつているところ［を］幻になりと見たいと思つた！　ああ、男には最も残酷な仕方によつて女を殺す権利がある！　何という怖ろしい、嫌なことだろう！

女たちの惨状のなかに、自暴自棄のおのれの心情を映し取っているのだ。自虐と加虐のあわい、残忍と憐憫の入り交じった、歪んだ微笑を浮かべる石川啄木の顔が見える。そして、その自意識を啄木はこう歌った。

浅草《あさくさ》の夜《よ》のにぎわひに
まぎれ入《い》り
まぎれ出《い》で来《き》しさびしき心《こころ》

「ローマ字日記」に記された赤裸な一文が「長歌」であるなら、まぎれもなくこの一首は「反歌」である。一首の背後にのたうつ長大な時間を思う。

「ローマ字日記」にこの一文を書いた三年後の明治四十五年四月、大逆事件に暗い情熱を燃やした一大の天才児は、父一禎、妻節子、若山牧水に看取られながら極貧のうちに、二十六歳の生涯を閉じた。その遺骨は詩友土岐哀歌の生家、浅草等光寺に埋葬された。

浅草《あさくさ》の凌雲閣《りょううんかく》のいただきに
腕組《く》みし日《ひ》の
長《なが》き日記《にき》かな

『一握の砂』（明治四十三年刊）

3

社会主義者山口孤剣は、東京市十五区、それぞれの区の特筆をこんなふうに言い表した（『東都新繁盛記』大正七年刊）。すなわち、「お役所の麹町」「華族の赤坂」「角帽の本郷」「職工の本所」「花の下谷」……「女の浅草」。そう、浅草は借金の形に送り込まれた窮乏の子女たちが集まる場所であったのだ。その女たちを目当てに、生活に疲れた貧しい男たちが群がり、切ない夢を結んだのである。

ふらふらと酒に酔ふてさ、
人形屋の路次を通れば
小さな足くびが百あまり、
薄桃いろにふくれてね、
可哀相《かはいさう》に蹠《あしのうら》には日があたる。

馬道の昼の明るさよ。

浅艸の馬道。

詩集『思ひ出』(明治四十四年刊)

北原白秋『思ひ出』中の「足くび」は、そんな女たちを歌っている、と思われてならない。

大正五年、六区の支那ソバ屋の便所で郷里長崎の小学校の先生からの手紙に声を殺して泣く十二歳の少女がいた。幼女時代から働きに出「女の浅草」を体現、後に作家として大成した佐多稲子である。

その佐多が、六区興行街の印象をこんなふうに綴っている。


初めて六区へ行ったときの、じいつと息をつめて通るほどの強烈さは忘れられない。楽隊や囃子《はやし》が、鳴らすだけ鳴らせ、といったように乱調子に交錯している。頭の上にはあくどい色彩の幟《のぼり》で空も見えない。張りめぐらしたその幟には、大きな字で毒草と、活動写真の広告、看板には、誰かを祈り殺す丑の刻まいり、藁人形に呪いの五寸釘を打ち込む絵。……小屋ごとの入口では呼び込みが競争で、しお辛声を振り上げている。

「三友館の角を曲がると、ジヤラン、ジヤラン、と鐘が鳴る。メリー・ゴーラウンドの一回の終り。支那そばやだの六枚一組五十銭の早とり写真屋だの、オーギョーチという不思議な食べものやだのの並んだこの通りを田原町へ抜けると、ここには馬肉屋や牛めしやなどがごつたな、油くさい臭いを街に撒きちらしている」

（『私の東京地図』昭和二十四年刊）

五区「木馬館」の名物となるメリーゴーランドの木馬は、六区興行街のど真ん中にも、甲高い声を上げて嘶いていたのである。

浅草の
木馬に乗りて
哂ひつゝ
夜汽車を待てどこゝろまぎれず

盛岡高等農林学校二学年の修学旅行で初めて宮沢賢治が東京の土を踏んだのは、大正五年三月二十日。東京では西ヶ原と駒場の農事試験場などを見学。

関西での研修を済ませようやく一人の時間を得た十九歳の賢治は、上野公園（帝室博物館）からはやる想いで浅草公園に向かい、その昂奮を歌となした。

快楽の余韻を揺曳するような賢治の一首を唇にのせて見る。木馬に跨がり不適に哂ってみせたのはなぜか。

以後、賢治は繰り返し上京。宮沢賢治は、熱き「ペラゴロ（オペラゴロ）」に成長してゆく。浅草は、日本文化の発信の地であった。

さて、浅草オペラの誕生は、大正六年二月、常盤座であった。新進演出家の伊庭孝は、歌舞劇協会を結成、「日本人によるモダンなミュージカルを」スローガンに「女軍出征」を上演し大ヒットを博す。劇中で歌われた「チッペラリーの唄」は、たちまちのうちに街に氾濫していった。もし賢治が、浅草と出会っていなかったら、賢治がいかに海外のレコードを収集しようとも、あの「農民芸術概論綱要」に謳われた「そは人生と自然とを不断の芸術写真とし尽くることなき詩歌とし／巨大な演劇舞踊として観照享受」し、「複合により劇と　歌劇と有声活動写真をつくる」という「人生劇場」としての芸術という発想は生まれはしなかったであろう。また、詩集『春と修羅』における自在な詩の組立の中に、賢治が浅草で吸収したもの、音楽、演劇、映像からの果敢な摂取をみてしまうのだ

みろ、尖塔の上で殺人事件が行はれる、精霊エレキの感電だ、あぶないから逃げろ、早く逃げろ。

みろ、このすばらしい浅草公園六区の晩景を、エレベータアは夢遊病者で満員です。


この時代の狂躁を最もよく伝えている詩がある。本書収録、萩原朔太郎「浅草公園の夜」である。

発禁を怖れてか発表されることはなかった。この散文詩が書かれたのは、大正三年。この年の二月、室生犀星は朔太郎の郷里前橋を訪れ、二人の親交は大いに深まってゆく。以後朔太郎は上京を繰り返す。

六月には浅草電気館でフランス映画「プロテア」を共に観、登場人物の凶賊チグリスを犀星が名のり、朔太郎は美人探偵プロテアを名のっている。同じ頃、同じテーマで書かれた詩「螢狩」には、「愛人室生犀星に」の副題がある。「兄弟、腕をかせ、哀しいから二人して歩かうぜ」。二十八歳の朔太郎は、凶暴な陶酔をもって浅草の狂乱を歌った。相棒室生犀星は、二十四歳だった。

4

大正十二年九月一日午前十一時五十八分、関東地方に大地震が発生。火の手はみるみるあがり、東京市内の焼死者は五万二千人に及び、その大半が下町であった。戒厳令下、六千人もの在日朝鮮人、及び大杉栄ら無政府主義者、労働組合員が虐殺された。浅草は、観音堂を残して全焼。十二階も倒壊、六区興行街の劇場も花屋敷も焼け落ちた。

しかしその復興は早く、仮小屋が造られ興行は再開した。震災は、興行の近代化に拍車をかけ、芸人の丸の内進出と相成った。あの浅草心酔者萩原朔太郎の弁を聞こう。大正十四年春、朔太郎は、郷里群馬県前橋から東京大井町に居を移している。

まず朔太郎は、浅草が盛場である条件を、なによりもまず「安価な快楽」をあげ、それを満たす条件として「毒々しい色彩、強烈な刺激、喧噪、酒場、音楽、淫靡の舞踏、野卑な身振り、グロテスクな生人形、気味の悪い惨酷の見世物等、その他の俗悪で官能的で、要するに人の神経を強く刺激し、露骨に実感を挑発する類のもの」をあげる。ところが、震災後の浅草は、すっかり様変わりしてしまった。

活動写真が「浅草の全体を占領」、しかも上映内容たるや「毒々しいペンキの絵看板」とは裏腹に、「妙に大芸術ぶつた、クソ真面目な、人生の何とやら」を考えさせような類いのものばかりで、それに満足する客の態度にケチをつけ、「もし浅草が、真に民衆の娯楽場であり、下層民や労働者の疲労を医す、夜の自由な歓楽郷であるならば、何といふ没義道で窮屈な禁制だらう」と吐き捨て、こう宣揚するのだ。「たかが盛り場の娯楽場と、紳士淑女を観客にする大劇場の演劇とを、混同して取り締まる奴がどこに居るか?」

だが、六区興行街はさておき、馬道「神谷バー」の喧噪は、朔太郎が夢見る「浅草」そのものである。

興行物の退け刻だ、馬道の神谷バーは、沸き返る雑踏であった。酒と垢で穢《よご》れた素木《しらき》の長テーブルに、目白押しの酔払いだ。奈良丸張で浪花節を唸る者もある、尾崎行雄を真似て梗概悲憤する者もある。中にはベンチの上に立って、これは本物の活弁が、得意の前説を繰返して居る、その傍に、尺八を口に当てゝ頻りに首を振って居る老人も居る。みんな聞くでも聞かずでもない、これこそ新田の云ったように、あらゆる階級の感情を溶かす坩堝である。

濵本浩「十二階下の少年達」

5

シリーズ紙礫「浅草」十二編の作品を、三期、三時代に分けて読み返してみた。

一期は、関東大震災前。発表年次順にあげるなら、児玉花外「浅草の女」（大正二年）、萩原朔太郎「浅草公園の夜」（未発表、推定大正三年）、ＫＩ生（井東憲）「浅草で遭った人々」（大正十二年）。宇野浩二「子を貸し屋」……。

児玉花外は、明治、大正期の詩人。京都の人で、同志社を皮切りに仙台東華学園、札幌農学校（北大）、東京専門学校（早大）を中退、浪漫詩人バイロンに傾倒して詩作を開始。『社会主義詩集』（明治三十六年）を刊行するが、発禁。わが国最初の発禁詩集となった。中に「紡績工女」なる一連がある。「工場の中に塵たちて／雪と降り舞ふ綿屑は／髪に愁と積りつゝ／脚は立木よ折るゝまで／機械操つる苦しさよ」。多く庶民の苦しみを歌い、片山潜、幸徳秋水、土井晩翠らと交友。昭和十八年九月、東京板橋養育院で不遇のうちに没した（六十九歳）。旧友河井酔茗が哀惜纏綿たる弔詩を送る。明治大学校歌「白雲なびく」（大正九年）は花外の作詞。

　花外に「浅草の女」なる小説があることに驚嘆、大正二年四十歳の作。「浅草は妖淫な地獄の花か、燃えるような赤いカンナ」。「浅草の圏内は、あの広小路から吉原まで、江戸時代からなみなみした情調で隅田川を背景として、ここに総ての女が華奢な身体を投出して」いる。「浅草の女」は短編ながら、明治、大正の情感をやわらかに伝えて余りある。花外の後に順い観音裏、御堂裏、十二階下を歩いた。

　朔太郎の扇情、そしてＫＩ生「浅草で遭つた人々」の沈鬱。ＫＩ生こと井東憲は、東京神楽坂に生まれ（明治二十八年）、明治大学在学中に大杉栄に遭い、アナーキズムの研究を始めた。日本精神医学界発行の「変態心理」編集部記者となり、同誌に執筆。本集収録の作は、その間の作。母の故郷静岡に戻り執筆に専念、遊郭娼妓の悲惨をテーマとした『地獄の出来事』（大正十二年）で作家デビュー。震災後は『有島武郎の芸術と生涯』（大正十五年）を刊行、上海渡航を繰り返し『上海夜話』（昭和四年）『赤い魔窟と血の旗』（昭和五年）等、上海ものを次々と出版した。静岡空襲で死没（四十九歳）。

　宇野浩二「子を貸し屋」は、関東大震災の年に書かれた浅草もの。作家として大成する宇野は、福岡市生まれ（明治二十四年）の大阪育ち。庶民の生きる滑稽と悲惨を、大阪人らしい軽妙な話術でユーモラスに描く。ところで、震災後の児玉花外の「震災所感」（『旗と林檎の国』所収）という詩が忘れ難い。

吉原や
紅いしかけの華魁《おいらん》が
金魚のやうに二百人
池涸れ焼けた骨と魂《たま》
極楽浄土の露と浮け

紙数が尽きそうだ。急ぎ足で浅草を歩こう。

「浅草」二期は、震災から、東京大空襲で浅草が丸焼けになった、昭和二十年三月十日までの二十二年間。まずは、木馬復活を告げる「木馬は廻る」（江戸川乱歩、大正十五年）。西条八十の愛弟子で、戦前は「勘太郎月夜唄」で大衆に愛された小粋な都会派、作詞家佐伯孝夫に「浅草の天使」（昭和五年）なるレビュー作があることを初めて知った。武田麟太郎、明治三十七年、大阪生まれで東大中退。プロレタリア作家として出発。「日本三文オペラ」は、「一の酉」（昭和十一年）と共に浅草を主題とした「市井事もの」。浅草公園外れの旧びた三階木像アパートに住まう人々の浅草を、社会派的モンタージュ手法で描いて心憎い。

濵本浩は、明治二十四年、高知市生まれ。中学時代、投稿で認められ上京。昭和七年改造社退社、創作に専念。『浅草の灯』（昭和十三年）『浅草の肌』（昭和二十四年）など「浅草もの」といわれる風俗小説を発表した。「十二階下のペアトリス」の番伸二（古川真治、明治四十一年麹町区生）は、戦前「オール読物」を中心に維新・明治ものを発表。『浅草の女たち』（昭和十六年）など斬新な風俗小説を書いた。謹んで「十二階下のペアトリス」嬢にわが腰折を献じる。

アパートの階段軋ませのぼりゆく年増ダンサーと呼ばれ年経る
目をつむればみなもに浮かび漂える夕日のなかの赤いサンダル
切符売お冬は死にて木馬館の看板けだるく陽は射していた
女売る迷路はありて塔下苑「ゴンドラの唄」歌わずにゆく
ペアトリス姐ちゃんあわれ演じるは末廣マリ子　紡績の歌

そして「浅草」第三期は、昭和二十年三月十日の東京大機空襲以後。

まずは、「雪あかり」一瀬直行。明治三十七年、浅草区吉野町瑞泉寺に生まれ、大正大学中退。少年時より詩を書き、川路柳虹に師事、詩集『都会の雲』（大正十五年）刊行後、小説に転じた。『六区の女』（昭和十五年）など、浅草の裏町に住む人々を題材に作品を発表。戦後も浅草に住み続け、下町を描き続けた。小説『浅草物語』（昭和三十二年）『山谷の女たち』（昭和三十九年）などの他、『随筆浅草』（昭和四十一年）。粉雪にけぶる人生の灯を思う。

「不良少女カルメンおマチ」の野一色幹夫は、浅草向柳原町（浅草橋）出身（大正十年）の作家、昭和二十三年『浅草の狐』を皮切りに『浅草の幽霊』『浅草　ルポルタージュ集』（ともに昭和二十八年）、『浅草　戦後三十年』（昭和五十一年）等、浅草を舞台に小説、随筆を発表、「ルポルタージュ文学」を開いた。

昭和八年、葛飾生まれの半村良逝きて四半世紀。両国高校出身で職業を転々、伝奇科学小説を開拓した作家には他に、風俗人情譚『雨やどり』（昭和五十年）がある。大作『妖星伝』刊行を心待ちした日が懐かしい。

6

浅草最後の演劇場となってしまった木馬館前に立っていると、昔が見えてくる。大池には楊柳が風に靡き、大きな藤棚のある中之島には、茶店もあった。震災後の、不良少年たちがたむろしているではないか。

私は木馬演芸館前を後に、ゆるゆると歩き出す。一階では、木馬を乗せて回る円盤の中央で楽士たちが古い軍艦マーチを奏でている。ジンタよ歌え！　池をめぐる楊柳の向こう万世館の跡地に、開場したばかりの活動写真館東京館が見える。世界館、大勝館が見える。水面に沿ってオペラ館の三角劇場を左に曲がれば、千代田館、富貴館、電気館だ。

電気館は、明治十九年に開業。当初は電気仕掛けの見世物小屋であったが、明治三十六年十月に日本で最初の映画常設館として開業し「ロンドンの大火」を上映した。千代田館の前が三友館、その隣が富士館、そして帝国館だ。私は小学生の頃、千代田館、電気館、富士館、帝国館の常連であった。これら映画館のいくつかは昭和三十年代にはいると富士館は浅草日活劇場に、帝国館は浅草松竹映画劇場に名（経営）を変えてゆくのである。

そして電気館の隣は東京倶楽部、常盤座、金竜館と三館が西欧的華美を競い合いながら軒を連ねている。

冬の黒い夜をこめて
どしやぶりの雨が降つてゐた。
——夕明下《ゆふあかりか》に投げいだされた、萎れ大根《だいこ》の陰惨さ、
あれはまだしも結構だつた——
今や黒い冬の夜をこめ
どしやぶりの雨が降つてゐる。
亡き乙女達の声さへがして

aè ao, aè ao, éo, aèo, éo！
　その雨の中を漂ひながら
いつだか消えてなくなつた、あの乳白の脬囊《ひょうのう》たち……
今や黒い冬の夜をこめ
どしやぶりの雨が降つてゐて、
わが母上の帯締めも
雨水《うすゐ》に流れ、潰れてしまひ、
人の情けのかずかずも
竟《つい》に蜜柑の色のみだつた？……

中原中也の詩「冬の雨の夜」を唇にのせると母のことが思われてくる。
大正六年五月、浅草花川戸で生まれ、馬道の浅草尋常小学校に入学した年、関東大震災に遭い、避難中迷子になり、五十万人もの罹災者でごったがえす上野の山で、一週間後に家族と再会している。この間、六歳の幼女に水を与え寝床を世話したのは浅草の人たちであった。府立第一高女を卒業、父の寺に嫁いできたのは日米開戦の年、昭和十六年であった。十八年三月、下谷区御徒町ガード沿の病院で私を生んだ翌春、私を生んだ同じベッドで死んでいった。二十六歳であった。ちゃきちゃきの浅草ッ子であった。

ところで、中原中也が上京を果たしたのは、大正十四年十七歳の春。真っ先に向かった先は浅草であった。以後中原は、震災後の浅草に通い続け、あまたの詩の想を成した。「東京で一番好きな場所」は、吾妻橋の袂から眺める、サッポロビール工場のある対岸の風景であった。

さて、この詩「冬の雨の夜」（『山羊の歌』所収）の制作年代は昭和四年の冬であろう。この年の七月、カジノ・フォーリーが水族館二階で旗揚げした。根岸歌劇団のコーラスボーイであった（「エノケン」こと）榎本健一の華々しい登場である。

浅草六区興行街の舗石を激しく叩く冬の雨、モノトーンに煙る帝国館はた日本館、ぐっしょりと雨を吸い込んで項垂れる幟の数々。金竜館の鉄の鎧戸から聴こえてくるのは亡き乙女たちの歌声だ。

常盤座の奈落の底に渦巻きて揉まれ流れてゆきたる花か
浅草公園水面《みなも》にゆれる楊柳の天然色幻燈機もてわが母映せ
浅草は雨瀟々と煙るゆえ歌わずにゆく濡れながらゆく

著者紹介

萩原朔太郎（はぎわら・さくたろう）一八八六～一九四二年
群馬県前橋北曲輪町生れ。中学二年頃から短歌を中心に創作をはじめ、級友との回覧雑誌や校友会誌、「文庫」「新生」「明星」等の文芸雑誌に投稿した。一〇年に第六高等学校中退、翌年に慶応大学予科中退。一三年以降は短歌投稿の場を北原白秋の「朱欒」に移し、短歌から抒情小曲をへて詩作を開始。このころ室生犀星と知り合い生涯の友となった。一六年、犀星と「感情」を創刊。一七年の処女詩集『月に吠える』で一躍詩壇の寵児となる。二二年『新しき欲情』刊行。家庭破綻や父の死去等、波乱の時期を経て三四年に『氷島』刊行。三六年には文学界賞、四〇年に随筆集『帰郷者』で透谷文学賞。四二年急性肺炎で死去。

児玉花外（こだま・かがい）一八七四～一九四三年
京都市生れ。本名は伝八。小学校卒業後、同志社予備校、仙台東華学校、札幌農学校予科、東京専門学校等に学んだがいずれも中退し京都へ帰る。内村鑑三の「東京独立雑誌」や片山潜の「労働世界」に次々と詩を発表。新聞記者等を勤めながら『社会主義詩集』（発禁）、『花外詩集』『ゆく雲』『天風魔帆』（発禁）等を刊行。以後、「社会主義詩」から雄壮な愛国詩に転じる。明治大学校歌「白雲なびく」の作詞者としても知られる。東京時代の見聞をまとめた『東京印象記』には「浅草十二階論」「夏の浅草」の二項目が立てられている。

濱本浩（はまもと・ひろし）一八九一～一九五九年
愛媛県生れ。同志社中学在学中、十九歳で「中学時代」に投稿し撰者の西村渚山に認められ、退学して上京。博文館の記者となる。その後、南信日日新聞、信濃毎日新聞等の記者を経て一九年に改造社支局長。

谷崎潤一郎の担当となった。三二年に退社し作家生活に入る。本巻所収の「十二階下の少年達」は出世作で、これを表題作とする処女短編集を三四年に刊行し、広く認められた。三五〜三七年まで七回連続直木賞候補。三八年『浅草の灯』で新潮社文芸賞第一回大衆文芸賞受賞。ルポルタージュ風の多くの浅草物や、戦時中に海軍報道員としてラバウルへ従軍した時の記録がある。

K・I生（ケイ・アイせい）

初出誌に署名はないが、井東憲（いとう・けん、一八九五〜一九四五年）かと思われる。井東憲は東京市牛込区生れ、本名は伊藤憲。静岡で育つが、十七歳頃に家出、二年ほど浅草を放浪した。一六年に明治大学法学科へ進学。在学中に大杉栄と出会いアナキズム研究を志す。卒業後は雑誌「変態心理」の記者になり、「労働運動」で詩人デビュー。雑誌「種播く人」「新興文学」「文芸戦線」等に寄稿。二十七年に上海に渡航した後は中国の書籍の翻訳や啓蒙的解説書を多く刊行。銀座の新興中華研究所所長も勤めた。四五年六月の静岡空襲で焼夷弾に被弾し、終戦間際に死去。

宇野浩二（うの・こうじ）　一八九一〜一九六一年

福岡県福岡市生れ。本名は格次郎。三歳のときに父が急死。親戚を頼って神戸へ、さらに大阪へ転じた、早稲田大学入学まで大阪で暮らしたため、大阪の風景が描かれた作品が多い。十三年に処女作品集『清二郎　夢見る子』刊行。十九年に広津和郎の紹介で文壇的処女作「蔵の中」を「文章世界」に発表し注目を浴びる。そのほか小説の代表作に『枯木のある風景』『器用貧乏』『蔵の中』等がある。『芥川龍之介』等文芸批評の分野でも著書は多い。文学へのひたむきな態度から「文学の鬼」と呼ばれた。早大在学中と中退後、二度ほど浅草に間借りして暮した時期があり、「俳優」「夢の通ひ路」等の作品にも浅草の町並や商人たちが描かれている。

番伸二（ばん・しんじ）　一九〇八～一九四九年

東京市麹町区生れ。本名は古川真治。三一年、立教大学史学科在学中にサンデー毎日大衆文芸賞に佳作入選し、作家生活に入る。「少年少女譚海」「オール讀物」等に作品を発表。三四年、「新興大衆文芸」の発刊にたずさわり編集委員をつとめた。長谷川伸に師事し、戦後は本名で執筆。『浅草の女たち』『我等九人の楽団員』『十二階暮色』等がある。

江戸川乱歩（えどがわ・らんぽ）　一八九四～一九六五年

三重県名張町生れ。本名は平井太郎。早稲田大学政治経済学部在学中からポーやドイルを耽読し、探偵小説の習作や翻訳を試みる。卒業後は大阪の貿易会社、造船所、古本屋、活版職工、新聞の広告取り等職を転々とした。二二年頃、「新青年」編集長森下雨村に「二銭銅貨」「一枚の切符」を認められてデビュー。二五年には「D坂の殺人事件」「心理試験」等代表作となる作品を次々発表。同年の「屋根裏の散歩者」も浅草を舞台にした初期作品である。戦後は海外推理小説の紹介、研究評論、日本推理小説再興に献身した。「木馬は廻る」は、推理小説ではなく中年男の恋愛感情を描いたもので、この作者としては異色。ほか、「一寸法師」「押絵と旅する男」「モノグラム」等浅草を舞台とする作品は多い。

武田麟太郎（たけだ・りんたろう）　一九〇四～一九四六年

大阪市南区生れ。三高を経て東京帝国大学仏文科に入学するが、ほとんど授業に出ず浅草や場末の盛り場を徘徊し、二七年に東大除籍。翌年から帝大セツルメントで働きながら小説を書き続けた。三三年、林房雄・川端康成・小林秀雄らと「文學界」創刊。三六年には「人民文庫」を創刊したが発禁が続き経済的に行き詰まり三八年に廃刊。戦時中は陸軍報道班員としてジャワ島に赴いた。戦後の執筆活動を始めた矢先に肝硬変で急死した。代表作でもある「日本三文オペラ」の題名はブレヒトの風刺劇「三文オペラ」に由来する。生涯傾倒した西鶴の「現実凝視」の手法を、市井ものに応用した最初の作品だともいわれる。トーキー映画が日本に上陸した当時、首切りをおそれた労働者たちのストは多発していた。「一の酉」等に浅草の風景が描かれている。

佐伯孝夫（さえき・たかお）　一九〇二〜一九八一年

東京市麹町区生れ。本名は和泉孝夫。二六年年早稲田大学仏文科卒。在学中、西条八十の教えを受け「白孔雀」「愛誦」に詩を発表。卒業後は浅草で映画やレビューの仕事に従事。三一年に国民新聞社入社。三七年には東京日日新聞社に転じ、三九年からビクターレコード専属の作詞家になった。以後四十余年、「浅草の肌」や「さくら音頭」「燦めく星座」「有楽町で逢いましょう」等多くのヒット曲を生んだ。六二年、『いつでも夢を』でレコード大賞受賞。おなじく八十の門下生だったサトウ・ハチローとは親交が深かった。本作は、『僕の青春』所収。

野一色幹夫（のいしき・みきお）　一九二一〜一九八九年

東京市浅草区生れ。東京高等工芸学校中退。三九年に十七歳でＮＨＫ放送文芸に入選。戦後、高見順、田中英光の知遇を得、カストリ雑誌や性風俗雑誌、大衆雑誌を中心に筆をふるった。多くの作品で浅草を舞台にし、混乱期の浅草の出来事をルポや小説の形で記録した。本書所収の「不良少女カルメンおマチ」は、浅草の人物を描いた、ほぼ書き下ろしという（後書）五六年の『浅草紳士録』に収められている。他に『浅草の狐』『浅草の幽霊』『浅草戦後三十年』等の著書がある。

一瀬直行（いちのせ・なおゆき）　一九〇四〜一九七八年

東京府東京市浅草区生れ。今戸の浄土宗寺院の僧侶。大正大学予科在学中から、川路柳虹の「炬火《たいまつ》」に詩を発表。二六年に詩集『都会の雲』刊行、二七年に『蜘蛛』刊行。その後小説に転じる。三八年「隣家の人々」が第七回芥川賞候補になる。浅草や山谷を舞台とした多くの作品を残している。『自選創作集』全五巻がある。

半村良（はんむら・りょう）　一九三三〜二〇〇二年

東京市葛飾区生れ。本名は清野平太郎。両国高校卒業後、プラスチック成型工、バーテンダー、広告代理店等二十数種類の職業を転々とする。五七年、処女短編「収穫」が「ＳＦマガジン」のコンテストに入選し作家生活に入る。七三年の『黄金伝説』で直木賞候補、『産霊秘録』で泉鏡花賞受賞。七五年『雨やどり』で直木賞受賞。八七〜八八年、「小説新潮」に十二回にわたり「小説浅草案内」を連載。本書の十二作目に掲載した「祭りのあと」はその最終回である。

初出一覧

「夜の浅草公園」 未発表作品 一九一四年（推定）
「浅草の女」 「新小説」第十八年第九巻 一九一三年九月
「十二階下の少年達」 「オール讀物」第三巻第四号 一九三三年四月
「浅草で遭った人々」 「変態心理」第九巻第四〜六号 一九二二年四〜六月
「子を貸し屋」 「太陽」三〜四月号 一九二三年三〜四月
「十二階下のペアトリス」 「若草」第十四巻第五号 一九三八年五月
「木馬は廻る」 「探偵趣味」第十二輯 一九二六年十月
「日本三文オペラ」 「中央公論」第四十七年六月号 一九三二年六月
「浅草の天使」 「若草」第六巻第十一号 一九三〇年十一月
「不良少女カルメンおマチ」 『浅草紳士録』所収 一九五六年十一月
「雪あかり」 「荷風研究 文明」第二巻第一号に第一回のみ掲載。後は未詳。 一九六三年四月
「祭りのあと」 「小説新潮」八月号 一九八八年八月

＊

本書は、右記の初出原稿を底本としました。

雑誌初出の確認できない三作品につきましては、筑摩書房『萩原朔太郎全集』第三巻（一九八六年）／野一色幹夫『浅草紳士録』（一九五六年）／一瀬直行自選創作集第四巻『ゲイ・ボーイ』（一九七四年）を底本としました。

萩原朔太郎の散文詩「夜の浅草公園」は新漢字旧かな表記に、そのほかの小説作品は新字新かな表記にあらためました。各作品とも、難読と思われる語にふりがなを加えました。

本文中、今日では差別表現になりかねない表記がありますが、作品が書かれた時代背景、文学性と芸術性などを考慮し、底本のままといたしました。

本文中、一部に著作権継承者が確認できない作品があります。お心当りの方は弊社編集部までご連絡下さい。

福島泰樹（ふくしま・やすき）

1943年3月、東京市下谷區に最後の東京市民として生まれる。早稲田大学文学部卒。1969年秋、歌集『バリケード・一九六六年二月』でデビュー、「短歌絶叫コンサート」を創出、朗読ブームの火付け役を果たす。以後、世界の各地で朗読。全国1500ステージをこなす。単行歌集29冊の他、『福島泰樹歌集』（国文社）、『福島泰樹全歌集』（河出書房新社）、『定本　中也断唱』（思潮社）、評論集『追憶の風景』（晶文社）、ＤＶＤ『福島泰樹短歌絶叫コンサート総集編／遙かなる友へ』（クエスト）、CD『短歌絶叫　遙かなる朋へ』（人間社）など著作多数。毎月10日、東京吉祥寺「曼荼羅」での月例短歌絶叫コンサートも32年目を迎えた。最新歌集は『哀悼』（2016年、皓星社）

シリーズ 紙礫 8　浅草　ASAKUSA

2017年5月25日　初版発行
定価　2,000円＋税

編　者　福島泰樹
発行所　株式会社 **皓星社**
発行者　藤巻修一
〒101-0051 東京都千代田区神田神保町3-10
電話：03-6272-9330　FAX：03-6272-9921
URL http://www.libro-koseisha.co.jp/
E-mail：info@libro-koseisha.co.jp
郵便振替　00130-6-24639

装幀　藤巻 亮一
印刷・製本　精文堂印刷株式会社

ISBN978-4-7744-0634-3

シリーズ紙礫　既刊8巻

1 闇市　マイク・モラスキー編

太宰　治　貨幣
耕　治人　軍事法廷
鄭　承博　裸の捕虜
平林たい子　桜の下にて
永井荷風　にぎり飯
坂口安吾　日月様
野坂昭如　浣腸とマリア
織田作之助　訪問客
梅崎春生　蜆
石川　淳　野ざらし
中里恒子　蝶々
編者解説

2 街娼　マイク・モラスキー編

石川　淳　黄金伝説
広池秋子　オンリー達
平林たい子　北海道千歳の女
芝木好子　蝶になるまで
大江健三郎　人間の羊
色川武大　星の流れに
吉田スエ子　嘉間良心中
長堂英吉　ランタナの花の咲く頃に
堂　昌一　下が川だった頃
編者解説

3 人魚　長井那智子編

中原中也　北の海
小川未明　赤いろうそくと人魚
オスカー・ワイルド　長井那智子訳
　漁師とかれの魂
アンデルセン　高須梅溪 意訳
　人魚物語
谷崎潤一郎　人魚の嘆き
高橋　鐵　怪船「人魚号」
片山廣子訳　カッパのクー
太宰　治　人魚の海 新釈諸国噺
安部公房　人魚伝
編者解説

4 テロル　鈴木邦男編

石川啄木　ココアのひと匙
内山愚童　入獄紀念・無政府共産・革命
安　重根　自叙伝（抜粋）・
　伊藤さんの罪状一五箇条・
　東洋平和論（序文）
菅野すが子　死出の道艸（抜粋）
朝日平吾　死の叫び声
和田久太郎　後事頼み置く事ども
難波大助　虎ノ門事件
　難波大助訊問調書（抜粋）
中浜　哲　杉よ！　眼の男よ！
古田大次郎　死の懺悔（抜粋）
金子ふみ子　何が私をこうさせたか（抜粋）
山口二矢　山口二矢供述調書（抜粋）